贺承南这场轰轰烈烈的求婚不仅成了上流社会热议的话题，也在城中的年轻群体里带起一股新的热潮——喝波霸奶茶。

郁在佳奶茶店是贺承南和齐绯一见钟情的地方，波霸奶茶是他们的定情信物，所以人们坚信——坚持喝波霸，总有一天你会遇到属于自己的贺承南，带着八千万的鸽子蛋来娶你回家。

魅丽文化 花火工作室

喜欢你时超甜 2

苏钱钱 · 著

江苏凤凰文艺出版社
JIANGSU PHOENIX LITERATURE AND ART PUBLISHING

图书在版编目（CIP）数据

喜欢你时超甜．2 / 苏钱钱著．-- 南京：江苏凤凰文艺出版社，2022.6
ISBN 978-7-5594-6588-7

Ⅰ．①喜… Ⅱ．①苏… Ⅲ．①长篇小说－中国－当代
Ⅳ．① I247.5

中国版本图书馆 CIP 数据核字 (2022) 第 008020 号

喜欢你时超甜．2

苏钱钱 著

责任编辑 张 倩
出版统筹 曾英姿
特约编辑 黄 欢 蒋晗婧
装帧设计 黄 芸
出版发行 江苏凤凰文艺出版社
南京市中央路 165 号，邮编： 210009
网 址 http://www.jswenyi.com
印 刷 长沙金鹰印务有限公司
开 本 880mm × 1230mm 1/32
印 张 9
字 数 225 千字
版 次 2022 年 6 月第 1 版
印 次 2022 年 6 月第 1 次印刷
书 号 ISBN 978-7-5594-6588-7
定 价 46.80 元

目录

CONTENTS

目录

CONTENTS

第一章
你是唯一的

闻母那点仗势欺人的念头根本没有吓到乔绯，相反，她的招数被乔绯看得一清二楚。

她想从身份上压制和打击别人，却不知道别人也出自豪门，无论是礼数，还是指桑骂槐都丝毫不输自己的女儿。

她高傲，乔绯有的是资本更高傲，所以乔绯照着对方的痛处狠狠戳去，直接命中，气得闻母半天说不出话，只好重重地摔门离去。

完成了漂亮的反击，乔绯冲闻母走的方向骂着“老妖婆”，旁边的贺承南却扳回她的脸，清冷的眸子浮上若有似无的笑。

“看着我。”他暧昧地搂着她的腰，拉近她，低低的声音充满了磁性，“刚才说的是真的吗？”

休息室本来就不大，关上门一片寂静。贺承南的身形遮住了唯一的一点光亮。乔绯被抵着，连呼吸都带着他身上的气味。

他身上独有的香味，加一点淡淡的烟草味，混合成独一无二的迷人气息。乔绯毫无抵抗力，从一开始就是。

她脸颊微热，手慢慢攀上贺承南的腰往上，最后抱住他的脖颈。

她抬头，声音软软的：“贺总，我大话已经吹出口了，你要给我点面子哦。”

说完，她踮起脚尖，在他的唇上轻点一下：“以后只准喜欢我一个人，不然波波姐对你不客气。”

得到答案的贺承南嘴角终于轻轻勾起。四目相对，怀里的女人眼眸潋滟动人。他偏头，毫不犹豫地对着她的唇瓣压下去。

甜品盒“吧嗒”一声掉在地上，却无人关注，这一刻他们都没有心思再去管别的事，想别的人。这是一个等了很久的、属于彼此正式的吻。

末了，贺承南附在乔绯耳旁说了几句话。她听得忍不住脸红，欣喜之中带着少女的羞赧：“哼，你的嘴抹了蜜吧？”

“嗯——”贺承南把她按到怀里，随即再次贪婪地覆上她的唇，“还想再抹一点。”

热恋仿佛能治病，乔绯的肠胃炎凭借贺承南每日怎么都不会腻的亲吻和拥抱，不治而愈。

时间来到了这年的最后一天，天空从上午就飘起了雪花，整座城市被雪覆盖，到处洋溢着浪漫的气息。

贺承南刚从外地出差回来，在公司开完会后，趁午饭的时间和乔绯碰了一面。

一日不见如隔三秋，乔绯坐在车里，像只小猫钻进贺承南的怀里撒娇：“不是说好了就去两天的吗，怎么三天才回来？”

贺承南开着车，还腾出一只手摸她毛茸茸的脑袋："想我了？"

乔绯撇撇嘴，趴在他怀里玩他西装上的扣子，过了好一会儿才幽幽地说："你不在我上班都没劲儿。"

她的话里隐隐带着一点不开心，贺承南明白这其中的原因，他一回来就听齐晌说了店里的那些闲言碎语。

车停在某餐厅的停车场，贺承南把乔绯扶着坐好，看着她："受委屈了？"

乔绯的眼神闪烁了一下，马上笑道："没有啊。"

好像是怕贺承南不信，她去捏他的脸，翘起唇："好啦，好啦，让你骄傲一下，我就是想你了。"

看着故作轻松的乔绯，贺承南不明白她为什么不跟自己说实话。但既然她不愿意说，他也不追问了，只当成什么都不知道，轻轻地在她噘起的唇上亲了一下。

"乖，我也想你了。"

两个人到餐厅点了一份情侣套餐，在包厢里"你喂我一口，我喂你一勺"，吃得很有情趣。乔绯的心情慢慢变好了，吃到开心时随口一问："今晚跨年，你会来店里吗？"

她知道贺承南忙，他这周就已经飞了好几个城市，所以她不好意思说"今晚跨年，你可以陪我吗"这样的话。做贺承南的女朋友，她要担得起背后所有的让步和理解。

贺承南顿了片刻，有些遗憾地说："晚上要和一个重要客户见面，可能不行。"

"这样啊。"乔绯的眼底迅速闪过一丝失望，但不到半秒钟就收起，脸上重新换上笑容，"那我等你吃夜宵？"

贺承南看着她期待的眼神，不忍拒绝："好。"

果然，乔绯就是这么容易满足，顿时变得高兴了：“那我先想想晚上吃什么，嘿嘿。”

乔绯的神情变化贺承南尽收眼底，他喝了一口水，目光落向窗外，眼里噙着一点淡淡的笑意，不再说话。

晚上七点钟，热格。

热格作为城中顶尖的夜店，一直是年轻人跨年聚会的热门去处。这次公司更是花巨资请了英国著名的电音教父沃克来现场表演，一早就引发了许多粉丝的关注。

沃克是全球电音爱好者崇拜的大师级人物，这其中也包括乔绯。她早就准备好跨年夜什么都不干就在前排顶礼大师的现场，但没想到沃克三天前来店里彩排后提出要一个助手合作，然后，吴英俊想也没想就钦点了她。

能和沃克一起合作是所有 DJ（唱片骑师）梦寐以求的事，乔绯在店里资历最浅，却能碰上这种好事，好几个 DJ 不太服气，便暗地排挤她。再加上之前贺承南从办公室把她抱出去的事，虽然几个经理口风都很紧，但仍然挡不住人多眼杂，后来一传十、十传百的，事情竟传出了好几个版本。

两件事前后一联系，难免会有人借题发挥，说乔绯为求上位不惜去办公室色诱老板。于是这两天，无论是被抢走机会的 DJ 同事，还是暗自爱慕贺承南的女演员，都有意无意地拉踩乔绯，找她麻烦。

热格本就是一个小社会，有光的地方就有影子，何况这样一个大型会所，里面更是有很多小集体。

从前乔绯为人低调，没挡着任何人的路，所以每个人对她都是客客气气的。但现在她忽然越过众多老资历的 DJ，直接上位做了大师的助手，还不能排除是色诱老板换来的，让很多人都暗暗不齿和鄙视。

这晚是跨年夜，也是乔绯跟着大师闪闪发光的日子，不知多少人红了眼。

后台，演职员们都在各自准备着。乔绯在自己常坐的位子上化妆，吕倩忽然挤了过来。

“不好意思，让一让，我待会儿先开场，我急用。”

吕倩是店里某个经理的侄女，关系户。乔绯懒得跟她争，便往旁边挪了一个位子，结果小卢又堵了过来：“这里是我坐的，谢谢。”

这几天这两个人踩乔绯踩得最凶，吕倩仗着自己是关系户，在场子里一直很骄纵，小卢是她最忠诚的跟班。

乔绯本想着流言传两天就过去了，而且贺承南在出差，她不想把事情闹大让他担心，便一直没跟她们计较，但现在对方非但没有见好就收，反而越发肆无忌惮了。她觉得自己就快要忍不住爆发了。

可这天是跨年夜，外面已经全部被客人挤满，一切都有条不紊地进行着。一个小时后她就要跟全球顶级电音大师同台打碟，这或许是她DJ生涯里最光荣的一晚，她现在再生气也必须忍过去，秋后再算账。

于是乔绯没吭声，找了一个没人坐的角落坐下了。但那两个女人不依不饶，在她的身旁不断嘲讽，指桑骂槐。

“平时见谁都一副笑眯眯、人畜无害的模样，真没看出来骨子里那么放荡。”

“可不是吗？明明知道老板有女朋友了还往上扑，怪不要脸的。”

“不往上扑今晚能上台吗？你嫉妒你也去扑呗。”

“切，我可干不出来那种丢人的事。”

…………

两个人一唱一和，在后台的人几乎都听得到，但没人站出来帮乔绯说话。

其实大部分人对乔绯的事都是保持中立态度的。但现在众人集体沉默，多少也是因为吕倩关系户的身份，都想明哲保身。

刺耳的话不断传入耳里，乔绯已经用最大的气度去容忍。她知道这两个人就是在故意激她，想让她控制不住自己的情绪，最好是气到上不了台。她都知道，但她实在是忍不住了。

在吕倩绘声绘色地描述她是如何勾引贺承南时，她“啪”的一声把手里的化妆刷重重地砸在桌上，然后回头，冷冷地看着吕倩：“你哪只眼睛看到我勾引贺总了？”

乔绯控制不住地站了起来，胸腔里的火气四处乱涌。她走到吕倩面前，道：“来，你说给我听听，你是躲在办公桌下，还是藏在哪个角落看到我勾引他了？”

吕倩嘲讽了乔绯好几天，乔绯一直没吭声，她以为乔绯是一只软绵羊，所以越发嚣张。眼下乔绯突然反击，且言辞犀利，大有要跟她公开吵一架的阵仗。

吕倩愣了几秒钟，然后镇定地甩开乔绯的手：“装什么清高？多少人的眼睛都看到你搂着贺总的脖子下楼，你可别告诉我你是贺总的女朋友，他在玩‘公主抱’？”

说完她白了乔绯一眼，双手抱胸轻嗤一声：“还有脸跳出来洗白自己。”

吕倩作势要继续坐下去，乔绯却伸腿踹开那张凳子，飞起的凳子撞上墙，吕倩吓得一惊：“你到底要干什么？别跟我在这撒野，这儿可没人惯着你！”

“用得着你惯？”乔绯往前走了一步，冷声说，“我就是贺承南的女朋友，怎么，你不服吗？”

吕倩愣了一下，随即捂嘴笑了：“你别笑死我了，如果上个床就算女朋友，贺承南不知道有多少女朋友了！”

乔绯听到这句话心里莫名别扭了一下，明明刚才还很硬气地想要收拾吕倩，思绪却忽然被轻易打乱，分了心。

这是一个敏感的话题。贺承南是一个成年人，一个有正常需求的成年男人，以他的长相、他的身份，多少女人前赴后继地送上去，就算在认识她之前和别的女人有过什么亲密关系，她也能理解。

可一想到他曾在别的女人身上流连过，乔绯的心就止不住地难受起来。她的嘴唇动了动，心里忽然很不是滋味，刚才涌起的满满战斗欲也瞬间变得颓靡，没了劲头。

她兴致缺缺地转身离开，淡淡地留下一句："随便你，爱信不信。"

吕倩以为自己赢了，十分得意，在她的身后叫嚣："鬼才信你，有本事让贺总站出来承认你是他的女朋友啊。单方面胡说谁不会？我还是贺总的女朋友呢。"

乔绯脚下一顿，不敢相信地回头看她，正不知道该说什么时，忽然有急躁的声音从身后传来："你给我闭嘴！"

所有人愣住，齐齐朝声源处看去。

后台入口，贺承南站在那，一身黑衣似携外面的风雪，将后台的温度瞬间降至冰点。尽管他的眼神淡然平静，也遮不住眼底大片呼之欲出的阴冷。

他的身后跟着褚焱和齐响，以及吕倩的叔叔。

吕倩的叔叔一头冷汗："吕倩，你给我闭嘴！"

老板的突然到来让众人惊讶，都站了起来，恭敬地喊道："贺总。"

吕倩也哆哆嗦嗦地站起来，她从叔叔的表情已经看出来自己刚才说的话应该都被贺承南听到了，她语无伦次地解释："我……对不起！贺总，我就是开个玩笑，玩笑而已。"

"玩笑？"齐响上前，皮笑肉不笑地看着她，几秒钟后伸手在她的脸颊拍打，一下又一下，打出了声音，"你算老几，就你也敢开波波姐的玩笑？"

波波姐。

齐晌这三个字说出来，底下的人面面相觑，迟钝地反应了一会儿，才记起来——前不久被互动墙霸屏表白的那个神秘女人！

大家都惊呆了，原来他们一直讨论的波波，竟然就是藏在他们身边的小 DJ 乔绯！

吕倩被齐晌看似很轻实则很有力道地扇了几巴掌，捂着脸哭饶："什么波波姐？贺总，我不知道，我真的只是开玩笑，我没有恶意！"

她的叔叔也在旁边求情："贺总，小姑娘嘴快，她下次不敢了，我回去会说她的，我……"

"还有下次？"贺承南漫不经心地开口，瞥了他一眼，眼角眉梢都是寒意，"马上，一起滚。"

吕倩的叔叔顿时愣住了："贺总，贺……"

他还想再解释些什么，齐晌已经拖着吕倩出去了，动作粗暴直接，毫不怜惜。

在场所有人都被这突然发生的事吓到了。人人都知道得罪了贺承南没好结果，前不久的伍家少爷就是前车之鉴，这个男人的世界有自己的游戏规则，谁不遵守就必须退出。但从没有人可以全身而退，大多都会付出惨痛的代价。

众人已经被吓得不敢抬头，噤若寒蝉。

乔绯也傻站在原地，不知道说要见客户的贺承南为什么会突然出现，还为自己闹出这么大的动静。

贺承南过来拉着发呆的她往外走，临到门口的时候似乎想起了什么，忽然停下："需要我公开承认对吗？"

没人敢应，乔绯轻扯他的衣角，却阻止不住他继续冷冷地开口："那都听好了。"

他回头看着众人，一字一顿地说，是正面坦然的回应，也是危险的暗示和警告。

“乔绯是我贺承南的女人，唯一的。”

在所有员工的目光下，贺承南高调地把乔绯带到自己的办公室。进去后，他从抽屉里掏出一把钥匙递给她。

乔绯有些发愣：“干什么？”

“以后要干什么都来我的办公室，别在楼下挤。”贺承南坐在转椅上扯开衣领，似乎还没从刚才后台的气氛里缓过来，声音里带着三分压抑的燥火，冷冷地说，“要不是看她是个女的……”

后面的话虽然没说出来，但乔绯完全明白贺承南的意思，他的生气和不满都是为了她。

乔绯看到桌面上有一个玻璃杯，积极地帮他倒了一杯水，小心地哄道：“好啦，你刚刚不是都帮我凶过她们了？”

贺承南睨了一眼水杯，没说话。

乔绯很快会意，抿抿唇，将杯子递到他的嘴边，安抚道：“我英明神武的贺总，英俊潇洒的霸霸哥，怎么还跟傻瓜论起长短了？乖啦，别气了。”

她两三句嘴甜的话顿时就哄得满是不爽的贺承南轻笑出声。

“叫谁乖呢？”他喝了她喂的水，顺着杯沿握住她的手，一拉，把人搂到怀里，“坐好，我问你。”

乔绯眨眨眼：“什么？”

“刚才那个女人说的话，你是不是又上心了？”

贺承南的观察力非常强，他到后台的时候，正好看到乔绯站起来去跟吕倩说话。她原本气势汹汹，战斗力满满，对方是“纸老虎”，绝对是赢不了她的，可吕倩的那几句话让她的气势一下子就弱了。

她那点风云突变的心思，贺承南看得一清二楚。

乔绯的眼神闪了闪，往别处看：“没……没有啊。”

“真没有？”

乔绯的手挂在贺承南的脖子上，左思右想，到底还是藏不住心里的那点醋意，忍不住问：“那你到底有过几个女人？”贺承南还没回答，她马上又抢着说，“你实话告诉我，不能骗我，我能接受的。”

贺承南的身体稍稍后仰，好笑地打量乔绯，只觉得她这种已经完全出卖了内心的表情十分有趣。明明很在意，却又强行装作毫不在意。

“那个，你不会是在数吧？”乔绯见他一直不说话，小心地试探道。

贺承南被气笑了，嘴角轻轻地勾着，靠近她：“小姐，这个问题刚才我在楼下不是说过了吗？”

乔绯愣住，没听明白：“什么时候——”

“你是唯一的。”贺承南打断她，眼神意味深长，“还不算回答？”

“唯一的？”乔绯认真地品着贺承南这三个字里的含义，原以为他是说自己是他唯一的女朋友，但现在看来，好像还不止这个意思。

半晌，她似懂非懂，难以置信地看向他：“你是说，你没有……”

“所以什么时候波波姐给面子——”男人低头，热气在她的脖颈间暧昧地喷洒，带出慵懒的下一句，“贺承南才能回答这个问题。”

乔绯迟钝地愣了愣，很快就反应了过来。

“你好烦啊。”她脸颊微热，不好意思地推开他，“为什么突然说这些话？”

“嗯？不是你在问吗？”贺承南笑了。

乔绯被他撩得脸红耳热，不由转过身，嘴角却悄悄弯出窃喜又羞赧的弧度，声音轻轻的：“不跟你说了，我要下去换衣服准备上场了。”

“就在这儿换。”

贺承南霸道地拉回要从自己怀里离开的乔绯，然后不知给谁打了一个电话，吩咐：“把她后台的东西都拿上来。”

五分钟后，乔绯的化妆箱、服装和包，全部被送到了贺承南的办公室。

“以后这里就是你一个人的后台，没人跟你抢。”说着，贺承南起身，拿起桌上的烟盒向阳台走去，才又道，“换吧。”

他背靠着阳台，在忽明忽暗的霓虹光影下，身影看起来慵懒而随意，燃起的灰白烟雾渐渐模糊了他的面庞，偶尔一道光划过，照亮他眸底的清冷和孤傲。

他就像黑夜里一颗缀满锋芒的星，只是漫不经心地挂在夜空里，就已经过分耀眼，惹人着迷。

与他对视片刻，乔绯咽了咽口水，低下头。她捧起要换的衣服，左右看了看，有些不确定地问：“呃，你不背过身去吗？”

贺承南把烟夹在手指间，双臂撑在阳台上，片刻后，玩味地笑道：“都看过了，还怕什么？”

“你——”她尴尬地瞪了贺承南一眼，快步上前拉起阳台两边的帘子，合上之前警告他，“不准偷看！”

两个人就这样被帘子隔开。或许是隔着这层纱的原因，乔绯在灯光下的身影格外轻柔，偶尔吹过一阵风，带起轻纱微动，她在灯下的曼妙曲线像带着光晕，引人遐想。

贺承南站在帘子外静静地看了一会儿。他原以为自控力很强，只是看个影子应该能稳住，但最后还是默默转身，逼自己看向了远处缤纷闪耀的霓虹大楼。

几分钟后，乔绯换好了衣服。她上半身穿了一件很简单的黑色抹胸，抹胸很短，只到胸下，肩上戴了一条设计感十足的身体链，从锁骨到蛮腰，像一件自带光芒的金属外衣，闪闪亮亮的，十分魅惑。

乔绯拉开帘子，在他的面前兴奋地转圈：“老板，我今天这身战衣怎么样？”

贺承南回头，目光从上至下地打量她。

乔绯的皮肤白到发光，修长的天鹅颈，恰到好处的起伏，细到仿佛一只手能握住的腰，和一双让人看了恨不得马上扑上去的大长腿。

刚才好不容易冷静下去的念头又可耻地冒了出来。他喉结很轻地动了动，他都这样了，那等会儿看到她的男人岂不是……

贺承南马上就不爽了，捞起旁边乔绯脱下的一件线衫："把这个穿上更好看。"

"干吗？！"乔绯一眼看透他的心思，在他胸口捶了一拳，"贺总，我是在上班，你专业一点，不要想那些奇奇怪怪的东西！"

乔绯拿起化妆包里的口红，对着阳台上的玻璃快速地涂了两下，而后抿了抿唇，这才满意地笑了。

她收好所有东西，朝贺承南眨眨眼，问："待会儿你是在二楼等我吗？"

贺承南来热格都是在二楼自己的包厢。

他点头："嗯，怎么了？"

"可我今晚要打到零点跨了年才结束呢，太久了。"乔绯拉着他的手撒娇，"我想随时抬头就能看到你。"

这晚的音乐由斥巨资请来的电音教父沃克全程掌控，无数电音粉慕名前来朝拜。

沃克四十岁出头，人相当高冷严肃，对专业上的事一点都不马虎，在演出之前已经跟乔绯彩排过好几次。乔绯的英文不错，有时候主动跟他交流，他却话语寥寥，一副不愿意跟她闲聊的模样，这一度让她觉得他可能不是很满意自己这个助理，但还好，沃克始终没有要换人的意思。

晚上八点钟，跨年活动正式开始。

热格全场座位爆满，场内全是沉浸在纸醉金迷里的年轻人，绚丽夺目的灯光下，众人的神情很激动，迷离的光线和强烈的鼓点笼罩着整个内场。

开场的劲舞结束，当沃克戴着黑色墨镜，上场给出第一个旋律后，全场更是掀翻了热潮。

乔绯在他旁边也相当显眼，一身酷到爆炸的装饰链随着身体晃动的幅度闪瞎了客人们的眼睛。她的长发披在背后，偶尔一个撩起头发的动作，一个无意识的笑容，都在音乐的强烈烘托下，显得无比娇俏迷人。

贺承南没在二楼的包厢里等她。

一楼的卡座爆满，很多都是提前订的，没有办法赶客。他只好让吴英俊去协调，给一楼内场最靠近DJ台的卡座客人送了终身会员卡，并用当晚的消费全免单为条件，换到了位子。

于是整晚，贺承南就在台下离乔绯最近的位子，看她沉迷在自己的电音世界里，将身上的青春和魅力散发到极致，将她所有的闪光点一一爆发。她在台上肆意挥洒，他在台下眼底全是笑。

两个DJ的合作意外合拍，从八点钟开始控场到零点，现场的气氛十分热烈，持续着一拨又一拨的高潮。

到零点开始倒数的时候，所有客人的手里拿了一沓纸片，乔绯手里也有。在音乐的层层推进下，众人齐齐倒数至数字“1”，鼓点重重落下，预示新一年的来临。场内彩色的纸片随炫目的灯光漫天飞舞，像室外正在飘的雪花，一点一点地落下，勾勒出一场激昂的风花雪月。

零点爆场，音乐到达沸点，众人都在狂欢新年到来的时刻。

在纸片的沸腾浪潮里，乔绯悄悄面朝贺承南坐的位子。她看着这个整晚都在看自己的男人，嘴角弯起幸福的弧度。她伸出双手，在自己的唇上亲吻后，暗中对他甜蜜地“比心”。

贺承南眼底的笑意快要止不住地漫出来。虽然褚焱和齐晌都在身边，但他还是回应了乔绯。他伸手在空中做了一个接住的动作，然后送到自己左胸处，藏好了她的心。

褚焱握着手机，似乎在等谁的消息。他一整晚都在默默地喝酒，兴致不是很高。

“你们能不能消停会儿？公共场合调情，我要报警了。”跟褚焱相比，齐晌的情绪就显得特别高昂了。他一直在围观贺承南和乔绯的眼神互动，边看边骂，骂完还非要找虐地继续看。

十二点十分，乔绯终于下场了。离开前沃克叫住她，在热浪中跟她说了一句话。

乔绯没听清楚，等再想问的时候，对方又恢复了高冷的姿态，留下一句：“我会跟你的公司联系。”

乔绯急着去找贺承南，便没有往心里去，点点头就离开了。

贺承南给她发了消息，说在二楼的包厢等她。她连衣服都没换，直接从一楼的楼梯走上去，然后推开二楼包厢的门。

褚焱和齐晌已经离开了，包厢里只有贺承南一个人。他背对着乔绯站在酒柜处，手里正在倒酒。

乔绯放慢动作，轻轻地关上门，然后走过去，出其不意地从背后抱着他，大声道：“霸霸哥，新——年——快——乐！”

“新的一年你还会爱我吗？马上回答，不准犹豫！”

贺承南转身，乔绯正仰头看他。她一张微红的小脸很兴奋，眸子明亮而清透，一身黑衣衬托着红唇像一杯酒，明艳又诱人。

“爱。”他回答，然后稍稍低了低头，与乔绯四目相对，片刻后问，“你涂的是什么颜色的口红？”

乔绯还没开口，男人的声音就强势地压了下来，掠过她的耳鬓，混合了烟草和酒精的气味，莫名透着一种沙哑的性感：“让我整晚都想……想疯狂地吻你！”

乔绯被他突然的暧昧话语吓得往后一退，后背撞到了墙上。她的心跳有点快，手抵在他的胸口，手足无措地回答：“斩……斩男色啊。你喜欢吗？”

贺承南眯起双眼，顿了一会儿，眼底浮上意味深长的笑，问她：“斩‘南’？”

“嗯？”乔绯眨了眨眼，还在想这个色号有什么问题时，他的手忽然触碰到她裸露在外没有防备的柔软的腰。

微凉的触感从后面圈住她，像一道电流闪过，激得她的身体不受控制地一颤。她下意识想去看，刚低下头，人就被架着腰轻轻往上一提。

“说说。”贺承南俯身，盯着她的唇，“你想怎么斩我？”

新年的第一天，深夜十二点三十分，乔绯送贺承南回酒店。

为了给他们创造二人世界，褚焱和齐晌已经离开。贺承南喝了酒无法开车，乔绯只能再次硬着头皮开上他的那辆豪车。

上次也是这样的情况，她后来把车开到了荒郊野外，所以这天就算乔绯答应了送贺承南，也强烈要求他不准睡觉。

路上，她还是跟之前一样局促，手心都是汗，时不时紧张地撩一下头发，口中嘀咕：“都半夜了怎么还这么多人啊？我不敢开太快，你不介意吧……”

乔绯依然开着时速二十码的“老爷车”，自言自语了一会儿，贺承南一直没有反应，她还以为他又跟上次一样睡着了，趁红灯的时候转过头去看他。

贺承南没睡着，他歪着头，趴在副驾驶座前面的台子上盯着乔绯。

猛地撞上他幽深炙热的眼神，乔绯心下一动，有点害羞地转过去。

“你喝多了吗，为什么一直这样看我？”

贺承南勾了勾唇：“因为我对你有非分之想。”

乔绯本来就不太擅长开车，被他这样撩得分了心，车速慢，身后的车不停地鸣笛催赶，她更手忙脚乱了，一时间不知道该往哪儿开。她握着方向盘，脑海里只剩贺承南刚才对自己那宠溺的笑，完全不记得导航报出的路线是往左还是往右。

身后的车见她慢吞吞地移动，更急躁地催了起来。她不知所措地踩着油门，又分心去看导航，这时一只手从旁边伸过来，搭在了她的手上。

“别动，看前面。”贺承南低沉的声音落了下来。

半夜的马路上还有很多跨年的年轻人，熙熙攘攘的，很热闹。乔绯不敢乱看，只能按贺承南说的，视线紧紧地盯着前方。然后，他温热的手心裹住她的手掌，在方向盘上打转，控制着方向。

车厢里很安静，乔绯坐在驾驶座上，这一刻她仿佛拥有了某种魔力，她什么都不用做，就任由贺承南的手带着她向前，躲避所有危险。

这是乔绯从没有体验过的刺激，安全感涌遍全身。她咬了咬唇，虽然没有说话，但心里漾满了小女人被宠的甜蜜和幸福。

车开到酒店的时候，乔绯忽然在某个转角停住，然后转身看车后。她皱着眉，总觉得后面好像有辆车从热格出来就跟着他们，但这晚在外面玩的人多，她也不是很确定。现在她再回头看，后面又什么都没有。

贺承南问她：“怎么了？”

乔绯摇头：“没有。”她觉得应该是自己开车时太过紧张而产生的错觉。

到酒店后，乔绯把贺承南送到 2888 房，原本说自己打辆车回华裕公馆，贺承南却拉住了她。

“你一个人回去我不放心，今晚就住这儿。”

刚才在热格包厢里两人就已经有些暧昧，后来还是有人给贺承南打了电话，才打断了两人未完成的亲密。

现在是深夜一点钟，两人一起来到酒店。乔绯知道，狂欢过后仍有余韵。

一想到留下来可能会发生什么，她就咽了咽口水，犹豫地说："还是不要了，我……"

贺承南径直脱了外套朝卧室走，打断她的话："我不会。"简单三个字，表明了自己的态度。

乔绯站在门口，又犹豫了几秒钟。按私心来说，她不想走。新年的第一个晚上，她也想跟自己喜欢的人一起度过。想起之前来过的几次，当时也是孤男寡女共处，贺承南还披着"霸霸哥"的马甲，但对她从未逾矩，加上他现在给了保证，她便放心地进门了。

贺承南从卧室里出来，身上的黑色衬衣敞开一半。他身上的酒味很重，从乔绯身边经过时，很平静地说："我去冲个澡，你在这儿看一会儿电视？"

"嗯。"乔绯的视线从他的领口挪开，不自然地拿起遥控器，"我看看重播的跨年晚会吧。"

"好。"贺承南说完便进了卫生间，里面很快就传来了水流哗啦啦的声音。

乔绯坐在沙发上心神不宁，浮想联翩，电视里播了什么她一点都没看进去。

很快，贺承南洗完澡出来，边拿毛巾擦头发边问乔绯："你要去洗吗？"

乔绯在台上累了四个小时，一身汗，不洗是不可能的。可被贺承南拉到酒店，她没有换洗的衣服。

贺承南好像总能看透她的想法，说："先穿我的，明早我让人买一套送过来。”

他把乔绯拉到卧室，打开衣柜：“想穿哪件？”

乔绯抬头看过去，衣柜里挂满了各种品牌的衬衫，颜色清冷简约，清一色的黑白灰。

“随便吧。”

第一次在贺承南这里洗澡，还要穿他的衣服，乔绯有点不好意思。最后，贺承南随便挑了一件白色的衬衫给她。

乔绯拿着贺承南的衬衣进了卫生间，洗完出来的时候，看到茶几上放着一个吹风机和一杯倒好的温开水。她感慨他竟然这样细心体贴，微微抿了抿唇，心里很甜。

她吹好头发，一边喝着杯里的水，一边朝卧室里瞄了一眼。卧室里透着一点暖黄的光，暗暗的，很温暖。

乔绯捧着水杯走到卧室门口，看到贺承南靠在床边上，双眼闭着，好像已经睡着了。她悄悄地走到他面前，弯下腰，认真地打量他的模样。

贺承南睡着的时候五官的锋利感会显得稍微温柔一些，但就算闭着眼睛，他身上依然有种危险的气场，让人不敢靠近，乔绯大着胆子离他近了些。

其实贺承南并没有睡着，他只是在假寐，并等乔绯洗完澡进来。当感受到有女人香微微传来时，他没睁眼，他想看看她会偷偷干些什么，比如，会不会得到偷吻之类的福利。

然而她让贺承南失望了。

乔绯凑近他，先是用手指在他的鼻子上点了点，像是测试他的熟睡度，然后手指跟着他的五官轮廓慢慢描绘，到最后，她用手捏着他脸颊两侧，像在捏面团。大概是玩上了瘾，她忍不住笑了，很低很低的、压着声音的笑。

乔绯柔软细腻的指尖不断地在自己的脸上撩拨，贺承南早就没耐心了，倏地睁开眼：“好玩吗？”

乔绯被吓了一跳，下意识就想站起来。可她的速度永远赶不上贺承南的，一阵天旋地转后，她已经被他压在了身下。

“你装睡？”乔绯心虚地眨眨眼。

“是你在撩我。”

第二章
还好你来了

贺承南的唇贴在乔绯的唇边说话，距离很近，似亲非亲，更像一种刻意和玩味的诱惑，让乔绯顿时芳心大乱。

两人都穿得很少，胸膛紧紧地贴在一起。这样亲密的距离让乔绯不知所措，逐渐紧张起来。

“我没有，我只是想试试你睡了没有……”她的声音越来越低，甚至不敢抬头看贺承南。

沉默的几秒钟里，空气里的暧昧疯狂地攀升到顶点。贺承南看着乔绯娇羞的模样，呼吸渐重，热气上涌，终于还是克制不住地俯下身，朝她的唇吻去。

或许因为沾染酒精带来了冲动，贺承南的吻格外霸道，好像要将乔绯吞噬入腹。

乔绯被吻得乱了呼吸，好几次都快喘不过气了。她发出一些挣扎的声音，试着去推他，得到的却是更霸道的探索和侵占。

“你不是说了你不会的吗？！”

“那是霸霸哥说的。”贺承南撑起双臂，眼里情动如火，声音沙哑，“但我现在是贺承南。”

贺承南承认，他想要她，想疯了。他那句保证在当时是真的，但这会儿的情难自控也是真的。两者并不矛盾，只因为他爱这个女人，爱到极致就想要拥有，更何况他这样一个在商界呼风唤雨的人，天生自带强烈的征服欲。

贺承南的猛烈攻势让乔绯渐渐有些守不住，她像突然惊醒了，睁大眼睛。

“不，不行！”她推开贺承南，大口大口地喘气。

贺承南被她推开，挫败地看着她：“你不愿意？”

乔绯满脸绯红，摇了摇头：“不是。”

“那……”

“可我妈跟我说，这种事一定要结婚后才可以，不然男人会不珍惜的。”乔绯的眼里亮亮的，有抱歉，却也很坚定，她在暗示自己的原则。

贺承南一时竟然不知道该回什么。他的火已经烧到了全身，连肌肉都是滚烫的，但既然乔绯这么说了，他无论如何也不可以再继续下去了。虽然他想，但他有自己的底线。

贺承南深吸了几口气，翻身下去，平躺在床上，让自己冷静。

乔绯看到他难受的样子心里有愧，躲在被窝里抱着他的肩膀，柔声问：“你生气了吗？”

“没。那就等我们结婚后。”贺承南伸手搂过乔绯后抱住，沙哑着声音回她。顿了顿，又道，“明天就去领证吧。”

乔绯："……"这个人疯了吧！

贺承南望着天花板。

嗯，他这会儿的确要被逼疯了。

"我们聊会儿天好不好？"乔绯知道他心里憋得慌，于是乖巧地挤在他怀里，帮他转移注意力，"火哥最近找你说什么了吗？"

贺承南觉得莫名其妙："说什么？"

贺承南这么说，乔绯就知道褚焱还没告诉贺承南他和伍夏的事。于是她没再提，想着等这两天过去，如果褚焱还没有说，那她再告诉贺承南。

两个人后来又闲聊了些别的话题，渐渐地就拥在一起睡着了。

什么都没有做，只是抱着，乔绯就已经很满足。

第二天，还在贺承南怀里做梦的乔绯被自己的手机铃声吵醒。

群叔给她打来电话，祝她新年快乐。她顿时觉得受之有愧，原本这样的电话应该是她打过去，结果现在却要长辈先给她发来祝福。

她想坐起来好好跟群叔说会儿话，刚支起身子，贺承南就霸道地按下她，把她抱在怀里，不准她动。

乔绯无奈，只能躺着接电话，她怕吵到贺承南，声音很小。贺枭群让她这两天有空去家里玩，她也觉得很久没去看他，便一口答应。

她挂了电话后，一直闭着眼睛的贺承南懒懒地问："哪个男的？"

乔绯收起手机，故意逗他："不告诉你。"

贺承南马上翻身过来，乔绯怕了，赶紧挡住他，老实回答："好啦，只是认识的一个叔叔。他一个人过，挺可怜的，子女好像对他很不好。他说他儿子是个浑球，我猜是那种忤逆不孝的。这两天过节，我想买点礼物去看看他。"

贺承南睁开眼，手抚上乔绯的脸，看了一会儿，忽然意味深长地说："我也挺可怜的。"

乔绯马上明白了他话里的意思，拽开他的手，说："这是我对你的考验！"

起床后，专人送来了一套全新的女性服饰。乔绯换上，尺寸竟意外地合适。

一起吃过早饭，贺承南要去公司开会，约定了晚上去热格接乔绯下班后，二人依依不舍地分开。

乔绯从酒店出门，打车回华裕公馆。

上车的时候，乔绯心中腾起奇怪而熟悉的直觉，于是下车时又回头去看，发现车后又跟着一辆和昨晚一样的黑色轿车。她站在风里观察了很久，隐约觉得有些不对劲。

她习惯性地打开手机想告诉贺承南这件事，但想起早上分开的时候他说过要开一整天的会议，她不想打扰他，便没发消息过去。她想着，反正晚上都是要见面的，到时再说好了。

黑色轿车在乔绯进了华裕公馆后，慢慢开离了马路。

晚上，热格。

乔绯一到店里就明显感觉到众人对自己的态度变了。上至吴英俊这类的经理，下至服务、酒保，全部对她毕恭毕敬，礼貌有加。走到后台，她常坐的那个位子整排无人，演员和DJ们见她进来，全部客客气气地喊："绯姐好。"

乔绯虽然不太习惯这样的阵仗，但她知道这是必然的，贺承南昨晚在店里发了话，谁都不可能再有胆子为难自己。

于是新年的第一天，在这样一家钩心斗角的夜店小社会里，乔绯被动地接受了"大哥的女人"的新身份，在众人的谄媚奉承中完成了自己的八点档。

下班后，吴英俊留住她，说有重要的事要跟她商量。

两个人一起上了三楼吴英俊的办公室里，沃克和他团队里的两个重要助手也在，几个人正用英文交流着什么。见乔绯过来，其中一个人站起来，很热情地跟她握手、打招呼。

沃克坐着，神情还是一贯高冷和严肃。

乔绯以为是自己昨天的表演出了什么差错，愣愣地坐下来，问："到底是什么事啊？"

吴英俊在她的对面坐下，指着沃克说："沃克先生的团队今天下午来找我，沃克先生对昨晚和你的合作相当满意，他这几年一直想找一个有天赋的徒弟，跟他一起将电音事业发扬光大。你第一次跟他合作就有这样的默契，他很满意，想问你愿不愿意做他的入室弟子？"

乔绯听完动了动唇，不敢相信地呆住："徒弟？"

她是不是还没睡醒？

乔绯揉了揉眼睛，不太确定地看了一眼身边的沃克，又问吴英俊："你是说，我身边的这位沃克先生，问我愿不愿意做他的徒弟？！"

吴英俊笑眯眯地点头："对。"

乔绯猛地站起来："当然愿意！"

她马上用英文跟沃克重复了一遍，并表达了内心的欣喜和激动。

这种事摊在全世界任何一个 DJ 身上，都是不需要犹豫的事。沃克在电音领域是大师级人物，能拜在他的门下学习，不亚于在国内从幼儿园直接跳到顶尖大学，未来的发展前途无限可期。

而且能做沃克的徒弟，本身就已经是极大的荣誉。

乔绯从没想过自己会有这样的好运，吴英俊却在这时告诉她："你如果同意，公司将跟你提前解除合同，你要跟沃克先生一起去英国。"

乔绯上一秒还弯着的眼角马上就顿住，缓了缓后问："去英国？"

“当然，沃克先生只是我们邀请来表演的嘉宾，他这周五就会回去了。”

乔绯所有欢喜的情绪在听到要出国后荡然无存。诚然她十分喜欢电音，有幸能做电音教父的徒弟更是她之前从未敢渴望的梦想，突然有一天幸运降临在她头上，她只想拼命抓住这样的机会。

人这一辈子很短，必须要做自己喜欢的事，过自己想要的生活才不算枉费。所以即便从前她还是衣食无忧的大小姐，她也一直努力学习自己喜欢的事物。

更别说现在，她早已经不是乔家大小姐了，她只是一个大学生，一个平凡普通却有野心，想要在电音界闯出名堂，改变大家对电音的传统看法的大学生。

可要出国，乔绯又被一个人牵绊住了。她顿了顿，收起所有兴奋的表情，用英文问沃克：“可以让我考虑几天吗？”

“当然。”沃克点头，“你有选择的权利，在这周五之前告诉我你的决定就好。”

这时乔绯手里的手机响了，是贺承南的电话。她匆匆告别众人，离开办公室，去停车场上了贺承南的车。

贺承南刚刚忙完公司的事，看起来有一点疲惫，但看到乔绯过来，还是打起精神问她：“饿吗？”

“不饿。”乔绯摇摇头，“你呢，累吗？”

贺承南摸了摸她的头：“看到你怎么会累？”

这样的对话很温暖，很甜蜜，乔绯的心里却莫名地难受了。

回家的路上，因为藏着心事，所以她一直没说话，心情有点沉闷。她不知道要不要把沃克的事跟贺承南说，更不知道说出来后他会是什么反应。

眼看快到华裕公馆了，乔绯知道这件事迟早要开口，便试探着问：“你会支持我做自己喜欢的事吗？”

贺承南开着车，随意地回道：“当然，你想做什么都可以。”

“真的？”乔绯的眼睛一亮。

“怎么了？”贺承南察觉到乔绯似乎有心事，嘴角漾着浅浅的笑意，“想说什么就说，别试探我。”

既然得到了肯定的回复，乔绯也就组织了语言，鼓起勇气说：“今天去上班，英俊哥把我叫到办公室，说……”

“嗯？”

“说沃克想收我做徒弟……”

贺承南的车速在那一刻明显慢了下来。

“是吗？”他的声音很轻，不动声色地隐藏着自己的情绪，“有什么条件？”

贺承南是个生意人，知道所有的得到必须付出代价，乔绯说沃克要收她做徒弟，那肯定有她不一定能承担的代价。

果然，乔绯顿了很久才小声说：“条件就是，我要跟他一起去英国，系统地学习电音制作。”

贺承南眼里的光顿时暗了下去，但他仍在努力克制，继续平静地问：“多久？”

“四年。”

车猛地在路边刹住。

乔绯被刹车的惯性带得往前稍稍一冲，然后弹了回来，在座椅上发出闷闷的撞击声。

“不准。”贺承南的眼底一片漆黑，淡淡的两个字，道尽所有态度。

虽然已经有心理准备，但乔绯没想到他会这样一口拒绝。她太了解他了，所以她可以接受他对自己的霸道，但事关自身未来前途他依然强势至此，她觉得有些委屈。

这种委屈来自彼此不对等的理解。在知道必须去英国时，乔绯马上想到了贺承南的感受，所以提出要考虑几天。但现在，贺承南完全没有从她的角度，也没有想想她对电音的喜欢，就直接冷淡地堵死了她所有的选择。

乔绯是个倔强而叛逆的人，越是对她强制限制，她越要反抗。

“我想要为自己挣一个前途，我没有错。”

“你的前途有我，你想要什么都可以，我的所有皆可以给你！”

“是我想要的吗？”

贺承南看不透她的心思：“你想要什么？”

“我喜欢电音，我想站得更高！我想以后在那个领域，大家都能认识一个叫乔绯的 DJ ！”

“所以我呢？我们才在一起，你就要离开，让我等你四年？”

彼此说出了心里的想法，乔绯被贺承南的最后一句话触动，顿时哑然。

那时她误会贺承南和闻礼婕，她还嘲笑过闻礼婕让他等四年，结果风水轮流转，这样的事情竟然也发生在她的身上。

乔绯低下头，没再说话。

贺承南也没再吭声。

彼此都沉默着，沉浸在对方的话里，考量、思虑。

交警开车经过，敲窗说这里不能停车，贺承南只好重新发动汽车，不到两分钟就开到了华裕公馆门口。

他解锁，看了一眼身边表情有些沮丧的乔绯，心软了下来，刚想说些什么，乔绯却先闷闷地开口：“我先走了。”然后没等贺承南说话就下了车。

这件事的确进退两难，如果要成全乔绯的梦想，必定会牺牲两个人的感情。

贺承南看着她离开时失望的背影，心疼又烦躁，偏偏那种无力的情绪只能忍着、藏着，甚至不得不去接受和面对。

他踩下油门，超跑发出强力的引擎声，像极了他此刻无处发泄的烦躁。

贺承南刚开出没多远，褚焱忽然来了电话。他按下蓝牙耳机，尽力克制着情绪，冷声问："什么事？"

"晚上才收到的消息，伍盛戎不知找了什么关系被保释，人已经出来了。"

褚焱的声音顿了顿："他现在神志不太清醒，为保安全，您这几天出门最好都让齐晌跟着。"

贺承南听完褚焱的话，若有所思了片刻，平静地说："知道了。"

挂断电话，他隐隐有些不放心，打着方向盘将车掉头，朝华裕公馆的方向重新开去，一边开车，一边拨打乔绯的手机。

几秒钟后，手机里传来："您拨打的电话暂时无法接通。"

乔绯的手机一直打不通，过了一会儿再打就是关机。她不是那种闹了脾气就不接电话的姑娘，虽然考虑过会不会遇到人在电梯里，或者恰好手机没电之类的巧合，但贺承南还是用最快的速度返回了华裕公馆。

停车场的电梯被占用，他直接从负一楼跑到八楼。

他站在 803 房间门口，敲了几下门，却无人应。

贺承南快速按了密码进去，房内一片漆黑，乔绯的拖鞋还在玄关的鞋架上，一看就是人还没回来过。

贺承南当即猜想可能出事了，心猛地一沉，转身就给齐晌和褚焱打了电话。等二人赶到华裕公馆时，他正在物业处调监控。

贺承南是亲自把乔绯送到小区门口的，所以这一段路她到底发生了什么，一看监控就知道。

物业保安打开监控，调到晚上十点钟左右乔绯下车的时间，监控显示那时候小区门口的人不多。乔绯下车后原本是闷头往里走的，后来好像有谁在身后叫她，她回头，走了两步就进到了一个监控死角处，再之后就消失了。

就在这时，巡逻的保安走进来，说是捡到了一个手机。

保安看到贺承南后，打量了一会儿，然后把手机递过去，说："这手机是你朋友掉的吧？我看屏保的照片跟你挺像。"

贺承南马上接了过来。他按亮屏幕，手机的屏保是他帮乔绯伪装成她的家长那次，他在车上被乔绯强行合的影。

齐晌头靠过来看了一眼，心里暗道"天啊"，他看到照片上的贺承南还贴着假胡子，像在玩什么特别的角色扮演，十分刺激。

换了平时齐晌早就调侃了，但现在乔绯失踪，贺承南杀人的心都有，他也不敢随便开玩笑。

原本监控里虽然无法得知乔绯见的是谁，去了哪儿，他们还尚存一丝希望她是不是见到了哪个朋友。但手机都掉了，贺承南几乎可以肯定她出事了。

他眼底一片阴冷，马上站起来往外走，边走边问褚焱："伍家在哪儿？"

贺承南的神情十分冲动，褚焱知道他是急了，安慰道："您别着急，我现在给宋局打电话，出动警力或许能快点找到人。"

贺承南根本不听他的，齐晌也是个不服就干到服的性子，朝褚焱嘟囔："找什么宋局？伍盛戎那种人就是要把他打到服，不然又出来祸害人！"

他说完已经和贺承南走到了车边，拉开车门，两个人都气势逼人。褚焱没有办法，只能跟上。

门关上后，贺承南一字一顿地说："再问你一次，伍家在哪儿？"

褚焱迟疑了几秒钟，无奈地报了一个地点。

一路无言疾驰，夜里快十一点钟了，贺承南将车开到了伍家大宅。

主人们早已入睡，齐晌几乎快要将门踹翻才有用人来开门。看到门外三个高大的男人，用人还没说话，贺承南就一把推开了他，冷冷地问：“伍盛戎呢？”

用人被狠狠一推跌倒在地，吓得哆哆嗦嗦：“少……少爷睡了啊，你们是……”

这时客厅的灯被人打开，整个别墅骤然变得明亮。

伍盛戎穿着睡衣从楼梯上懒洋洋地走下来，在看到贺承南后，阴阳怪气地笑了两声：“哟，这不是贺少爷吗？别来无恙啊！”

看到伍盛戎，贺承南心底的怒气彻底爆发。他两步上前扼住伍盛戎的脖子，将他抵到楼梯的扶手上：“是你干的对吧？”

伍盛戎坐了太久的牢，神情很虚，身体更虚，经不起贺承南这么一拽，人差点从楼梯上翻下去。但他还是笑，甚至笑得很开心，无所谓地耸了耸肩：“对不起，我听不懂贺少爷在说什么。”

贺承南眸色如墨，狠狠捏紧他的脖子：“我警告你，别跟我玩花样，想算账找我，找女人算什么本事？”

伍盛戎被卡得喘不过气：“松手！”

“人在哪儿？”贺承南加重手中的力道。

就在双方争执不下的时候，伍家唯一的长辈，伍盛戎的二叔听到动静从楼上下来，跌跌撞撞地扶着楼梯：“贺承南，你住手！你再乱来，我报警了！”

齐晌这时抬起眼皮搭了一句话：“您一边儿去，随意。”

贺承南也根本没给这位二叔面子，手持续收紧，褚焱眼看事态不好，怕贺承南冲动过头，上去拉开他，低声说：“我给六爷打过电话了，他们已经开始在全城查人。”

顿了顿，他压低声音：“您消消气，先找到波波姐再说。”

贺承南的确是气疯了，气到失去理智了。褚焱提醒过后，他才冷静了三分，不解恨地揪住伍盛戎的衣领，厉声威胁：“听好，我的女人要是少一根头发，我都会让你拿命来换。”

伍盛戎对着他的视线，忽然神经质地笑了：“无所谓，换你心痛一辈子，值了。”

他笑完神色冷了下来，带着打落牙齿吞着血的恨，慢条斯理地说：“我就等着看你贺承南有多大的本事了。”

贺承南一把松开伍盛戎，将他狠狠地撞在扶手上：“等着。”

他来伍盛戎这也不全是为了发泄怒火，起码来这一趟，他确定了两件事。第一，是伍盛戎干的。第二，伍盛戎没亲自动手，找了别人。

能确定以上两点对贺承南来说，找人的范围就缩小了很多。

这个城市藏在缝隙里的三教九流也有自己的规矩，就像之前米线店里的“紫毛”，就算只是在街头玩的小混混、地痞少年，也有自己的小圈子，小圈子融合成大圈子，一层一层，总能找到要找的人。

可现在贺承南没有办法知道的是，伍盛戎找的是什么人，本地的，还是外地的？这就犹如大海捞针。

公安局那边已经出动警力调查华裕公馆沿线的所有监控，排除可疑车辆。

那边，C城已经归隐修身养性的老大哥六爷也被褚焱一个电话叫醒。原本老大哥不想再管这些事，但他之前欠贺承南一个人情，这次也不得不给几分面子站出来帮忙。

可以说，贺承南动用了所有的关系，在寒冷的冬夜，开始了地毯式寻人。

他坐在车上，心急如焚，却又无能为力。想起两个人分开时还在因为出国的事争吵，不过半小时的时间，她却不知道身处何地，有没有危险。

贺承南很后悔，后悔没有珍惜他们在一起的时间，后悔自己没有在当时好好说话，后悔没有亲自送她回家再走。他摸着她留下来的手机出神，屏幕倏然一亮，提示要输入密码。

他脑子里的意识是空白的，手指在屏幕上摩挲着，像受了某种驱使，他按了乔绯的生日。屏幕一闪，居然解锁了。

贺承南正走神的注意力被吸引了，解锁后乔绯的屏保是她自己的照片。照片上的她戴着耳机，在 DJ 台上笑得很开心。

此刻这样的笑容却疯狂地戳着贺承南的心。无奈、无力、自责，他疲惫地叹了一口气，靠到座位椅背上，不小心打开了微信。

乔绯置顶的就是和自己的对话窗口。贺承南瞥了一眼，页面上两人的对话窗口上，最后一句话是没有发出的。他愣了愣，马上坐直点开看。

“我到宿舍了，但是好奇怪啊，我发现有一辆黑色的车好像在跟着我。”

文字打完了，却没有发出去。推算时间，应该是两个人分开，她独自回宿舍后想要发出的，不知道为什么后来又没发。

这里面的线索太重要了，贺承南马上让褚焱通知了六爷和宋局。警方可以查从华裕公馆附近离开的所有颜色是黑色的车辆，六爷他们也可以问问最近有没有眼熟的车辆。

很快，两边都传来了消息。警方那边根据贺承南提供的线索，查到了一辆有嫌疑的车辆，但对方很阴险，车牌被遮住了，暂时还在追查路线。

六爷也问了一圈城里的三教九流，但得到的回答都是——不要命了吗，绑架贺承南的人？

的确是这样，本地没人有这个胆子，贺承南也早就想过，伍盛戎不可能会蠢到在C城找人。

事情到了这里变得略微棘手了，如果伍盛戎找的是那种亡命之徒，乔绯的危险又增加了一分。贺承南无法让自己坐在车里干等，他亲自去了警局，要求反复查看监控，希望能查到一点蛛丝马迹。

一行人紧张地调取有用的线索，一一排查，这时，褚焱领进来一个人。

伍夏风尘仆仆，似乎是才从哪里赶过来，长发微乱。她的手里拿了个东西，一进来就跟警察说："这里的录音或许有用。"

贺承南对她的突然出现很意外，当听到伍夏送来了一段录音后，更是震惊。那里面是伍盛戎从警察局里出来后所有的通话记录录音。

他出来后的三十七个小时里，一共打了十九个电话，其中和一个叫板哥的对话最有嫌疑。对话内容十分隐晦，正常来听听不出什么，但警局里长期搞侦探的警察一下就听出了不对劲，有好几个词语都是暗号。

警察们立即追踪起号码的归属地，查起了新线索。

褚焱同步把这个线索告诉了六爷后，对方很快回复，本地没这号人，几年前在隔壁湘城倒是听说过一个叫板哥的。这和警察们查到的归属地完全吻合。

于是所有人迅速行动，在C城到湘城的所有出口设置关卡排除可疑车辆。

贺承南看到事情终于有了眉目，悬着的心总算放下来一点。他看着一脸平静没有任何情绪的伍夏，有些不懂："你为什么要这么做？"

监听自己的亲哥哥，还在这样的紧要关头双手送上他犯罪的证据。

伍夏只是很轻地笑了笑，没回答。

褚焱这时却忽然拉住她的手，缓了缓，脸上浮现一种从未有过的狠厉，对贺承南说："因为，我们比你还想让他死。"

贺承南："……"

来不及细问褚焱和伍夏的关系，以及这中间究竟发生了什么，警方那边很快传来振奋人心的消息——找到人了！

在C城的高速出口收费处，警察拦截了一辆黑色轿车，也确认了乔绯就在那辆车上，但现在麻烦的是，现场有些混乱。对方似乎没有想过还没出C城就被抓住了，被逼得孤注一掷，正以乔绯为人质和警方进行对峙。

贺承南听到这个消息，一秒钟都没有停留，开上车就朝高速出口赶过去。

这种时候就是争分夺秒，仿佛他早去一秒，乔绯就能早一秒脱离危险。

C城高速路出口处已经被荧光色的隔离带团团包围，警灯闪烁，车辆全部疏散离开。

天空飘着细微的雪花，歹徒已经被抓了两个，剩下的一个正挟持着乔绯与警方对峙。

乔绯的眼神有些惊慌失措，她从没有想过自己会遇到这种电视里才会出现的画面。她被掳上车后就被捆住了手，甚至有枪抵在腰上威胁她不准发声。她原以为对方是抢劫，结果上车后他们一言不发，十分有目的地带着她往城外开。

乔绯一路都在寻找自救的方法，直到到了这个收费站，她发现竟然有很多警察，前面还设下了关卡。腰上被抵着枪的她不敢说话，只能找机会用眼神疯狂暗示，也不知是她的暗示有用还是警察排查出了什么，警察让他们全部下车。慌乱的一瞬间，歹徒想要强冲关卡，却被警察强行拦下，再后面一团混乱，她被那个拿枪的男人抓下了车。

然后，一直对峙到现在。

她的身体有些发抖，脖子被歹徒扼住，枪口就在背后，动也不敢动。对面有一排警察，几个黑色的枪口对准了歹徒。现场的气氛僵持不下，无人退步。

贺承南赶到的时候，歹徒正情绪暴躁地提要求。他打开车门就想往人堆里冲，却被褚焱拦住。

“贺总！”

他想说“危险，不要过去”，可话到嘴边，仿佛能感同身受他这一刻的心情，又默默收回了想说的话，改成“别冲动，注意安全”。

“知道。”

警察根本不让贺承南靠近，但他不由分说地扒开了对峙的队伍，毫无防备地站在了歹徒的对面。

乔绯看到突然出现的贺承南，嘴唇动了动，一瞬间心头有千言万语想要涌出来，害怕了很久的眼泪顿时就委屈地包在了眼里，眼眶红红的。

贺承南的心揪成了一团，朝她做了个口型——别怕。

然后他慢慢走近，和歹徒周旋商量：“把人放了，你要多少钱，要什么条件，我都可以满足你。”

挟持乔绯的正是那位板哥，他现在的情绪比乔绯还要紧张和激动。看到贺承南走近，他立刻拿枪指着贺承南：“退后，站远点！”

贺承南在这边吸引歹徒的注意力，齐响和一个特警从人堆里悄悄摸到后面，绕了一圈，站在了板哥的身后。

现场的气氛剑拔弩张，板哥已经是穷途末路，极有可能做失去理智的事。贺承南不想再将乔绯的安全寄托给别人，他要救她，他必须把她毫发无伤地救下来。

他象征性地往后退了一步，继续分散板哥的注意力：“两百万够吗？不够的话，五百万，现金，马上给你。”

他的话让板哥稍稍分了心，板哥神情怔了怔，好像在考虑。

这是绝佳的机会，贺承南马上眼神暗示齐晌。齐晌也是反应快、胆子大，随即就上前从身后反扣住板哥的手，他是退伍的特种兵，身手敏捷，在和特警合作控制板哥的同时狠狠地推了乔绯一把，把人推了出去。

乔绯跌撞了两步，惊魂未定，贺承南马上大步跨上前接住她。就在此时，身后传来剧烈的一声枪响。贺承南的手刚碰到乔绯，几乎没有任何考虑，就将她转过来抱在怀里。

枪声未停，一声接一声，惊天动地。贺承南把乔绯紧紧地按在自己怀里，用自己的背，正对着身后发出枪声的方向。

近距离地听着枪声，乔绯产生了强烈的耳鸣，一瞬间听不到任何声音。她埋在贺承南怀里，感受到他毫不犹豫地保护自己，短短的四五秒钟，她感觉好像经历了一辈子。

等耳边的声音重新回来，看到警察们一拥而上制服板哥时，乔绯才回了神。她惊慌地推开贺承南，用手去摸他的脸和身体。

还好，他一切都好。确定了他的安全后，乔绯忍了一晚上的眼泪终于忍不住滑落下来。

劫后余生，百感交集，她紧紧地抱着他，不停地重复道：“我就知道你不会不管我……还好你来了……还好是你……”

雪花安静地落在两人的肩头，失而复得的滋味贺承南以前不知道。但这次过后，他终于对人生、对爱情有了不一样的感悟和理解。

事情过去了两天，渐渐平息。

乔绯从被绑上车到脱离危险只花了两个小时二十分钟。

这一切，都源于贺承南敏锐的反应能力。如果当晚他没有回头去看，没有坚持给乔绯打电话，没有动用所有的关系去找乔绯，等板哥把人带到了湘城，甚至带到更远的地方，后果将不堪设想。

伍盛戎再一次被请进了警察局，之前他二叔拼了所有人际关系和财力将他保释出来，结果他这么一闹，往后余生任谁也没办法救他了。

从贺承南毫不犹豫地挡在自己身前的那一刻起，乔绯就决定了留在C城，留在这个愿意为她挡子弹的男人身边。

梦想很重要，可梦想不是人生的唯一，梦想也有别的追求方式。但爱人只有一个，他值得她为他割舍和放弃梦想。

回来的那天，贺承南在华裕公馆陪着乔绯。晚上躺在一起时，乔绯说出了自己的决定。贺承南当时什么话都没说，只抚着她的头发说："先睡觉，以后再说。"

翌日，他从公司拨了一辆车和司机专门接送乔绯，车上还备了一个女保镖。

用贺承南的话来说，他决不能接受这种事发生第二次，所以为了让他放心，乔绯只好接受了这一切安排。

在家休息了两天，时间很快就到了沃克给乔绯的最后期限。

她这几天都没去热格，虽然她没有受伤，但贺承南还是要她在家休息两天，平复心情。眼看沃克次日就要走了，她决定还是去一趟店里，跟吴英俊说下自己的决定，再让他转告给沃克。

或许会有点遗憾，但乔绯不后悔自己的决定。

下午六点钟，司机将她送到热格，然后就在原地等着她下班。

乔绯到了三楼办公室后，意外地看到沃克和他的生活助理也在。她没想到他们会在这里，愣了片刻后故作轻松地跟他们打招呼，然后走了进去。

她正想告诉沃克自己选择留下来时，吴英俊笑眯眯地说："乔绯，以后你就是沃克先生在热格的DJ助理了，你们要好好合作，将店里的生意翻个番哦！”

乔绯怔住，一时没反应过来：“什么……合作？”

沃克坐在旁边，在一份纸上签了名字后，将其递给吴英俊。双方握手，面带微笑，像是在签合同。

乔绯呆呆地看着这两人的动作，愣住了：“这是什么意思？难道沃克先生以后要在热格驻店了吗？”

沃克一直都是独立的个体，从未在哪一家夜店长期驻留过。光是邀请他来做这场表演就已经是花了巨资，乔绯不敢相信能让他愿意留下来，给出的会是怎样惊人的价格。

“是的，驻店DJ。”吴英俊甩了甩合同，“从明晚开始，你就是沃克先生在热格的第一助手，要加油哦。”

说着，他掩嘴过来，小声地说：“是贺总花了大代价哄你高兴的。”

回去的路上，她给贺承南打了几个电话都没人接。直到到了华裕公馆楼下，进电梯之前，她才打通了他的电话。

电话那边能听到水声，贺承南接起电话，声音似是带着水雾般，懒懒的，很迷人：“怎么了？”

“你在洗澡吗？”

“嗯。”

乔绯按下电梯里的数字“8”，关上门后，压抑着心底的快乐和兴奋，小声地问他：“你怎么不告诉我你把沃克签下来的事？还有，一定花了不少钱吧？”

水声消失，贺承南从卫生间出来，语气懒散地回答：“重要吗？能用钱解决的都不是问题。只要你开心，十个沃克我也能请回来。”

顿了顿，他的声音沉了下来，有些遗憾：“但还是很可惜，他只愿意留下来一年。”

“够了，我满足了，真的。”

乔绯的鼻子酸酸的，觉得这个男人为自己做的实在太多，她愿意为他放弃，没想到他同样也在尽力保护着她的梦想。

贺承南似乎感受到了她的感动，问："现在开心吗？"

"开心，当然开心！"乔绯到了门口，伸手去按密码，软软地撒娇，"你还在忙吗？我想见你，想马上就见到你，谢谢你为我做的一切。"

密码输完，803 房间的门自动打开。

下一秒，乔绯抬起头，视线直直地对上正拿着手机斜倚在墙边，下身裹了条浴巾的贺承南。

她愣住，眼睛眨了眨，看着面前的贺承南和客厅里三个整齐的行李箱，嘴唇微张："你……"

贺承南站直，嘴角勾着笑，朝她一步一步地走近："怎么谢？"

绯住在一起，光是这一点，这间小套房就已经是他心中的最佳豪宅了。

看了一会儿，他有点饿，下班后忙着搬家，他还没顾上吃晚饭。

贺承南从房间里出来，正准备问问乔绯饿不饿，走到客厅却发现人不见了。他走进乔绯的卧室，她正伏在桌上写着什么，神情很认真，时不时还咬着笔抬头想一会儿。

隔着不到五米的距离，贺承南看到她映在灯光下的侧脸，突然有一种感觉，哪怕就这样静静地看着她，他也觉得人生圆满了。

贺承南轻轻勾唇，朝乔绯走了过去。

乔绯完全没注意贺承南从外面走进来了，她的合住条约才刚刚写到第八条，还在仔细琢磨添加新的条款。

贺承南在她身后，稍稍弯腰，眼神下瞥。

“第一条，未经同意不得进对方房间（尤其是晚上十点后）！”

“第二条，在家里不能穿暴露的衣服（尤其是洗澡后）！”

“第三条，贺承南要控制住自己。”

…………

后面诸如要节约用水、轮流值日之类的条款，已经写到了第八条。

看到那个“控制自己”，贺承南的脸上蓦地升起一抹笑。他俯下身，把乔绯圈在臂弯里，然后抽走那张条约。

乔绯一愣，转身去看，差点对上贺承南迎面而来的唇。她马上心虚地往后仰，耳根红了：“干吗？我还没写完！”

贺承南直接将条约利落地撕掉，然后把乔绯从凳子上抱起来放到桌上，让她的视线与自己齐平，慵懒的声音落了下来：“宝贝，你放松一点好不好？”

乔绯坐在桌上，贺承南的手撑在她身后的桌面上，目光暧昧而炙热，呼出的气息若即若离。

对上他的目光，乔绯的脸有些烫。她呼吸微乱，咽了咽口水，别开脸小声地说："你这样我能放松吗？"

小姑娘没什么定力，仅仅是刚才对视的几秒钟，她就差点沦陷在贺承南那双幽深的眼睛里。

贺承南看着一点都不经撩的乔绯，不忍再逗她。他清了清嗓子，语气正经了几分："刚才不是说要谢我吗？"

话是这么说，可刚才是刚才，现在是现在。乔绯犹豫了一会儿，试探道："那你想我怎么谢你？"

原以为贺承南会趁机提出一些奇怪的要求，没想到他顿了顿，玩味地勾了勾唇："不着急，我想到了再说。"

说完他往外走，边走边说："你要吃东西吗？我让褚焱买点吃的过来。"

"现在？"乔绯被转移了注意力，追着跟上去，"你饿了吗？"

"嗯，晚上下班还没吃饭。"

"天。"

乔绯看了一眼客厅里的钟，都已经快九点钟了，他居然还没吃饭！她马上心疼地往厨房跑："那我煮面给你吃？让火哥买来还要等。"

贺承南抬眸，半信半疑道："你会煮面？"

"会啊！"

十分钟后，乔绯端着自己拿手的面条出来，走到贺承南的面前放下，揭开盖子："尝尝呀。"

她进厨房之前把自己的厨艺夸得天上有地上无，信誓旦旦地拍胸脯，保证从自己手里出来的食物都称得上是人间美味。

然而现在，贺承南垂眸："泡面？"

"这是我波波姐独家秘方煮出来的波式拉面，你看啊，有绿色蔬菜，有荷包蛋，还有培根——"

贺承南是个生意人，看问题很透彻，淡定地说："本质上它还是泡面。”

乔绯顿了顿，马上不乐意了，将碗拿走。

“不吃拉倒！”

贺承南看着背对自己气鼓鼓的身影，再看了一眼像一盘大杂烩的“波式拉面”，无奈地扯了扯唇，伸手去拉乔绯的袖子，哄道：“喂，我又没说不吃。”

乔绯转过头，表情气呼呼又委屈巴巴的，好像在说“那你吃啊！马上吃给我看”。

贺承南将碗拿过来，挑了一筷子，对着乔绯说：“过来，第一口喂你，你煮面辛苦了。”

乔绯终于阴转晴有了笑脸，嘟囔着：“这还差不多。”

她张着嘴凑到贺承南面前，吃进他喂的这口面，结果有一根面条太长，她慢慢用舌尖舔着往嘴里回吸，正想说怎么半天都没吸到嘴里，男人忽然靠过来，眼底闪过一丝笑意。

等乔绯反应过来的时候，贺承南已经动手将剩余的半截面条送到她的口中，他的唇随即贴到了她的唇上。

“傻瓜，吃个面都要我帮忙。”

她什么时候要他帮了？！

贺承南心满意足地在她的唇上流连了一圈后，她才后知后觉地反应过来——她又被套路了。

辛苦了，先喂你？呵呵，都是这个男人占自己便宜的招数！

乔绯看着面前慢条斯理吃面的男人，忽然很不服气地想要角色互换一次。她把碗抢过来，挑起一筷子给贺承南：“你张嘴！”

“哦。”贺承南很坦然地张开嘴，“啊——”

乔绯跟刚才一样给他喂了一口，等面条到他嘴里后，也很霸气地凑上去吻他。她想学他强吻自己一样，去骚扰他吃面。

结果人刚扑到贺承南的怀里，就被他稳稳地接住，随后他慢悠悠一翻，就将她轻松地压至沙发上。

又失手了。

贺承南的嘴角勾着笑，手指得逞地在她的脸颊上轻轻地摩挲着："怎么办？你比面香。"

乔绯从他的眼神已经看出了他下一步的动作，伸手推他："贺承南！合约第三条，你要控——嗯——"

"乖，吻你的时候不要动。"贺承南再次覆下唇。

之后的十多分钟里，满室都是温暖、甜蜜和美好的气息。

这一晚虽然被贺承南强行占了几次便宜，但最后彼此还是规规矩矩地回了各自的卧室休息。

乔绯知道，无论是贺承南还是霸霸哥，在原则问题上，他对自己一直很尊重。

隔日，乔绯想趁有空去看一下群叔。

她七点半起来，看到贺承南的房间门开了，又听到卫生间里传来水流的声音。她慢慢走过去，快到门口的时候，倚在墙边偷看。

贺承南站在洗脸池前，正在对镜往下巴上打泡沫。他虽然撕了合约，但很听话，规规矩矩地穿上了睡衣。就算是穿着睡衣，他姿态慵懒地站在那儿，依然让人着迷。窗缝里洒下的清晨第一缕阳光笼罩在他身上，映得他浑身都是致命的吸引力。

"看什么？"他冷不丁地发出声音。

乔绯被吓了一跳。发现贺承南正从镜子里看自己，马上心虚地理了下自己的头发："我……我看你什么时候用完，我也要洗脸刷牙。"

"嗯。"贺承南跟她招手，"过来。"

这样一个爱人和阳光都在的早上，乔绯莫名有些脸红，心里欢喜又羞赧。她的心里如小鹿乱撞，慢吞吞地走过去：“干吗？”

贺承南将她拉到怀里宠溺地圈住，然后把手里的剃须刀递给她：“你帮我。”

乔绯握着黑色剃须刀，抬头愣愣地看镜子里的男人：“我不会啊。”

贺承南只管把她搂在怀里，教她：“先打点泡沫。”

乔绯拿起他指的那瓶剃须膏按了一点在手里，而后沾了水，在手里打了一些泡沫出来，然后转过身。

她很新鲜地观察他隐隐泛着黑色须根的下巴，光看不够，还用食指去戳。她像发现了新大陆，乐了：“嘿嘿，好玩，真的是硬硬的。”

男人的胡楂都能玩得这么高兴，贺承南想笑，额头亲昵地抵上她的，声音低哑暧昧：“喜欢吗？”

乔绯脸一红，忍不住把手里正在打的泡沫随便抹到他脸上：“臭美，我才不喜欢！”

贺承南捉住她捣乱的手，然后强行抱住她的脸，拉近，把下巴上的泡沫沾了一点给她。

乔绯被弄了一嘴，顿时就嚷了起来：“贺承南！你又惹我！”

她清脆带笑的声音响在房里，给这个家莫名增添了许多生气。

乔绯跳起来想把手里的泡沫全涂到贺承南的脸上，他只好讨好认错：“好了，我错了，不惹你了。”

他的态度相当端正，乔绯又天真地信了，很不争气地原谅了他：“那你站好哦，我来帮你剃。”

乔绯拿着剃须刀，一下一下剃得很认真。

贺承南的眼里全是她的样子，她笑，她闹，她站在阳光下给自己剃胡须……这样的画面，他怎么都看不够。

几分钟后。

“你看看，好了吗？”乔绯很细心地剃完，然后抬起头看他，想要邀功。

贺承南一本正经地看着镜子，顿了顿："还差一点。"

乔绯信以为真，跟着转过去在镜子里打量半天："很干净啊……差哪一点？"

她疑惑地转头，就在那瞬间，贺承南从后面侧头偷吻她，声音宠溺："还差这个。"

两个人黏在一起，光是洗漱就花了半个多小时。洗完后各自换好衣服，又一起喝了乔绯昨晚睡前特地煲的杂粮粥，最后十指紧握着出门。

"我送你，去哪儿？"

乔绯道："我今天要去看我那位叔叔，你呢？"

贺承南看了看手表，上午难得有两个小时的空闲，想了一会儿后，说："我回趟家，拿点东西过来。"

乔绯后来拒绝了贺承南送自己的要求，两个人没有一起出行，原因是："我还要去给叔叔买新年礼物，你就别跟着一起了。"

贺承南便没有强求，交代司机平安接送乔绯后，就自己先出门了。

临近深冬，天气也越发冷了，他要回家拿一些换洗的衣服和日常看的经济杂志。开车回到别墅后，他将车停在门口，用人正在室外浇花，看到他回来很高兴。

"少爷，你回来啦？"

贺承南穿着一身黑色呢子长衣，清爽而冷峻，或许是心情好的原因，他和用人打了声招呼，问："我爸呢？"

用人指了指里面："老爷刚起来，在喂鸟呢。"

贺承南进门，脱了外套丢在沙发上，看到贺枭群正站在阳台一角，手里抓着一把鸟食，自言自语地跟鸟说着什么。他慢慢走近，发现老爷子说的是"生个浑球儿还不如不生，一天到晚就是赚钱，也不知道给我贺家传宗接代”。

贺承南听笑了。他发现贺枭群从公司退下来在家享福后，每天脑子里想的都是这些家长里短。

贺承南还记得自己五岁那年，贺枭群刚刚开始白手起家做KTV的生意，那时不知是挡了谁赚钱，有一晚半夜三更，家里突然被五个凶神恶煞的人砸门进来。

贺承南那时候还小，被母亲紧紧地抱着，然后眼睁睁地看着贺枭群从厨房里拿着菜刀就冲过去，一打五，愣是把人吓得不敢再动。所以贺承南身上的狂妄和狠辣完全是遗传了老爷子的基因。

后来，贺枭群凭借这股无畏无惧的勇，在下海风最热的那几年，成功转型为正经商人，在业内成为一个神奇的传说。

所以现在很多时候，看着一代枭雄慢慢变成了念叨着想抱孙子的普通老人，贺承南真的有点不太习惯。

他上前两步帮老爷子喂鸟，嘴角含笑：“知道我回来了，故意骂给我听的吧。”

贺枭群不理他，还在气他上次不愿意见乔绯的事，宁可对着鸟也不看他。

贺承南觉得新鲜，这老头儿怎么还跟自己闹起性子了，当真是越老越要哄了。他也知道最近有些忽略老爷子了，公司的事情压得他偶尔会喘不过气，再加上和乔绯前些日子感情不稳定，他忙得好久都没有回家看贺枭群。他的确是个浑蛋儿子。

贺承南妥协，拿出自己带回来的一盒雪茄，耐心地哄老爷子：“特地让朋友从古巴带回来的，孝顺您。”

贺枭群稍转头瞥了一眼，咳了咳，装作不在意地收回视线。

“戒了，我现在就想抱孙子。”

贺承南看出老爷子眼里一闪而过又使劲压抑住的惊喜了，他无奈地将雪茄塞到贺枭群手里，笑道：“行了，别演了，雪茄给你，孙子今年也给你。”

贺枭群马上转头：“有了？”

贺承南挑了挑眉，偏头说：“快了。”

“那你说的废话！”

贺枭群空欢喜一场，但沉了沉气，总算愿意搭理儿子了。他把鸟笼放下，拿起雪茄看了一眼，确定是好货色，这才缓了态度，问：“哪里的姑娘？”

“在我夜店里上班的。”

贺枭群睁大眼睛看着他：“混夜店的？”

老爷子马上摇头：“不行，不行，我们家的基因不能再来一个野的了，必须要一个温柔的中和一下。你听我的，我上次跟你说的那个女孩儿真的——”

“好了。”贺承南知道老爷子想要撮合自己和别人的心还没死，将话打断，“我上去拿些东西，待会儿还要去公司开会。”

贺枭群见他又不愿意谈乔绯的事，恨铁不成钢，但他知道儿子的脾性，又无可奈何，只能追问：“礼婕都搬走那么久了，你什么时候回来住？”

“我现在和女朋友住在一起。”贺承南走到客厅拐角的电梯处，顿了顿，“结婚了再回来吧。”

贺枭群发现这儿子比起自己简直是有过之无不及，一生气：“走，自己出去买房子住，我才不乐意跟你们住。”

老爷子一想到可以中和他们贺家这种暴戾基因的乔绯就这样与他失之交臂，情绪就变得低落，对着鸟笼感慨万千。

贺枭群正在感伤时，用人从外面迎来一个姑娘，正是乔绯。

“老爷，钢琴小姐又来看你了。”

贺枭群愣了愣，马上回头，看到乔绯笑眯眯地站在面前："群叔，我来啦！你还好吗？"

乔绯穿了件白色羊毛斗篷，领口系着蝴蝶结，头带驼色贝雷帽，长发温婉地披在脑后，眼角浅浅地弯着，露出甜甜的笑。整个人像自带着阳光，一下就暖到了贺枭群的心里。

这不就是自己想象中的儿媳妇吗？琴棋书画样样精通，还生得漂亮，大方得体。可这样一个像小暖炉般的极品姑娘却无缘贺家，贺枭群一想到这内心就崩溃了。

"群叔？群叔！"乔绯在老爷子面前招手。

贺枭群回神，换上笑脸迎接她："哟，绯绯，你可来了，群叔想你了。"

"嘿嘿。"乔绯上来扶住他，乖巧地递上自己的礼物，"这条围巾是我买给您的，最近天冷了，要注意保暖哦！"

老爷子流下了幸福心酸的泪水。他那个浑蛋儿子就不会想到这么温暖的事！

尽管家里暖气开到了二十八摄氏度，贺枭群还是马上接过来围在脖子上，直呼："暖和，太暖和了，我很喜欢！"

乔绯见哄得老人家开心，也受到了情绪的感染，开心地将他扶到钢琴旁："群叔，您今天想听什么曲子呀？"

"随便，你弹的我都喜欢听。"

贺枭群坐到钢琴旁，顺便叫用人："你去叫少爷下来，就说家里来了客人。"

用人应声离去，乔绯看着用人慢慢走到一处拐角，发现那竟然有电梯。前几次来她都没注意，原来这房子这么大，竟然还有直通的电梯。

她收回视线，低声问贺枭群："您儿子回来了？"

贺枭群点点头："没事，我就是让他下来跟你打个招呼，让那个浑球儿洗洗眼，也欣赏欣赏什么是高雅的艺术。”

再顺便，强行相个亲。

乔绯不好意思地道：“您别这么说，我也是随便弹弹，登不了大雅之堂。”

她虽然一直听群叔说这个浑蛋儿子，却从来没见过他。不过她猜想，大致是与伍盛戎差不多的纨绔子弟吧。

乔绯把手覆在琴键上，忽然想起了跟这些纨绔世子完全不一样的贺承南，心里涌上一股甜蜜，当即决定：“群叔，那我今天弹《卡农》给你听。”

“好呀！”

她纤细的手指落下，带着爱意的琴声悠扬传出，响在别墅的大厅里，慢慢飘高，传到二楼。

贺承南正在找一本书，找了很久都没找到，有点烦躁，用人这时来敲门：“少爷，老爷让你下去，那个钢琴小姐来了。”

贺承南正不耐烦，尤其是听到自己难得回来一次，那个女人又来了家里，心里立刻有了强烈的抵触和反感情绪。

他冷冷地说：“出去。”

用人有些为难：“可老爷说……”

话没说完，对上贺承南阴冷的眼神，用人自觉地没再说下去。用人默默转身，正要下楼，贺承南忽然问：“那个女人老来吗？”

“来过三四次了，每次来都弹琴给老爷听，有时候还陪他下棋，哄得老爷很高兴。”

贺承南皱眉，想了下，还是放下手里的书，从门口走出去，穿过长长过道，走到二楼扶手处，正好可以看到客厅的三角钢琴。他站在那能听到楼下的琴声，说实话的确很优美动听，但或许是因为内心先入为主地给这个女人加了反感的滤镜，他听了一会儿后觉得不过尔尔。

三角钢琴撑起的顶盖虽然遮住了女人的样子，但贺承南能看到坐在旁边笑得一脸欣慰和满足的贺枭群。老爷子像吃了蜜，对比刚才他对自己的态度和表情，仿佛现在坐在他旁边的那个女人才是亲生的。

贺承南看了一眼，转身回房间，关上门："别再来烦我。"

用人只好讪讪地离开，下楼告诉贺枭群："老爷，少爷说……别去烦他……"

贺枭群一听有点挂不住面子，挥了挥手："爱来不来！"

然后他笑着对乔绯说："那个浑球儿是这样的，每天都在气我。"

于是，乔绯对贺枭群更加同情了，同时也在心里讨厌起了群叔的儿子，不孝子一个，当真对得起"浑球儿"三个字。

刚弹了两首曲子，她兜里的手机响了，是学校打来的电话。因为下周要开答辩会，而她的论文有几处问题要再修正一下，辅导员叫她马上回去一趟。没办法，她只能起身跟贺枭群告别，顺便表达了歉意。

贺枭群知道她临时有事便没挽留，只是走之前问她："绯绯啊，这个月二十七日是我六十大寿，你能来参加吗？"

乔绯算了下时间，原本她想订二十六日的票回A城过年，但既然是群叔六十大寿，人家话也说出口了，想着推迟一天也没事，便爽快地答应了："好呀。"

贺枭群喜不自禁，送她出去："那二十七日晚上六点钟，就在家里，我等你啊。"

乔绯点点头："好的，群叔，我会准时到的。"

把人送走了，贺枭群一脸的笑意一直挂在嘴角不散。贺承南从楼上下来看着老爷子那瘆人的微笑，冷不丁在背后说："不知道的还以为那是你亲生的呢。"

贺枭群扭头奇怪地看着他，像是被提醒了什么："对啊！"

贺承南："对什么？"

“既然你有女朋友了，那我要认她做干女儿，对，对，对。”贺枭群忽然变得兴奋，“然后介绍给你堂弟！那就是咱们贺家的媳妇了，亲上加亲，对，对，对！”

贺枭群说干就干，马上就开始打电话，通知贺承南在国外做律师的堂弟二十七日务必回来参加自己的寿宴。贺承南像一团空气，完全被冷落了。

走了一个闻礼婕，二十六岁的贺承南竟然凭空多出一个干妹妹。他看着自家老爷子一副中了邪的痴狂模样，忍不住咬牙吐槽：“是仙女吗？”

贺枭群还在打电话：“骏源啊，二十七日回来参加叔叔的寿宴吗？叔叔给你介绍女朋友啊！哈哈哈，对，对，对，能来是吗？好好，叔叔的眼光包你满意！”

贺承南没继续听下去，拿着自己收拾好的东西就出门了。

他匆匆返回公司，忙了一上午，利用午饭时间给乔绯打了个电话，两个人说了会儿甜甜的情话后，又继续忙各自的事。

乔绯回了一趟学校，除了修正论文上的一些不够详细的出处，还得知了一件让她觉得很意外的事。

这年音乐学院古典音乐系会保送一名学生读研，直接拜在国内古典音乐泰斗胡玉老师的门下。胡老师收学生特别严，几年都带不了两三个，很看重天赋，是拿政府津贴的老一辈艺术家。而现在，辅导员告诉她，系里几经商量，决定这个保研名额在她和另一名女生之间做选择。

“绯绯，我敢打包票，你把你的论文改一改，不写电音的话，这个名额非你莫属。”辅导员语重心长地劝她，“其实今天叫你回来是我的私心，我看得出来主任很喜欢你，这个名额也是属意给你的，只是你的论文实在太……”

乔绯从没想过继续读研的事，虽然胡玉是业内泰斗，是许多古典音乐系学生梦寐以求的老师，可是她志不在此。

于是她宽慰辅导员：“就让另外那个同学去吧，我不读研了，我已经全职上班了。”

辅导员不敢相信：“你疯了吧？胡玉啊，你知道多少人想读胡老师的研究生吗？”

“我知道。”乔绯淡淡地回答，脸上带着微笑。

她当然知道，这种渴望就像自己梦想成为沃克的徒弟一样，但古典音乐不是她热爱的。与其这样，还不如把机会留给更需要的同学。

“真的，我不想读研。”乔绯在离开前，再三告诉辅导员，“如果有机会，希望您帮我转告系里，我没有这个意愿。”

辅导员是个很惜才的人，她不想乔绯因为年轻不懂事而断送自己的锦绣前程。在乔绯走后，她仔细想了想，然后找到学生资料里的电话，联系了乔绯的爸爸乔石宇。

“您如果有空，可以亲自来一趟学校吗？希望在我们老师和家长的努力下，绯绯能改变主意。”

晚上下班后，乔绯回到华裕公馆，贺承南已经先回来了。他心情不太好，大冬天的，人居然泡在阳台的空中泳池里。

乔绯轻轻推开阳台的玻璃门，池子里的水波光粼粼，男人赤裸着上半身靠在泳池的角落，眼睛微微闭着，紧实的肌肉线条上有细微的薄汗。他好像在思考什么，眉头蹙在一起。

乔绯不放心，手伸到池子里探了探，还好是恒温。她知道贺承南想事情的时候不喜欢被人打扰，于是静静地往后退，打算进去给他泡杯茶。

她刚走，贺承南就听到动静睁开了眼睛：“回来了？”

“嗯。”既然已经吵到了他，乔绯只好转身，走到他面前蹲下，柔声问，“怎么在这儿一直泡着，不冷吗？”

贺承南情绪很淡地牵了牵嘴角，从水里伸出胳膊去拉乔绯的手，轻轻带出一点水花溅到她的手上。

“你不开心吗？”乔绯问。

贺承南低头没说话，只是握着她的手。

乔绯知道他肯定有心事，想了想，脱下鞋，挽高裤脚，将脚小心地浸到池子里。

“别不开心呀，我陪你泡好不好？”

贺承南微微抬眸看她，看出她的用心，他轻笑，顺手将她往下一拉，她整个人顿时跌落到池子里。

“陪我就下来。”

乔绯从池子里浮出来，抹干脸上的水。她的黑色线衫全部被打湿，紧贴身体，她脱口而出：“贺承南，你！”

她本想发作，可想到贺承南心情不佳，只好压下情绪，嘟着嘴道：“反正我感冒了不上班，你也得发我工资。”

贺承南笑着把她拉到怀里：“好。”

于是两个人抱在了一起，乔绯靠在他肩头，偷偷地看他：“你……今天不开心吗？”

贺承南顿了一会儿，也不知是不是在笑自己，摇了摇头，对着空气自言自语：“你信吗？我二十六岁了，我爸还给我找了个妹妹。”

“妹妹？”

乔绯愣了一下，虽然不知道这中间的细节，但她知道豪门家族最容易出现私生子女，有的在外养了几十年后忽然回来争夺家产，然后家族之间钩心斗角，不得安宁。

原来贺承南是因为这事不开心啊，也难怪，是挺闹心的。

乔绯虽然明白，但这种事她也不知道怎么安慰，只能从好的方向试着劝他："别这样，说不定你妹妹是个很软的小可爱呢？你想想，忽然有人叫你哥哥，多幸福啊。"

贺承南自嘲地轻笑："幸福？"

"对啊。"乔绯觉得他好像被说动了，仰头看着他，"不信你感受下。"

她清了清嗓子，用很软很软的声音撒娇地叫："哥哥。"

贺承南听得背脊一僵。他转过身，目光稍动，一瞬不瞬地看着眼前的女人。

"不好听吗？"乔绯见他似乎没什么反应，想了想，又乖巧地问，"那这样呢？"

她拉长尾音，眨眨眼，双手举过头顶比了个心，软声逗他："南哥哥，你看我这个妹妹可爱吗？"

她眉眼带笑，声音软绵绵的，像入口即化的棉花糖，轻轻松松就融化了贺承南整晚的郁闷。他搂着乔绯的腰，将她拉到自己面前，眼里灌满了宠溺。

"可爱。"他的脸和她的贴在一起，温柔地吻她，"叫一声'老公'的话，更可爱。"

第四章
我的乔公主

到底还是怕乔绯被冻感冒，没一会儿，贺承南就把她抱出了泳池。他把人抱回客厅，客厅里开着空调，很暖和。

贺承南冲卫生间扬扬下巴，意味深长地说：“一起？”

乔绯脸一红，从他怀里跳了下来：“去，你想得美。”

她从卧室里拿了睡衣，独自走进卫生间，关门之前趴在门框上说：“我突然好想吃冰激凌，你能不能去楼下的便利店帮我买个香草味的？我待会儿洗完澡吃。”

说完，乔绯软着声音撒娇：“拜托南哥哥啦。”

贺承南二十六岁了，这是第一次有人使唤他，但不知道怎么回事，他竟然有种很变态的满足和欣喜感。

乔绯进去后，卫生间里很快传来了水声。贺承南想起她的拜托，瞥了一眼茶几上的果盘，从里面拿起几个水果就进了厨房。

有些事，从前他不屑一顾，但现在心甘情愿。

乔绯在卫生间里整整泡了半个小时的热水澡。她换上自己的小猪佩奇睡衣，吹好头发后出来，口特别渴，正想问贺承南有没有给她买冰激凌，走到客厅的脚突然顿住——茶几上，除了有削好的一盘水果，还有一杯刚榨好的橙汁，看起来很可口。

乔绯走过去，又四处看了看："你没给我买冰激凌吗？"

"什么天了，还吃冰激凌？"贺承南把橙汁递给她，"喝这个。"

乔绯接过来，居然还是热的。她撇着嘴，杯子在手里握了一会儿，勉强喝了一口后，还是不放弃地争取："可我现在就是特别想吃冰激凌，特别特别想，不吃会睡不着，吃一口就能续命的那种。"

贺承南置若罔闻，叉了一块水果给她："听话，吃这个。"

乔绯被强行喂了一块苹果，心里有点不开心。她知道贺承南不准的事自己也反抗不了，于是在心里决定等他不在家时自己偷偷买回来藏着。

她兴致缺缺地咬完苹果，便起身朝卧室走："不吃了，睡觉。"

贺承南看出了她的情绪，身着一套绣了佩奇图案的粉色睡衣的她，软萌可爱，还有些委屈。

等人快走到卧室门口了，他才开口："真的只吃一口？"

乔绯停住，回头看他，有点没反应过来他是什么意思。

很快，贺承南叉了块水果给自己，背对着她淡淡地说："香草的卖完了，只有杧果和巧克力的。"

乔绯终于回味过来，难以置信地踩着小碎步跑到厨房，打开冰箱。果然，里面躺着她最爱吃的冰激凌，虽然不是香草味的，但馋虫作祟的时候，什么味道都是美味的。

她拿了一盒杧果味的，美滋滋地从厨房里出来，站在贺承南面前，眨着眼睛暗送秋波：“谢谢南哥哥了。”

贺承南看着她一脸满足的样子，嘴角噙着宠溺的笑：“只吃一口。”

“嗯——”乔绯眼睛一转，笑得狡黠俏皮，“可我一口就能吃一杯呀，哈哈哈！”

其实买的时候贺承南就已经做好了由着她的准备，他从沙发上起来，去卧室拿了自己的衣服，准备去泡澡。

经过认真吃冰激凌的乔绯面前，他停下脚步，朝她望了一眼。她的嘴里塞得满满的，一副满足的表情。

“少吃点。”他叮嘱，“待会儿肚子疼我可不管。”

“不会啦！放心，放心。”乔绯信誓旦旦地道。

贺承南拿她没办法，只好进了卫生间。

他泡了一个热水澡，泡到一半的时候乔绯偷偷进来，在外面刷牙，磨砂玻璃隔着两人，他问：“吃完了？”

乔绯背对着他，低低地“嗯”了声，声音听起来特别老实：“我刷了牙就先睡了哦，明天见。”

时间也不早了，贺承南还想再泡会儿，没细想便回了个“好”。继续泡了十分钟后，他正想起来，卫生间里忽然光线一闪，下一秒周围全部陷入黑暗。他下意识朝窗外看过去，对面的一栋楼也全部变黑，应该是停电了。

他凭借着方向感从浴缸里出来，走到置物架上拿到自己的手机，打开手机电筒的灯光，擦干身体，换上干净的睡衣，然后从卫生间里出来。

客厅也是一片黑暗，整个家十分安静。

贺承南拿毛巾擦着头发，走到乔绯卧室门口听了几秒钟，里面一点声音都没有，她好像已经睡了。

于是他没有再发出声音，轻手轻脚地走去了自己的卧室。

已经是晚上快十一点钟了，虽然停电，但贺承南还是坐在床上打开了自己的手提电脑。回复了几封邮件后，他正要合上电脑，忽然听到隔壁卧室开了门，然后有拖鞋走在地上的声音，去了卫生间。

几分钟后，声音又回来了，关门，最后没了动静。贺承南也放下心，关了电脑在床上躺下，拉好被子，准备入睡。

这晚他有些失眠，主要还是白天贺枭群说要给自己认个干妹妹的事让他稍微烦心。他翻来覆去，思绪静不下来。后来，好不容易有了些睡意，半睡半醒的，他隐隐听到自己卧室的房门好像被打开了。虽然对方的动作很轻，但敏锐的他还是听到了。

屋内虽是漆黑的，但外面的月光还是让漆黑中有了一点微弱的光亮。贺承南看到一个小小的身影躲在门口探头探脑的，好像在观察着什么。他知道是乔绯站在那儿，但他不清楚的是，她这个时间偷偷进自己的房间干什么。

之前订规矩的时候也是她言之凿凿地说“十点以后不准进对方的房间”，所以现在……

贺承南默不作声，想看她到底要干什么。

乔绯小心翼翼地开了门后，先屏住呼吸观察了片刻，发现贺承南似乎睡了。她躲在门口犹豫了很久，觉得自己这么做有点打脸，但不断哆嗦的身体还是让她很快下定决心。打脸就打脸吧，先睡过这晚，睡醒了又是一条好汉。

于是她悄悄进去，再关上门。然后凭借一点投射进来的月光，蹑手蹑脚地摸到床边，确定了贺承南睡在左边后，她绕到右边，两个指头捏着被子掀起一点，自己坐上去，接着慢慢躺下来，伸直腿，再拉好被子。整个过程没发出一点动静，她连呼吸都是憋着的。

躺进去后，乔绯顿时觉得人活过来了。被窝里好暖和，男人的体温从旁边传递过来，她暗暗抿着唇偷笑。她很贪心，想再近一点，再暖和一点。于是她有些忘形，屁股又朝里面挪了几厘米。

当不小心靠到贺承南的胳膊时，她像做贼般快速缩回来，但发现他没有察觉后，很快又大着胆子凑了上去。和他的身体靠在一起，刚刚还在哆嗦的她好多了，一阵阵暖意涌来，迅速融化了她全身的冰冷。

乔绯偷偷夸奖自己的小聪明，合上眼，正想安静地蹭个人肉暖气睡觉，旁边的贺承南忽然翻身："半夜三更上我的床，你不怕吗？"

乔绯身体一抖，被抓了个现行，弯着的嘴角马上僵住，大脑一片迷茫，不知所措地解释："不是，我只是……"

话未说完，贺承南的身体已经压了上来。

"只是什么？"他埋在她的脖颈间，呼吸间传递着他的热气。

"你快下去，我……"乔绯感到身体一阵酥麻，手抵在他胸口，犹豫了一会儿，很难为情地说，"我肚子疼。"

"怎么回事？"贺承南一听马上翻身到自己那侧，紧张地问。然后很快想到原因，语气略重，"就不该让你吃冰激凌的。"

"不是。"乔绯很无辜，很委屈，"我忘了例假就这几天的事，刚才吃了一杯冰激凌，竟然就提前了。"

贺乘南听到这里，目光微沉。

"而且停电，房里空调停了，我好冷，冷得直打哆嗦，所以才……"乔绯的声音越来越小，快委屈死了。

贺承南在被子里去摸她的手和脚，一片冰凉。他将被子给她盖好，然后准备下去给她倒杯热水。

刚掀开被子，乔绯就拉住他的手："你别走，被子里好暖和，你别走，走了热气就散了。"

贺承南只好作罢躺下来。他躺在乔绯身边，把她冰凉的脚放到自己身上，再把她整个人搂在怀里，像要把全身的温暖传递给她，把她抱得很紧。

“有没有好一点？”

乔绯从小就是手脚冰凉的体质，到了冬天每晚都得洗个热水澡，睡觉也得开着空调，不然到第二天早上睡醒，脚有可能还是冷的。

刚才虽然泡了澡，可她贪嘴吃了冰激凌，不仅例假提前了，还因为家里忽然停电，空调不工作，整个卧室冷得她牙关打战，被子里全是寒气，所以才有了来隔壁贺承南这里取暖的事。

所幸现在，她被他搂在怀里，全身的温度迅速升了起来，手脚慢慢变暖，哆嗦的身体也逐渐恢复平静。

乔绯幸福又满足地躲在他怀里：“好多了。”

贺承南抱着她也有几分自责，不该心软纵着她乱来，低声说：“下次不准再吃冰激凌了。”

“不，我要吃。”乔绯撒着娇，往他怀里钻深了点，“最多吃完了再找你给我取暖。”

贺承南的嘴角动了动，无奈地笑，这种福利他当然没有理由拒绝。他在黑暗中轻声问她：“肚子疼吗？”

“有一点。”

“哪里？我帮你揉一揉。”

“这里。”

安静了几秒钟后，乔绯“咯咯咯”地笑了起来：“别，你还是别揉了，跟挠痒痒似的。”

贺承南：“老板亲自给你揉肚子，要求还那么多。”

“哦，那谢谢老板了，嘻嘻。”

“过来，让我亲一下。”

“不要，不要，讨厌啊，贺承南！”

漾着温馨和甜蜜的对话，就这样慢慢融进了夜色。

第二天，进入了新的一周，这周是乔绯在学校的答辩周。

大四没什么课，完成答辩后基本可以算是毕业了，所以这一周乔绯没安排别的事，准备在家里好好准备答辩的内容。

早上刚起来没多久，还跟贺承南腻歪在床上的时候，乔绯接到了来自学校的电话。

这次来电话的不是辅导员，是系主任，也就是乔绯这么大了还要被请家长的那位主任。

一看到是主任打来的，乔绯就接了起来。她在心里决定，如果还是因为读研的事来劝自己，她就一口回绝。结果电话接起来，主任的语气不太好："乔绯，你马上来一趟学校，我有非常严肃且重要的事找你。"

乔绯一怔，感觉不太妙："什么事啊？"

"过来再说！"

系主任直接挂了电话，乔绯甚至从他的语气里听出了一点莫名其妙的愠怒，好像真的是特别严重的事。

乔绯有些没底了，神情立刻就凝重了。她仔细想想，自己最近没有做什么违反校规的事啊……

贺承南也看出了不对劲，从床上坐正，问："怎么了？"

乔绯摇摇头，匆匆下床。

"不知道，学校打来的，好像出了什么大事，让我马上回去一趟。"

她快速地洗脸刷牙。贺承南不太放心，眼看时间还早，便跟着换好衣服，说："我送你回学校。"

乔绯点了点头。她确实被系主任的语气吓到了，如果真的出了什么事，贺承南在的话也能帮自己出个主意。

两人随便吃了点东西就一起出门了。

贺承南来过音乐学院很多次，很快就把车开到了学校。他的车太吸人眼球，乔绯只好让他把车停在低调的地方等自己，保持手机联系，然后一个人进了学校。

乔绯来到古典音乐系的教学楼，系主任的办公室在二楼。

办公室的门开着，她走到门口，轻轻地敲了两下门：“主任，我来了。”

系里主任抬头，看见是她，表情很凝重：“进来。”

乔绯看到他的眼神莫名其妙有些心虚，但她很想知道自己到底犯了什么大逆不道的事，值得主任这么动怒。她赶紧走进去，坐下，问：“您这么急叫我回来，是发生了什么事吗？”

系主任看着她，几秒钟后从抽屉里拿出一沓照片。

乔绯的视线顺着落下去，看到照片上的人是自己，再仔细看时，她睁大眼睛，竟然是自己和贺承南的合影！

照片显然是偷拍的，贺承南的样子没有拍到，大部分都是侧面或背影，看不清楚，但这种角度又显得特别刻意，仿佛男人的脸并不重要，甚至他们要的就是一个模糊不清。重要的是，乔绯的脸一清二楚。

“我收到学生举报，说你介入已婚男士的家庭，道德观扭曲，破坏学校名誉。”系主任一边说一边翻着照片，“这些就是学生匿名放在我办公桌上的，你怎么解释？”

乔绯被这一大堆莫须有的罪名说得目瞪口呆，动了动嘴唇，想解释，却又想笑。

这个匿名举报她的人想象力也太丰富了。

上了大学四年，她一直很低调，和同学们的相处也很和谐，这都要毕业了忽然来这一出。

乔绯忽然反应过来这顿操作背后的意义，不禁笑了笑：“至于吗？我本来就没有想要跟她抢那个名额。”

系主任皱眉：“你说什么？”

“没什么，我是说——”乔绯摇摇头，斟酌了下用词，平静地解释，“照片上的人是我的男朋友，我们男未婚女未嫁，关系清白，完全符合当下社会道德标准，而且——”

乔绯话锋一转，直接跳到重点：“我没有要读研的意愿。”

系主任被她突然转折的话怔了怔：“胡玉老师的研究生你真的不愿意读？”

哪怕是上次请了家长被说得哑口无言，这位主任还是偏心乔绯，可她就是一股脑儿地喜欢电音，让他痛彻心扉。

“是的，我不读。”乔绯很肯定地回复，也不想再因为名额迟迟不下来而让自己无端遭受这些恶意的冷刀子，“我已经上班了，谢谢主任和系里对我的栽培和抬爱，我真的不读。”

系主任差点气得没喘过气，无语地直摆手：“我不想跟你说，我打电话跟你家长说，这可是胡玉老师作为导师的研究生名额，我看你是昏了头了！”

这位主任哪里都好，就是一言不合爱拉家长出来。

乔绯顿时慌了，这要是被家里知道她拒绝了古典音乐泰斗胡玉的研究生名额，乔石宇能把她吊起来打。

她连忙按住电话：“别，主任！”

乔绯咽了咽口水，硬着头皮挤出一句：“我爸就在学校，他……他刚才送我来的。”

上次主任见的就是贺承南饰演的爸爸，这次再麻烦他演一场戏就是了，反正他也来了学校。乔绯马上打电话，故意当着系主任的面打，以表真诚。

电话一接通，贺承南正要问出了什么事，就听电话那边叫了一句情感丰富的“爸”。

贺承南没说话。

“爸爸，我们主任想见你，你上来一趟好吗？”

乔绯的语气刻意，贺承南一听就明白，多半又是被那个系主任刁难，又要请家长。

贺承南要见客户，所以穿得还算正式，一身冷色调西装，外面是羊毛尼风衣。他顿了顿，回道：“知道了，马上上来。”

知道贺承南听出了自己的弦外之音，乔绯放心了。挂了电话后，她松了一口气，小心地回系主任：“主任，我爸马上就上来。”

系主任还沉浸在对乔绯叛逆的不满中，站起来给自己泡了杯茶，没说话。

乔绯只能坐在沙发上，绞着手指等贺承南来解救自己。

没一会儿，贺承南到了办公室门口。他看到坐在沙发上惴惴不安的乔绯，咳了一声，然后敲门。

系主任抬头，有些迟疑地问：“你是？”

乔绯知道没了假胡子的道具，贺承南显得太年轻了，完全没有爸爸的样子。她赶紧上去拉着贺承南进来，强行介绍：“这是我爸啊，主任，上次你们不是见过吗？”

系主任皱着眉，从上往下打量着贺承南，思绪有点乱。虽说这个男人跟上次见到的乔绯的爸爸面容差不多，气质也很稳重，可是，这天的他太年轻了，完全不像过了三十岁的人。

乔绯看出了他的狐疑，马上补充道：“我爸十八岁就生了我，所以显年轻。”

系主任迟疑地“哦”了一声，一副了然的表情，摊上这个前卫的爸爸，也难怪乔绯那么叛逆，思想走在潮流的尖端。

他的心思还在乔绯不愿意读研的事上，就没有再去深究这件事。他坐下来，先把刚才匿名举报乔绯的事说了，末了还特别强调：“当然了，乔绯的恋爱自由我们不会干预，只不过如果是不正当关系……”

贺承南听到有人诋毁乔绯的名声时脸色就变了。他拿起桌上那些自己和乔绯被偷拍的照片，随意看了几张，然后冷冷地摔在桌上：“是谁举报的？”

系主任还在滔滔不绝地说话，被这么一打断：“什么？”

贺承南的神色很冷，还想说什么，乔绯赶紧拦住他，干笑：“我爸的意思是，主任你说得对，恋爱自由，他也是一直很尊重我的。”

然后她暗中掐了贺承南一下，暗示他别生事。

贺承南只好按捺住心里的不爽，继续听系主任长篇大论。

正说着，辅导员不知道从哪里过来，在门口敲门：“主任，我把乔绯的家长请过来了，咱们商量下怎么劝——”

这时，辅导员看到坐在沙发上的乔绯，一愣：“咦，乔绯你也在？那正好，快。”

她让开身体，迎出身后站着的中年男人：“你爸爸来了，咱们一起商量下你读研的事。”

乔绯：“啊？！”

贺承南：“……”

乔石宇接到辅导员的电话，一听是为了女儿的学业问题，二话不说就买了最早的机票，甚至都没来得及通知乔绯一声，下了飞机就马不停蹄地赶到了音乐学院。

看到乔绯也在，他便马上走进来，温和地说：“主任好，我是乔绯的爸爸，乔石宇。”

系主任捧着茶杯，神情在乔石宇和贺承南之间来回扫视，怕自己听错，又确定地问了一遍：“爸爸？”

乔石宇：“对，爸爸。”

乔绯已经被突如其来的变故震惊，一时之间忘了反应，整个人处于石化的状态。

系主任年纪大，被弄得有点混乱。他放下茶杯，按太阳穴，道：“你们等会儿，我捋捋。”

“你说你是乔绯的爸爸。”主任先看着乔石宇，再一脸复杂地看贺承南，“你也说是她的爸爸。”

最后问乔绯：“你有几个爸爸？”

乔石宇听到系主任这么说，目光顿时就落在了乔绯身边的贺承南身，办公室陷入某种诡异的安静氛围。

贺承南对上未来岳父犀利探究的目光，就算他是点石成金呼风唤雨的商界领袖，不禁也有点微妙地紧张了。

凭借敏捷的思维逻辑能力，他快速地想出了一个化解这个局面的办法。他清了清嗓子：“其实，我——”

“你等会儿！”系主任出声打断他的话，然后拿着一张照片凑到他面前。

乔绯默默掩住面，预料到即将会发生的事，她已经不想再挣扎了。

终于，在仔细对比贺承南的侧颜后，系主任推高眼镜，像发现了新大陆，声情并茂地揭露：“好啊，我认出来了，你就是那个‘已婚男士’！”

乔绯内心：救命。

现场的气氛尴尬极了，乔石宇虽然心中有怒气，但还是给大家留了面子。

他很冷静地看着贺承南：“你能不能解释下你和我女儿的关系？”

未来岳父虽然语气平静，但贺承南已经敏锐地察觉到了他话里隐藏的不悦，甚至是愤怒。

贺承南站了起来，微微颔首：“您不介意的话，我们出去说好吗？”

在只会添乱的系主任这里，事情只会被越描越乱，贺承南不想跟这个拎不清的老师废话。

所谓“家丑不可外扬”，乔石宇也想给乔绯留点颜面，便默认了他的建议。从办公室里仓促退出来后，贺承南就近将乔石宇和乔绯带到音乐学院后街的一个咖啡馆里。

事情发生得意外又突然，贺承南虽然设想过各种与乔石宇见面的场合，但是他从没料到会是在这样混乱不堪的局面下。

贺承南开了一个安静的包厢，然后将乔石宇恭敬地请进去，却在进门前拦下了乔绯。

“你在外面等我们。”

乔绯已经感受到了自己父亲身上那股强烈的杀气了。贺承南顶替他的身份，这摊在哪个爸爸的身上都是一件让人不爽的事，更何况他们现在还被系主任扣上了暧昧关系。

乔绯觉得乔石宇现在的状态就是暴风雨前的宁静，而贺承南也不是什么好脾气的人，两个男人要是谈不拢，一言不合打起来该怎么收场？

乔绯不放心，非要跟进去，还悄悄地说：“我爸发火的时候很可怕，我在的话多少能帮你挡一点。”

贺承南却不太在意地笑了笑，安慰她：“放心，没事。”

然后，还是把她无情地推出了包厢门外。

乔绯无奈地找了个散座坐下来，点了杯果汁却喝不下去，脑子里疯狂猜想待会儿有可能发生的事。

比如，乔石宇一出来就愤怒地说：“我不允许你跟这样的男人在一起！”

或者贺承南黑着脸出来：“我和你爸爸，你只能选一个。”

崩溃，这两种之中无论是哪一种情况，乔绯都没办法接受。

她坐立不安，却只能安静地等，煎熬地等着两个男人的世纪谈判，手心紧张得都渗出了汗。

包厢里，门关上后的瞬间，乔石宇就发作了："混账！我女儿才多大，你看她单纯不懂事就骗她？我们家不缺你这点钱！"

乔石宇说到这里心是真的痛了，他知道这年家里发生的变故让乔绯的生活从天堂跌落人间，尤其是在充满诱惑的繁华C城。乔绯心态一时没调整好，误入歧途走了这样的路，作为父亲，他心痛又自责。

"才多大年纪就学人用钱欺骗小姑娘，你有多大能耐能动我乔家的女儿？！浑蛋！"乔石宇厉声斥责，一句又一句，情绪很激动。

这是贺承南活到二十六岁第一次被人劈头盖脸地指着骂，但他一点都没动气，一直听着，直到乔石宇将那股激动缓过去了，他才慢慢地开口："伯父，您可以先坐下来喝口茶，听我解释。"

乔石宇一点都不买账，他受到的冲击太大了，一心寄托希望的女儿不肯读研就算了，还跟了个男人，这男人还冒充自己胡作非为！他辛辛苦苦养了二十多年的女儿就这样被猪拱了。

乔石宇暗中看了贺承南一眼，虽然他很生气，但他不得不承认，这个年轻人气度不凡，清冷骄矜，从外貌上来说算得上是人中龙凤。

行吧，他收回刚才那句被猪拱了的话，可这依然改变不了乔绯被一个男人拐走了的事实。

"解释什么，还有什么好解释的？"乔石宇让自己冷静下来，坐到贺承南对面，"我们乔家的家风是非常严谨保守的，你既然跟我女儿在一起了，你们就必须要结婚。"

贺承南想也没想："这是当然。"

贺承南果断应下没有犹豫的态度让乔石宇的情绪缓和了不少。他端起茶杯，语气虽依然严厉，但多了三分平和："你交过几个女朋友？"

"就乔绯一个。"

这种话听听就算了，反正乔石宇也不会信。他又问："家里还有兄弟姐妹吗？"

“没有。”

那还行，没有复杂的家庭，少了妯娌兄弟间的牵扯。他继续问：“经济情况呢？”

贺承南这次却好久都没有开口。

乔石宇以为这个问题为难到了他，眉头轻轻一皱，打量他：“看你穿得体体面面的，总不会一套房子、一辆车都拿不出来吧？”

其实这个问题答不上来的原因主要是，贺承南不知道该怎么描述自己的资产，且在国外还有数额巨大的基金和股票。他无论用哪种语气说出来，好像都有点炫富的意思。

乔石宇还在等他的回答。

贺承南考虑了一会儿，干脆直接开口：“不是，其实……”他清了清嗓子，抬起头，看着准岳父的眼睛，“伯父，我是贺承南。”

乔石宇听到这个名字的瞬间愣了，像是被当头一棒打蒙了。

“贺承南，哪个贺承南？”

贺承南觉得岳父好像有点受惊了，马上淡淡地微笑起来：“刚刚和巧家乐签了收购合同的贺氏，那位贺承南，伯父还有印象吗？”

乔石宇这次之所以能毫无牵挂地赶到C城，也是因为就在上周，巧家乐成功被贺氏收购合并，他一身轻松，经营了十多年的超市渡过了难关。更令他欣喜的是，贺氏这次给出的条件很好，而且还聘请了他接任超市的副总，继续管理经营超市。

所以这次来C城，乔石宇还有一项计划行程，就是亲自去一趟贺氏总部，跟这位未曾谋面的贺总裁见一面，感谢他的信任和托付。

可现在，乔石宇有点缓不过劲儿了。他嘴微微动了动，还有点凌乱：“贺承南？”

“对，贺承南。”贺承南站起来，很得体地理了理西装前襟，然后微微一笑，伸出一只手，“您好，伯父。”

老岳父再一次受到了剧烈的冲击，茫然地跟着伸手：“别……别客气。”

双双坐下后，乔石宇的表情还停留在某种怀疑人生的情绪里。他顾不上琢磨乔绯和贺承南的关系，脑子里就一个想法——

这是我老板，这竟然是我的老板！我刚才居然指着自己的老板骂浑蛋？！

“贺总。”乔石宇清醒过来后称呼都换了，语气也变得谦卑，“我这次来还想去拜访下您，刚才实在是不知道您跟小女……所以言语多有得罪。”

岳父对自己用敬语，下雨天会被雷劈的吧。贺承南尴尬地咳了一声：“伯父，您叫我承南就可以了。”

既然摊开了身份，他就把心里的话全部直说了：“您可以放心，我跟乔绯是认真的，等她毕业我就会求婚。”

贺承南的一剂定心针打下来，乔石宇心中安慰不少。

其实在超市被收购过后，为了日后接触方便，乔石宇对贺承南也侧面打听了不少。都说他年纪轻轻，手段不凡，几年时间就将贺氏做成了国内首屈一指的投资品牌，涉及多个领域。用行内人的话来说，这位总裁年纪轻轻，野心却大得很。往往这样的男人身边都是不缺女人的，乔石宇却从贺氏过来的工作人员八卦说，他们的总裁十分洁身自好，也就最近隐约传言交了女朋友。

原来是自己的女儿啊……乔石宇一脸慈父笑，甚是欣慰。

这么说来，贺氏以高于市场价收购巧家乐，多半也是这个准女婿下的第一份聘礼了。

“你这么说我就放心了。”乔石宇渐渐从两极身份里找到了平衡的点，像是有些感慨，“我们家绯绯啊，以前是乔家的小公主，无忧无虑，吃最好的、用最好的，但这一年她受了不少苦。希望贺总……

不，希望承南，你以后能好好照顾她。”

“您放心，我一定会照顾好她。”

贺承南点头，脑海中浮现出乔绯打工时，被大明星刁难到手指流血还倔强着要继续的画面，有些动容和心疼。

沉默了一会儿，他说：“我有一件事，一直想找机会请伯父帮我。”

“嗯？”

“贺氏收购巧家乐的事，我想请您先不要告诉乔绯。”

乔石宇微微一顿：“为什么？”

“因为——”贺承南若有所思了片刻，靠近乔石宇，悄悄说了自己的计划。

两个男人在里面聊了快半个小时还没出来，乔绯等得心急如焚，担心里面是不是已经打起来了。她越等越不放心，干脆从座位上站起来，走到包厢门口。她正要敲门，里面的人恰好出来了。

一老一少，面带微笑，看起来很友好。

贺承南很自然地牵起乔绯的手：“走吧，我带伯父去吃午饭。”

这个结果是乔绯万万没想到的，她呆愣着被贺承南带到门口。

咖啡店外，褚焱已经准备就绪。他拉开车门，恭敬地对乔石宇说：“乔总，请。”显然他已经得到了贺承南的授意和通知。

父女俩被带到城中著名的米其林三星酒店，整个用餐过程中，乔石宇和贺承南相谈甚欢，关系十分和谐。这让乔绯看得一脸怀疑。

分开前，贺承南很客气地道别：“下次有机会我会去A城看您。”

乔石宇直点头：“好，过来了我带你和绯绯去吃羊肉汤锅。”

然后他对乔绯笑眯眯地点头：“你和承南的事爸爸都知道了，要好好的，过年早点回来。”

“……”

欢欢喜喜地送走了乔石宇，乔绯终于找到机会追问贺承南：“你是怎么哄我爸爸的？”要知道以乔石宇那古板保守，又倔又强的脾气，乔绯有时候都拿他没办法。

贺承南却只是很轻地勾了勾唇：“秘密。”

说完，他想起乔石宇的那番感慨，目光落在乔绯穿的那身衣服上。简单的羽绒服，普普通通的小背包，脚上踩的还是一双发旧的雪地靴。他心里有些不是滋味，收回视线，缓缓地问：“下午有空吗？”

乔绯说：“我要回去了，高榛刚才来找我，她好像有点儿不开心，现在还在小区楼下等我呢。”

“行。”贺承南微微点头，然后让司机把车开过来，“去忙吧，晚上回来再说。”

二十分钟后，乔绯到了华裕公馆。

吃饭的时候高榛给她发来微信，什么话都没说，甩了二十个“爆哭”的表情，乔绯就知道闺密肯定遇到事情了。所以一到宿舍，她就迅速冲到自己那栋楼的楼下。

看到高榛坐在大堂的沙发上，乔绯赶紧迎上去：“榛榛，这是怎么了？”

高榛抬起头，眼睛红红的，一见乔绯进来，更是委屈到了极点，抱着乔绯就是一顿呜咽。

大学四年，乔绯和高榛的关系最好，两个人住在一个寝室，亲密得可以穿一条裤子。

乔绯把她带到家里，问了半天才得知高榛跟谈了三年的男朋友吵架了，还是吵得特别激烈的那种，一时冲动便说了分手。

这种事外人不好发表意见，再说高榛的男朋友和她是青梅竹马，也对她一直很好，所以乔绯只是安抚了她几句。听她说还没吃饭，又跑到厨房里煮起了祖传的波式拉面，客厅就剩高榛一个人无聊地看着电视。

忽然，外面的门铃响了。

高榛顿了顿，走到厨房门口：“绯宝，有人在按门铃。”

乔绯正在煎蛋，走不开，随口应道：“你帮我开一下呀。”

“哦，好。”

于是高榛走到门口，习惯性地从猫眼里往外看，发现外面站了一个中老年男性，样子看起来还挺和蔼的，估计是周围的邻居。

高榛开了门，和门外的老爷子四目对视。她见老爷子一直盯着自己看，不解地问：“叔叔，您找谁？”

贺枭群很认真地从头到脚打量高榛。这姑娘个子不高，中长的头发随意地绑在脑后，有些凌乱，身材微胖，五官清秀，戴着眼镜，看上去斯斯文文的，开口也还算礼貌，勉强称得上贺承南说的那个“乖”字。但跟乔绯比起来，差太远，不是一个等级。

贺枭群从褚焱那要到了贺承南和女朋友爱巢的地址，他刚好在附近见老友，便抽空过来看了一眼，想看看把自己儿子迷得七荤八素的是个什么样的绝世仙女。但现在看来，或许是有了先入为主的比较，贺枭群对高榛有一点失望。

他背着手离开，丢下一句：“我就是来看看，你忙吧。”

高榛：“嗯？”

老爷子刚离开几秒钟，乔绯就端着面从厨房出来：“榛宝，煮好啦，快来吃！”

她顺便看了一眼开着的大门：“谁敲门？”

高榛茫然地挠着头：“不知道，敲了门又走了。”

“哦。”乔绯没往心里去，揭开盖子美滋滋地闻了一下，随口告诉高榛，“我们这栋楼都是员工宿舍，说不定是走错了。”

“员工宿舍？”高榛睁大眼睛，“可我刚才在楼下还看到有中介带人来看房子。”

乔绯顿住：“中介？”

“对啊，我还听说这里的房子租金是十二万一个月，我当时还心想你怎么租得起这么贵的房子呢。”

那边，贺枭群在回去的路上，心里很悲伤。他从华裕公馆离开不过五分钟，贺承南就来了电话：“你要我的地址干什么？”

他话是这么说，暗藏的意思却是“你是不是去找我女人麻烦了”。贺枭群听得明明白白的。

果然还是自己养的秘书，这么快就去报信了。他沉住了气，压着脾气回：“干什么，我就不能去看看我未来的儿媳了？”

贺承南沉默了几秒钟，很轻地笑了声：“那看到了？”

“看到了。”

他很自信：“还满意吗？”

说实话贺枭群是不太满意的，但好不容易等到儿子铁树开花找了女朋友，也不好太伤他的心：“还行吧。”

“只是还行？”贺承南正在签单的手停下来，“她身上就没一点能打动你的闪光点？”

贺枭群坐在车里身体后仰，仔细回忆刚才见到高榛的情景，自上而下地想了想她身上的闪光点。虽然他真的没有找到，但为了不伤儿子的心，还是勉强回道：“那姑娘看起来……挺能生养的。”

高榛和男朋友闹矛盾了，为了躲男友，她住在乔绯这里，晚上也跟着乔绯一起去热格上班，再一起下班。

一起回到小区时，乔绯为了证实高榛的话，特地去了一趟物业，证实了这栋小区完全不是员工宿舍后，气得当场大骂贺承南“浑蛋”。

这个浑蛋给她挖了坑，她还傻兮兮、满怀感激地跳进去，最后换了个与狼共处的局面。

乔绯怒气冲冲地给贺承南打电话："你下班了吗？"

贺承南："我在家了。"

乔绯挂断电话，挽起袖子就往楼上冲，高榛小心翼翼地跟着。

"你要跟你的霸霸哥吵架了吗？不要了吧，吵架很伤和气的，你看我，别冲动，有话好好说。"

乔绯现在的确十分冲动。她踩着小碎步往家跑，只想马上把贺承南打得嗷嗷叫，然后向自己认错。

到了 803 房间门口，乔绯输入密码，门打开后，她正要找贺承南算账，却发现家里一点光都没有。

居然没开灯？她站在玄关处愣了，想伸手去摸墙上的开关，身体忽然被人强势地搂住。

"怎么这么晚？"贺承南的语气充满了宠溺。

乔绯被猝不及防地来了一个"公主抱"，想起还跟在身后的闺密，连忙不好意思地推他，压低声音："你松手，我有朋友来了。"

高榛也是个识趣的，不自然地咳了一声："那个，我去过道打个电话。"

然后她迅速转身，走出两步，又回头帮他们关上了门。

"砰"的一声，门重新合上。

贺承南虽然被刚才短暂发生的意外打断，但恢复二人世界后，他淡定地把乔绯抱着往屋里走。黑漆漆的房间什么都看不见，乔绯不知道他在搞什么，但她心里还憋着员工宿舍的气，握拳去打男人。

"你松开我，贺承南，你这个浑蛋，一个月租金十二万的员工宿舍还打算骗我多久？"

"哦？厉害。"贺承南边走边笑，不慌不忙地说，"波波姐这么快就知道了。”

他满不在乎地笑着，甚至还调侃自己，态度一点都不端正。乔绯竟然被他逗得没了脾气，抿抿唇，伸手在黑暗中用力地挤贺承南的脸：“我不管，你今晚必须给我道歉！”

“好，道，马上就道。”贺承南散漫地一口应允。

他把乔绯带到小二套空置的衣帽间门口，再把人放下。因为彼此的卧室里都有衣柜，所以这个衣帽间一直没有用。

乔绯莫名其妙道：“你要干什么？”

贺承南靠在她耳边：“道歉。”

“歉”字说完的同时，贺承南打开门，一道亮光骤然落下。

突然触及明亮的光线，乔绯下意识用手去遮挡，等眼睛习惯了光亮后才移开手。看到面前的景象后，站在门口的她呆住了。

衣帽间的两排衣柜，左边一排全部挂着这一季的大牌高定新款，右边的格子里放满了名牌包。放眼望去，让人眼花缭乱。

贺承南牵着她的手走进去，继续拉开衣柜下的陈列抽屉——第一层，十款精致限量的女士手表。

第二层，各种各样的名牌首饰，项链、耳环……璀璨耀眼。

最底层，是款式丰富的女士鞋履，长靴、高跟鞋、限量跑鞋……应有尽有。

以上所有，都是乔绯认得出来的品牌，这其中有些她以前也曾横扫全系列，但有些是她想买都买不到的极品限量。

她有些蒙，回头看贺承南：“这是……”

贺承南从背后轻轻地抱住她，轻吻她的发，声音很轻，极致宠溺：“我道歉，这么迟才恢复我们乔公主的身份。”

第五章
她可爱又坏

当天晚上，高榛跟乔绯挤在一张床上，闺密俩很久没见，有好多聊不完的悄悄话。

高榛也看到了贺承南为乔绯准备的这间梦幻衣帽间，瞠目结舌之余，十分羡慕："你的霸霸哥对你也太好、太宠你了吧。"

她躺在床上感慨，忽然狡黠地翻了个身，神神秘秘问："你们一起住，有没有，嘿嘿嘿……"

闺密言语暧昧，意味深长，乔绯一听就知道她想八卦，躲着转过身："没有。"

"不会吧？"高榛笑嘻嘻地把她扳过来，"我不信，你别骗我，我跟石林的事……可都是毫无保留地告诉你了的。"石林就是高榛青梅竹马的男朋友。

乔绯有点不好意思地回答："真的没有，我骗你干什么？你又不是不知道，我是坚定的婚后性生活拥护者。"

她顿了顿，抿唇笑："再说了，他也很尊重我。"

"那你的这位霸霸哥还真是好男人！"

"当然。"

女孩子在一起，尤其是这种午夜卧谈会，聊的话题十分大胆。

对着黑暗沉默了一会儿，高榛又认真起来："但是绯宝，我劝你一句，都什么年代了，你最好找个办法检验一下霸霸哥，万一对方是徒有外表，结婚后生活不和谐怎么办？"

乔绯眨了眨眼，有些疑惑："不和谐？"

"你是不是傻啊？"高榛拍了她一下，然后凑到乔绯耳边悄悄地说了一大堆话。

乔绯睁大眼睛，像打开了新世界的大门，问："不会吧？"

"当然会了，我有一个表姐就是，后来两人离婚了。"

这种事乔绯之前想都没想过，听着高榛的火辣话题，她的脸微微泛红，突然想起上次在酒店自己和贺承南差点擦枪走火的事。

高榛接着又说了很多网络上流传的如何识别男人能力的段子。

"记住呀，你如果坚持要等到婚后，也要按照我说的那几点偷偷去验证下，看看你的霸霸哥那方面行不行。"

高榛一番成人世界的话听得乔绯脸红心跳。虽然身处开放潮流的艺术院校，但她骨子里是真的矜持，尤其是男女之间的事，她更是保守。两人互道晚安后，她悄悄记下了高榛刚才列的那几点验证方法。

她在黑暗中舔了舔唇，虽然不赞成高榛的部分观点，但还是很可耻地想去验证下是怎么回事。

隔日乔绯要和高榛一起出去逛街，恰好贺承南从国外回来参加老爷子寿宴的堂弟贺骏源也是上午的航班到 C 城，贺承南这个做哥哥的必须去机场接他。

睡醒后，他先带两个姑娘去吃了一顿丰盛的早餐。吃过早餐，将两人送到商场外，他想着公司事多，可能要加班，晚上回去的时候乔绯肯定睡了。

老爷子寿宴的事，他犹豫片刻还是开口：“你明天有空吗？”

次日是二十七日，是群叔的六十岁生日，乔绯承诺过会准时参加他的寿宴。她说：“白天有空，晚上我请假了，有点事。怎么了？”

贺承南原本想带乔绯去参加贺枭群的寿宴，但是老爷子对乔绯的第一印象好像不怎么样，加上还有个作妖的干妹妹要登场，万一到时候风头被比下去了，乔绯无辜受了委屈就不好了。还是以后再找机会吧。

“没事，随便问问。”贺承南从钱包里掏出一张黑卡递给乔绯，“这个你拿着，看到喜欢的就买。”

乔绯伸手要推辞，贺承南却直接把卡塞进她的口袋里，然后开车扬尘而去。

高榛在一旁羡慕：“霸霸哥也太宠了，不像石林，每天就是对着电脑，最近还各种沉迷某音。”

乔绯：“呃……”

贺骏源是上午十点半的飞机到 C 城，贺承南从商场离开后便去了机场，等了差不多二十分钟就接到了人。

贺骏源只比贺承南小一岁，现在在美国一家律师事务所做律师，同时也是贺承南在拉斯维加斯那家赌场的法律顾问，称得上是贺家年轻有为的代表之一了。

两个人的关系很好，一见面就开始寒暄，说到贺枭群当月老的事，贺骏源很费解："哥，大伯为什么忽然要给我介绍女朋友？要介绍也该是先给你介绍啊。"

贺承南执着方向盘，笑："我有了。"

"行，那我就不客气了，大伯能看中的女孩子肯定不差，我在华盛顿两年，美国妞我真的吃不消。"

贺承南漫不经心地回："你随意。"

老爷子第二天过六十大寿，他不喜欢太吵闹的场合，虽然没有去酒店大肆铺张地庆祝，但贺承南还是帮他在家里准备了自助餐晚宴。

贺枭群看见贺骏源回来很高兴，拉着侄子聊天，三句话不到就提到了乔绯。

贺承南默不作声地坐在旁边，听到老爷子说得眉飞色舞："这姑娘真不是大伯吹捧，你娶回去得感谢大伯一辈子。趁你哥现在瞎了不懂欣赏，大伯支持你上，拿下她！"

贺承南无语，听不下去了。他面无表情地站起来："你们慢慢聊，我公司还有事。"

"明天早点回来！"贺枭群从话题里抽身，看着他的背影，又暗暗骂了句，"浑球儿。"

当晚，贺承南在公司加班，乔绯在热格上这年的最后一次班，过了这晚她就放年假了。

自从沃克加入热格，每晚场子里都挤满了沃克的粉丝，国内最大的微视频软件每天都能看到电音粉丝分享他的现场表演，热格的生意也因此暴涨了一番。

春节前的最后一次上台，乔绯特别卖力。当晚的主题，她特地选了一些比较复古的音乐，沃克也很感兴趣，两人配合得依然完美无间，兴起的时候，他甚至让乔绯站到自己的位置，鼓励她自己单独操作。

乔绯也很给力，掀起了一股特别的复古电音风潮，让场子里的客人很上头。

高榛的男朋友石林不知从哪儿得到的消息，追到了热格，看到了在卡座里等乔绯的高榛。石林好一顿哄，加上后来乔绯故意给两个人打了一首甜蜜的歌，高榛和石林总算和好如初。

石林是理工男，第一次来夜场，兴奋得到处拍照，还拍下了乔绯打最后一首曲子时的片段，拍完后习惯性地在自己的某音账号上发布了视频。

六十岁对这个年龄段的人来说是很大的生日。所以乔绯从很早前就开始准备给群叔的礼物，可老爷子住豪宅，百来万的钢琴眼都不眨一下就买，所以什么名牌物件他肯定都是用惯了的，不会稀奇。

幸好乔绯知道他有一个独特的爱好，于是冲着老爷子那一点爱好，她早就投其所好，提前准备了一份特别的礼物。

第二天下午，乔绯从家里出发，司机将她送到贺枭群居住的别墅。

她穿了一件婴儿蓝的中长大衣，里面搭配简单的高领针织裙，脚踩着过膝长靴，整个人落落大方，满满的高级感。

下午五点半的时候，乔绯提前到了贺枭群家。

别墅已经来了很多人，这次寿宴贺枭群没有大规模操办，请的都是多年的生意伙伴，以及贺家的亲戚朋友，但尽管这样，还是有五六十个客人。

别墅里高朋满座，除了用人乔绯一个都不认识。她只好去问用人：“请问群叔在哪里？”

用人朝一个位置指了下：“那里。”

乔绯看过去，贺枭群正和一群年龄相仿的男人站在一起喝酒。

这天贺枭群穿得十分正式，深蓝色印花西装搭配白色衬衫，口袋里插着一块高级手帕，西装敞着，露出里面的马甲。他单手插兜，另一只手夹着雪茄，端庄沉稳，谈笑风生，微白的两鬓在这种气质里莫名添了一丝时髦感。

高贵，却又透着一丝老到和不羁，和乔绯平时认识的那个笑眯眯的群叔差太远了。她远远地站着，有些不敢上前。

但很快，不知是谁说了什么，贺枭群往人群里看了一眼，发现乔绯后，神色马上就从“贺枭群”转到了“群叔”。他朝着乔绯招手：“绯绯，过来！”

乔绯莫名觉得这晚的群叔像另外一个人，她来不及想太多，捧着包装好的礼物走过去：“群叔，祝您生日快乐。”

贺枭群见乔绯给自己准备了礼物，喜不自胜地接过来，兴奋不已：“是什么，我能拆开看看吗？”

乔绯刚才进来的时候看到门口有专人在记随礼，那本厚厚的红本上，随便瞥一眼都是好多个零。

在大家面前检验自己的礼物，乔绯尴尬地干笑了两声：“当然……可以。”反正送都送了，拆也是早晚的事。

得到允许后，贺枭群笑弯了眼，把乔绯带到比较安静的偏厅，跟小朋友拆礼物似的充满了期待：“送的什么给我呀？”

和那些“零”比起来，乔绯现在心里有点没底了：“您看看就知道了。”

当包装全部被拆开后，老爷子看到手里的东西，眼睛都直了。下一秒，他不敢相信地抬起头：“哎哟，我的绯绯啊，你是怎么搞到这个东西的？”

贺枭群看着手里正版的邓丽君精选黑胶唱片，惊喜得不知所措。

看到他的表情，乔绯松了一口气，还好，没白忙。

“其实我妈也是邓丽君的粉丝，她过去收集了很多唱片，我拜托她让出一张给我，转送给您了。”

贺枭群欢喜得合不拢嘴：“太好了，太好了！这是我收到的最好的礼物！”

他当即就转身朝周围的人炫耀起来：“你们快过来看看，我家绯绯送给我的礼物！”

众人的视线全部投了过来。

“我家”两个字用得有点不太适合，但乔绯能理解，老爷子唯一的儿子不孝顺，或许这段时间她陪他比较多，让老爷子对自己有了混乱的情感寄托，所以前几天隐晦提出了想认自己做干女儿的念头。当时她说考虑考虑，其实是想拒绝的，但看到群叔现在高兴得像个孩子，她又动了恻隐之心。于是，她没有纠正贺枭群的措辞，而是笑眯眯地陪着他。

几位客人打量过来，暗中窃窃私语。

贺骏源一直在旁边应酬家里的长辈，闲聊中看到贺枭群身边不知什么时候多了个女孩儿，遥遥相看几秒，第一感觉还不错。于是他放下手里的酒杯准备过去，忽然有人来通知他：“源少爷，晚宴就要开始了，你准备好了吗？”

“知道了。”他觉得扫兴，应道。

几乎同时，大门被人推开。贺承南、齐晌和褚焱一起带着冷冽的风雪气息入场。

贺承南下午在公司忙得疲惫不堪，他推了一场视频会议，三个人五点钟从公司出发，原本只需要一刻钟的路程，又因为遇到堵车而延误了许久。幸好，最后还是赶上了宴会开席。

他一进来，室内原本热闹的气氛悄悄冷下来不少。

虽然这天来的许多都是他的前辈，是他父亲的朋友，但在生意场上，他从来不讲情面，所以在场被他毫不留情吞并或打压过的人有不少。

贺枭群的时代已经过去，现在的C城，是年轻气盛，手段更狠的贺承南说了算。

所以就算是这些老前辈，见了他也会客气三分地打招呼：“哦，贺总来了啊。”

这天是家宴，贺承南也收起了一身冷戾，进门后脱了外套丢给褚焱后，随手端起一杯酒坐在沙发上。

“各位叔叔，不用客气，今晚随意。”

他坐下的沙发正好背对着钢琴。齐晌在贺承南的对面坐下，褚焱代替老板去给老爷子送贺礼。

对父亲的生日，贺承南毫不含糊。他知道贺枭群一辈子只拜关公，特地在某场艺术品拍卖会上拍下了一座以关公为主题的楠木根雕藏品，来孝敬老人家。

褚焱找了一圈没找着贺枭群，回来说：“不知道老爷子去哪儿了，听说是跟一个姑娘在偏厅说话，待会儿出来。”

贺承南一点都不意外，他知道那个干妹妹这晚会代替自己哄老头高兴。他已经跟抱养的孩子差不多了。

贺承南掂了掂手里的酒，跟齐晌说：“去帮我再拿一杯。”

“行。”齐晌起身去了自助餐饮区。

齐晌刚走，贺骏源就走到中央位置并打开了话筒。

他是律师，能言善道，原本晚宴也需要一个热场的主持人，他便自告奋勇接了这个工作。

“来宾们，朋友们，晚上好。”

贺骏源恭敬地开场，说了一些客套的欢迎话后，有人从旁边跑到他面前说了什么，他点点头，随后微微一笑。

“老爷子说了，下面让我们先来欣赏一段钢琴曲，是他亲自弹的哦，欢迎欢迎！”

贺枭群早就想在各位老伙伴面前炫耀一下了。经过乔绯的教学，前不久又苦练了，他现在勉强能弹出最简单的旋律，类似《两只老虎》《小星星》这种。

如今更厉害了，他要亲自给自己弹首生日歌。他早就跟乔绯商量好，乔绯在旁边跟他四手连弹，一起合作，完成一首完整的生日歌。

台下众人一听贺枭群居然要弹琴，都感兴趣地看向钢琴处，然后瞬间围了过去。

除了贺承南。

他喝着齐晌给他拿来的香槟，表情淡淡的，一点情绪都没有。

钢琴那边十分热闹，他却打开手机，给乔绯发消息："在哪儿，忙完我去接你？"

等了两分钟，没有回复。

这时台上的钢琴声已经流淌而出，钢琴前围满了来参加寿宴的客人，里三层外三层，都津津有味地看着贺枭群弹琴。

唯独贺承南、褚焱和齐晌坐在沙发上稳如泰山，毫无兴趣。

褚焱也听说了贺枭群的事，唯恐年迈的董事长被小姑娘迷了心窍，好心提醒贺承南："您不去看看是个怎样的人？"

贺承南挑了挑眉："懒得看。"

他了解自己的父亲，那是块成了精的老生姜，没人能在他面前玩花样。

于是一个房间像被划成了两个世界，三个男人在人群之外听完了这一段不太自然、很生涩的生日歌。

安静了几秒钟后，一段异常悠扬动听的钢琴声缓缓传来，缭绕耳际，人群里开始有人发出赞叹声。

贺承南的眉心微不可察地触动，但还是没回头。

或许是坐得太久，齐晌端着酒杯站起来活动筋骨。他踮了踮脚朝那边看，边看边八卦：“谁啊？弹得怪好听的。”

齐晌个子高，稍微踮了两下脚就从人群的缝隙里看到坐在钢琴边，满脸认真的女孩儿，可那张脸——

齐晌一口酒含在嘴里没稳住，全喷了出来。他脱口而出：“我是不是眼花了，那个女的是波波姐？”

他的话像一粒石子投入平静的湖面。褚焱听了他的话，目光随之抬起，贺承南也迅速跟着蹙眉转过身。

几乎是同时，两个男人清楚地看到了坐在钢琴边的乔绯。她穿着淡灰色的高领针织羊毛裙，毛茸茸的领子高高地堆着，柔软而温暖。她的手指白皙而纤细，在黑白琴键上弹出美妙动听的音符旋律。

灯光倾泻下来，笼罩着美丽安静的钢琴少女，就如同一幅完美的画卷。

贺承南倏地放下酒杯，站了起来。他一步步走上前，一步步确定，直到站在人群的最外侧，他才真的敢确认——居然真的是乔绯。

这时，乔绯的一首曲子弹完了，大家都很给面子地热情鼓掌。贺枭群年到六十了还完成了自己的艺术梦想，乔绯又加弹了一首国外的曲子给他祝寿，老爷子喜笑颜开，十分开心。

看到站在对面的侄子眼里也满是欣赏，贺枭群琢磨着正好借这个机会介绍两个人认识，于是朝贺骏源招了招手：“骏源啊，你过来。”

贺承南的视线跟着转向贺骏源，当即看懂了老爷子的意思。他眸色深得像打翻了的墨，跟身边的人低声说：“让开。”

钢琴旁，乔绯看到一个年轻的男人朝自己走来，以为是群叔的儿子，她马上站了起来。

“这位就是我跟你说的乔绯乔小姐了。”贺枭群笑眯眯地跟侄子介绍。

然后他转身：“绯绯啊，他是我的侄子骏源。”

哦，原来不是儿子。乔绯心想，群叔的那个浑蛋儿子该不会连自己老爸过生日都不回来吧，那真的也太不懂事了。

贺骏源彬彬有礼地伸出手：“你好，乔小姐。”

乔绯从思绪里回神，犹豫了半秒钟后，也跟着伸出手。但她的手刚刚伸到空中，还没碰到贺骏源，就被另一只横穿来的胳膊截住了。

贺承南气场逼人，拽回乔绯的手后直接握在自己的手里，握得紧紧的，意味昭然。

贺骏源瞬间愣住，不解地看向贺承南。

乔绯更是被吓了一跳，但转头看到拉着自己的人是贺承南后，快速一想，以为他是碰巧受邀来参加寿宴的。正想小声地让他不要吃醋，耳边落下一道声音：“你干什么？哥。”

乔绯被贺骏源的这一声“哥”叫蒙了。这个称呼像一颗炸弹忽然炸开，炸得她有点措手不及。

乔绯睁大眼睛，疑惑又茫然地看着贺承南：“哥？”她隐约有种不太好的预感。

贺枭群也被贺承南当场强抢未来弟媳的行为惊到了，好半天没反应过来。反应过来后，他马上考虑到可能受惊的乔绯，于是大喝一声：“浑球儿，你干什么？放开人家姑娘！”

老爷子这一声“浑球儿”喊出来时，乔绯一个踉跄差点没站稳。

贺承南牢牢地拉着她，脸色冷到了极点，看着自家老爷子：“我也想问您要干什么。”

他的目光在亲爹和弟弟之间淡淡地扫了一圈，一字一句地道：“这是我的人，都别打主意。”

现场所有人噤若寒蝉。

贺枭群捧着酒杯，看看贺承南，再看看乔绯。他突然明白过来了，乔绯这么优秀的姑娘，贺承南对她一见钟情也很正常。

他把酒杯放下来，朝贺承南走了两步，压低声音："你看中了就给我个眼神，我下来帮你撮合，你这样叫强取豪夺，知道吗？会吓到人家姑娘！"

他的声音压得低，乔绯听不到他跟贺承南悄悄话的内容，但眼前混乱的关系让她越看越不懂。

"群叔，你认识我男朋友？"

贺枭群本来还在语重心长地说贺承南，被乔绯一句话直接劈到表情僵住，转头问："谁是你男朋友？"

乔绯牵了牵贺承南的袖子："他啊！"

贺枭群睁眼、闭眼，又使劲缓了两秒钟。哎，脑袋怎么有点晕了呢？

贺承南被老父亲这一脸震惊还夹带"我不是在做梦吧"的复杂表情气笑了。

"爸，你别告诉我，她就是你说的那个干妹妹？"

这回轮到乔绯炸了。

"爸？！"她受到了十级地震般的惊吓，朝贺承南瞪大眼睛，"你就是群叔的浑蛋儿子？"

一直在旁的贺骏源快被他们错综复杂的关系绕晕了，但他到底是律师出身，快速抓出重点后就争取自身的利益。

"等会儿，大哥，不是你跟我说随意的吗？"

贺承南冷眼看过去："滚一边儿去。"

"都别动！我捋捋。"终于找回了神志的贺枭群打断他们的对话。

他半信半疑地看向乔绯，然后问贺承南："你说她……她是我儿媳妇？！"

贺承南很无奈地说："不然我可以这样牵着她？"

贺枭群盯着他，眼神十分复杂，但那种情绪又被他死死地压着，不能当场发作，只能在心里怒吼：那我那天看到的又是谁，你还养了个小的？了不起了，还敢脚踏两只船！

在互相表明了彼此的身份后，贺枭群死死地盯着贺承南。没过两分钟，他冲在场的客人们若无其事地笑了笑："没事，没事，这是两个孩子给我制造的惊喜。哈哈哈，散了，散了吧。"

等客人们都散了，他转身，阴沉着脸跟贺承南说："你跟我进来！"

乔绯也跟着想要进去，却被贺枭群拦在门外："绯绯，你去吃点东西，我跟这个浑球儿有点事要说，马上就出来。"

乔绯从来没有想过，才经历了自己父亲和男朋友世纪谈判的她，还没隔几天，就又被挡在了外面，静静地等待男朋友和男朋友父亲的神秘谈话。

贺枭群说得轻松，但乔绯一点也不相信。虽然刚才的混乱现场她还没有彻底理清楚，但贺枭群现在明显是动了怒的神情，一张脸黑得就算在笑也掩饰不住了。

乔绯担心贺承南，试着去拉他的手。他却摇摇头，宽慰她："没事，老爷子就是惊喜过度，我安抚安抚就好。"

贺承南的确是这么认为的，六十大寿，心愿成真，喜欢的女孩子成了准儿媳，这事一时半会儿缓不过来也正常。

可当书房的门关上，贺枭群劈头盖脸一句话就把他听蒙了。

"混账，你在华裕公馆藏着的那个，马上给我断了！"

贺承南听得一头雾水："您在说什么玩意儿？"

贺枭群见他竟然还这么理直气壮，气不打一处来："你爸爸我都没干过同时养两个的混账事，马上给我断了！"

同时，大厅内。

褚焱和齐晌陪着乔绯，听她说了和贺枭群认识的所有过程后，不禁连连感慨："波波姐，你注定是贺家的媳妇，这么神奇的缘分我还是第一次听说。”

别说他们，就连乔绯也觉得十分不可思议。她从没想过自己一直陪伴的“空巢老人”群叔，竟然就是贺承南的父亲。这种离奇的事估计说出去都没人信。

几个人坐在一起吃东西，忽然，大门外进来两个女人。为首的中年女人打扮奢华，发髻高高地盘着，精明干练。她身后跟着的女孩儿也穿得光鲜亮丽，白色皮草外套一看就是高档货。

闻礼婕母女姗姗来迟，进门就跟贺骏源打招呼：“骏源啊，你那么远都赶回来了？”

贺骏源认识闻礼婕母女，虽然知道贺承南不喜欢她们，但碍于礼貌，还是客客气气地颔首叫人：“伯母、礼婕姐。”

闻母在大厅里扫视了一圈：“贺老哥呢？今儿是他过寿，怎么人都不在？”

就在她寻找贺枭群的时候，目光不经意对上了坐在一角的乔绯。

大概是出于一种生理性的厌恶，闻母的神色马上就变了。在场的都是有头有脸的人，她虽然讨厌乔绯，但很多心思不能赤裸裸地露在脸上。毕竟在外人面前，她一直保持着雍容华贵的高雅气质。

倒是闻礼婕，当大小姐骄纵惯了，年轻藏不住事，看到乔绯也在，马上轻蔑地白了乔绯一眼，尽显大小姐的优越感。

乔绯没在意，相反还淡淡地笑了。

双方互不干扰。

闻母带女儿在场里热情地交际应酬，甚至像主人般帮着招待客人。直到书房的门打开，贺承南和老爷子出来后，闻母才喜笑颜开地迎上去：“贺老哥啊，生辰快乐，祝您青春永驻！”

贺枭群这会儿正高兴着，刚才在书房里父子俩好一顿捋，终于把事情捋顺了。老爷子得知那天是乔绯的闺密在华裕公馆玩，儿子并没有脚踩两只船，这才放下心。

所以当闻母热情地恭贺他，他也笑眯眯地回："谢谢，谢谢，今天嫂子怎么来晚了呢？"

这个问题就问到点子上了，闻母赶紧把闻礼婕推出来。

"还不是礼婕，知道您六十大寿，一个多月前就开始学习烘焙，非要亲自给您做个生日蛋糕。今天一大早起来她就在烘焙店里忙，做了好几个都不满意，您看看——"

闻母从茶几上拎起一个蛋糕："这是孩子做的第六个。我说再不去，你群叔叔的寿宴都要结束了！哎呀，这孩子，认死理，就想孝顺您。"

闻母的这番话，将闻礼婕活脱脱吹成了一个孝顺长辈的好孩子。虽然过于浮夸，但架不住贺枭群这晚高兴，便也照单全收。

"好，好，好！礼婕有心了。"

贺承南看到乔绯坐在身后有些落寞，便走到沙发边牵着她的手："无聊吗？"

乔绯抬头，笑："没有呀。"

虽然在贺承南离开后是有一点无聊，但他出来了，她所有的情绪立刻就烟消云散了。

闻礼婕看到两人你侬我侬的，心里的妒火直线上升。她回国的时候，整个名媛圈将她奉为贺家未来的少奶奶去巴结奉承，后来贺承南一纸声明撇清与她的关系，好长一段时间她都被姐妹花们在背后嘲笑。而这一切，全是因为这个来自三流野鸡大学的乔绯！

隐约感觉到女儿的情绪不对劲，闻母低声告诫她："别惹事，记住你今晚是来干什么的，别坏了你群叔叔的兴致。"

母亲的这一番话让闻礼婕稍微冷静下来。她看到客厅里不知什么时候多了一架钢琴，念头一起，亲密地去挽贺枭群的胳膊："群叔叔，您什么时候也爱钢琴了？"

“钢琴”这两个字对贺枭群来说，自动等于“乔绯”。他瞬间爽朗地笑出来，在场子里找乔绯的身影，还想介绍她们认识下，闻礼婕却抢着把他往钢琴处拉。

“我虽然是学小提琴的，但对钢琴也略懂一点，要不我弹一首给您听呀？”

闻礼婕在这么多人面前主动献艺，贺枭群不好拒绝晚辈的孝心，只能由着她。

“好，我听听。”

闻礼婕暗中看了乔绯一眼，眼神带着神气，也有点挑衅，好像在说：给我好好看看真正的名门闺秀是什么样的，野鸡就是野鸡，永远也变不了凤凰！

乔绯脸上的情绪平平，甚至还流露出了一丝怯懦和自卑，但细细去看，贺承南能捕捉到她嘴角藏着的一丝笑意。

他转过身，轻轻地扯了扯嘴角。他挑的女人，可爱的时候是真可爱，但要坏的时候，也是真的坏。

闻礼婕看到乔绯的微表情，以为戳到了她的软处，得意更甚。就算暂时不能赶走她，在这样的场合下奚落奚落她也是爽快的。最起码，要让她有点自知之明，明白就算她爬到了贺承南身边，也改变不了她的身份。

刚刚才欣赏过乔绯钢琴的众人再次被闻礼婕吸引过去。闻礼婕的小提琴都是半吊子水平，钢琴更不用说，勉勉强强地给贺枭群弹了一首很简单的《月亮代表我的心》，中间还断了两下。

曲子虽然简单，但弹完后贺枭群还是很给面子地鼓掌：“不错，不错。”

在场众人觉得闻礼婕这曲子弹得跟刚才乔绯的那首完全是小学生与大师的区别，但老爷子都没说什么，他们便也只好跟着给面子地鼓掌。

“嗯，好听，好听。”

乔绯悄悄用手肘抵着贺承南，他从她狡黠的眼神里看出了她的意图，无奈地轻扯嘴角，也做出一副很欣赏的样子跟着鼓起了掌。

闻礼婕只想来讨老爷子的欢心，没想过连贺承南也会为自己鼓掌，而且还是当着乔绯的面。她的心里有些激动，仿佛已经扳回了贺承南的半颗心，欣喜若狂。

闻礼婕知道，豪门少爷都是喜新厌旧的，无论他们在外面如何，最后都会为了家族的利益选择门当户对的女人，哪怕只是娶回来做个门面。

她憋着一口气，从未放弃过。闻父过世后闻家逐渐没落，现在全靠着贺枭群的关照才可以继续荣华，如果贺承南有了别的女人，再长期吹吹枕边风什么的，那她们母女俩往后的生活将是肉眼可见的困难。

所以眼下贺承南对自己的肯定和鼓掌，更加印证了闻礼婕心里的想法——男人还是会想要上得厅堂，关键时刻拿得出手的女人。

呵，果然，“野鸡”的脸色难看极了。

闻礼婕觉得现在是最好的时机，于是站起来，故作随意地指着乔绯问：“群叔叔，听说那位就是承南的女朋友？”

贺枭群顺着一看，笑意止不住地蔓延开来：“是啊。来，绯绯，跟礼婕认识一下。”

“哦。”乔绯很听话地走过去，一脸的温软谦卑。

贺枭群对两个人之间的恩怨毫不知情，还很热情地给彼此做介绍。

乔绯微笑：“你好，礼婕姐姐。”

闻礼婕还没开口就被“姐姐”两个字命中一枪，顿时神情一怔，不大乐意：“别客气，叫我礼婕就行了。”

贺承南在一旁，嘴角忍着不上扬，但偶尔露出一丝笑来。死丫头太狡猾了。

乔绯懵懂地点点头："好的。"

闻礼婕懒得跟她演戏，只想马上狠狠地奚落、羞辱她。

闻母知道女儿还是太年轻，沉不住气，怕她言多必失，于是抢着问乔绯："绯绯真漂亮，不知道在哪所大学就读？"

闻母之前听闻礼婕说她跟踪过乔绯，发现乔绯进了 C 城的一所非常不入流的职业大学。所以现在引入这个话题，乔绯如果当众承认自己的三等文凭，是自找难堪，但如果撒谎，闻礼婕也可以直接拆穿。

无论是哪种结果都只会让乔绯脸上无光，从而衬托闻礼婕的内涵。

闻母老辣，心里的计划一套又一套，闻礼婕很快就看懂了母亲的意思。她激动地点点头，暗示明白和配合。

"哪里比得上礼婕姐姐？"乔绯的视线落在钢琴上，声音很轻，笑得很谦卑，"我读音乐学院。"

她说完，在场的众人都露出一副了然的表情。

C 城的音乐学院是全国数一数二的艺术学院，也是许多艺术家的母校。因为是百年老校，地位不低，所以在艺术圈备受尊重，是每年文工团、交响乐团的重点人才输出地。

毕竟刚才大家都欣赏过她美妙绝伦的琴声，现在知道她原来是音乐学院的高才生，对她的印象更加加分。

但在闻礼婕母女的眼里不是这样的。闻礼婕是亲自跟踪乔绯回的学校，亲眼看着乔绯进了 C 城职业技术学院，所以她就是最有力的证据，可以证明乔绯在撒谎。

"不对吧，绯绯，音乐学院？"闻礼婕双手抱胸笑道，"我怎么有次看到你进了职院的门呢？"

她这句阴阳怪气的话让贺枭群顿时面露不悦，正想帮忙说什么，乔绯却微微一笑，说："职院也好，音乐学院也好，有什么关系吗？"

“当然——”

“当然没关系，我们礼婕的意思是，做人要诚实，读着职院，却说自己是音乐学院……”闻母察觉到了贺枭群的脸色，马上抢了闻礼婕要反击的话，她刻意地笑了两声，试探贺枭群的反应，“这就不好了吧？”

齐晌在人群外看不下去了：“不是，这母女俩的话怎么这么多呢？我都想揍人了！”

褚焱很轻地“嘘”了声：“你看贺总急了吗？”

齐晌一怔，然后朝贺承南看过去。

贺承南端了一杯酒坐在沙发扶手上，不慌不忙、云淡风轻，眼里噙着三分宠溺的笑意，像在看戏，十分悠闲。

“所以啊，”褚焱微笑，“咱们跟着看戏就行了。”

早在琴行认识的那段时间，贺枭群就知道乔绯是音乐学院的学生，所以闻家母女俩挑事般的质疑让他相当反感，脸色也跟着冷下来。

“所以你觉得绯绯不像是音乐学院的？”

“是不是，试试不就知道了？”

闻礼婕马上接话，故意把乔绯拉到钢琴旁坐下：“绯绯，你说你是音乐学院出来的，那你来告诉我，C调的‘哆来咪’在哪里？”

乔绯抿唇，真的从没见过这样无知狂妄，还莫名自信的人，她忽然有些同情闻礼婕了。

她缓了缓，问：“你……确定要我告诉你？”

闻礼婕的兴致正高，哪里肯就此结束，恨不得乔绯赶紧上演一出对着黑白琴键束手无策的难堪好戏。

“别客气啊，绯绯，你看我刚才弹得真不怎么样，不如你来教教我，钢琴是怎么弹的。”

“哦。”既然这样，乔绯转身面对钢琴，放松十指后，对闻礼婕说，“那你就好好学一下哦。”

说完，她将双手重新覆上琴键，也即兴弹起了《月亮代表我的心》。

与闻礼婕不同的是，她弹出来的风格和手法更成熟，运用了多层次复杂的和声，无论是律动的节奏，还是手指灵活的速度，都使这首歌的起伏感更饱满，听得众人心旷神怡，赞不绝口。

乔绯仿佛故意在炫技，曲到中间时又出其不意地转调，等所有人听得飘飘然时，忽然又回到原调，落尾，收声。一气呵成，酣畅淋漓。

曲毕，乔绯回头，眨眨眼，乖巧地问道：“礼婕姐姐，这样行吗？”

被乔绯的手速闪到眼花的闻礼婕：“……”

第六章
昵称是小猪霸霸

哑口无言的闻礼婕和闻母惊慌地对视了一眼，不知道该怎么收场。

到底还是闻母老练得多，只不过顿了几秒钟，马上就堆起笑脸嗔道："哎哟，你们看看，到底是音乐学院的学生，太专业了，弹得多好听。"

但这个时候无论她再说什么都缓解不了贺枭群心中的不满，精明如他，怎么会看不出这对母女对乔绯的刻意刁难。

贺枭群明白闻礼婕对贺承南还心存幻想，闻母也一直盼着两家能亲上加亲。过去贺枭群也有过联姻的念头，无奈贺承南一直对闻礼婕没想法，现在他们又都选中了乔绯，联姻的事就更不用提了。虽然还没正式结亲，但贺枭群心里已经认定乔绯这个儿媳妇了，这样的场合，要是有多事的人说出去，不知道会传得多难听。他必须要将乔绯的地位立起来，不容任何人来质疑她。

老爷子也跟着笑，笑得别有深意，语气里自带警告的意味：“我亲自挑的儿媳妇能差吗？”

他这话一说出来，满场哗然。众人以为乔绯只是贺承南交的女朋友，这种事也没什么稀奇的，豪门公子哥谁身边还没个人，但忽然之间被老爷子钦点肯定，并用词“亲自挑的”，基本就是将乔绯“未来贺家少奶奶”的位置板上钉钉了。

客人们微笑着恭喜，闻家母女一脸怔然，知道乔绯迷了贺承南，不知她竟然连贺枭群也迷住了。

一场六十大寿的寿宴，变成了钩心斗角的宫斗大戏，当然，最后还是以闻家母女的惨败告终。

临走前，贺枭群沉着脸跟闻母说了句意味深长的话：“礼婕不懂事，你也不懂事吗？”说得闻母一张脸红了又白，说不出话。

刚出了贺家大门，闻母便拉扯着闻礼婕痛斥：“你从小吃好的喝好的，结果吃出一脑袋的豆腐渣吗？你脑子里都装了些什么？！没弄清楚人家的底就跟我胡说八道。现在好了，被那个狐狸精赢了，你满意了？”

闻礼婕也很冤枉，她明明看到乔绯进了职院的门，不知怎么摇身一变就成了音乐学院的高才生。现在被当众打了脸不说，又被亲妈一顿呵斥，她的娇惯脾气上来，嘀咕道：“有什么了不起的？不喜欢我算了！”

闻母揉着头：“总之你给我安安分分一段日子，别再去惹那个狐狸精了！”

“知道了。”闻礼婕郁闷声地回，想了会儿，又愤愤不平地小声说，“我就不信他们能好一辈子。”

晚宴全部散了已经是晚上十点钟。

客人走得七七八八时，乔绯也起身告辞。贺承南说要一起回华裕公馆，老爷子知道乔绯第二天的飞机回 A 城后，死活都不肯让她走。

“你今晚就留下来，在哪儿不是住呢？”贺枭群挽留乔绯，“咱们家这么大，十多间卧室，你随便住。”

乔绯看了一眼贺承南，贺承南知道她是在问自己的意见，于是耸耸肩：“随你。”

其实乔绯是觉得，还没有正式结婚就住到人家家里，不太好，但是贺枭群实在表现得太让人不忍心拒绝了。

“绯绯，你看你明天就回老家，这少说得半个月见不到面吧？叔叔会想你的。”

“唉，说着说着怎么突然有点头晕……”

乔绯没办法，只好赶紧扶住他：“好吧，那我就不回去了，我再弹首曲子给你听好吗？这次我们弹唱，我唱《夜上海》给你听，好不好？”

“行吧。”贺枭群的语气十分虚弱，“说不定你唱两句我就好了。”

贺承南在旁边默不作声地看着自己父亲炉火纯青的表演，忽然想到自己的娱乐公司才开了一部戏，里面有个戏精太上皇的角色倒真的挺适合贺枭群的。

贺承南无奈地看着沉迷音乐的一老一少，摇了摇头。他晚上喝了不少酒，现在有点上头，于是他离开大厅回了自己的卧室。他泡在卫生间里，温热的水流从花洒里喷出来，沿着他的肌肉线条滑出一道道线珠。

水雾弥漫，贺承南任由水洒落在身上，忽然想起自己从沙发上一跃而起，在人群外看到乔绯坐在钢琴边的熟悉脸庞时，心里的那种震惊和诧异。原以为她弹古琴的时候最美，没想到她还会弹钢琴。

这个女人的身上，真的处处是闪光点，都是他爱的样子。

贺承南想着，嘴角轻轻勾了勾。

洗完澡，关上花洒，他正在用干毛巾擦身，忽然门外有人推门进来，是贺枭群。

他手里端了一碗燕窝，把碗递给贺承南："我让绯绯住在你隔壁，快，给你媳妇儿送过去。"

贺承南看到老爷子手里就一碗，皱眉道："我没有？"

"你喝什么喝？赶紧的，给绯绯送去。"

贺枭群说完转身就走，走到门口，忽然又想起了贺承南之前的话，回头说："你上次好像跟我说今年之内让我抱孙子？"

贺承南不知道他的思路为什么跳得这么快："尽力吧。"

"哦。"贺枭群满意地点点头，"那快了，今年还剩两天。"

贺承南觉得莫名其妙："说什么呢？我说的是今年，现在已经是今年了！"

"我们老年人算农历，正月初一才是新年。今天是腊月二十八，还有两天，你得给我把孙子安排上。"

贺承南："……"

贺承南换好睡衣，端着只有乔绯才有资格吃的燕窝走到隔壁的客卧。他敲了门没人应，便直接推门进去。

安静的房内，乔绯躺在床上，床边放着一双脱下来的长靴。她仰躺在床上，一双套着黑色裤袜的笔直大长腿微微蜷着，身体跟随呼吸轻轻起伏，不知道是不是太累了，她打起了盹。

她的姿势很迷人，睡着的她像乖巧的睡美人。贺承南靠在墙边摇头笑了笑，走过去。他把燕窝放在床头柜上，接着躺在她旁边，撑着手肘看了会儿她的脸，然后用夹烟的姿势去夹她的鼻子。

不到两秒钟，乔绯开始皱着眉挣扎，接着睁开眼。她看到穿着睡衣的贺承南躺在身旁，怔了：“你怎么来了？”

贺承南朝床头柜上扬了扬下巴：“‘太上皇’的旨意，叫我给你送夜宵。”

乔绯笑了：“你爸是太上皇，那你岂不是皇上？”

“嗯。”贺承南的唇畔扬了扬，“皇上也饿了，你能分一半给他吃吗？”

乔绯坐起来，笑眯眯地端起燕窝，喝了一口：“给你分一点也行，可我现在还是乔妃娘娘呢，你怎么也得给我晋个位分，比如贵妃？”

贺承南淡淡一笑：“好，直接晋升为皇后，后宫就你一个。”

乔绯的脸瞬间就红了，嘴角上扬，表情害羞又开心：“你真烦。”

她从碗里舀了一口燕窝给贺承南，靠在一起的时候不小心在他鼻子下晃了一下。

贺承南的鼻子长得很好看，高且挺，弧度不突兀，是恰到好处的立体。

乔绯莫名就想到了那晚高榛对她说的那些脸红心跳的话。她打了一个寒战，迅速眨了眨眼打断自己走偏的思绪。

她疯了吗，想些什么乱七八糟的东西？！

乔绯不自然地把目光从贺承南的鼻子上挪开，舔了舔嘴唇：“我有点渴，你帮我倒杯水好吗？”

“好。”贺承南没多想，起身就出去了。

乔绯心虚到脸发烫，赶紧扇了扇，拿起手机想随意刷点什么分散自己的注意力。指纹解锁后，她打开微信，第一眼就看到了自己和高榛的对话框。

那上面还停留着对方前几天给她转发的一条链接——厉害了，教你如何通过以下几点辨别你的另一半是否是真男人！

乔绯的手指顿了顿，当时高榛发来消息的时候她正好有事，后来就忘了看。

她朝门口偷看了一眼，贺承南倒水还没回来。这个链接就好像潘多拉的盒子，充满了魔力，她的好奇心忽然被勾了起来。她一秒钟都等不了，立刻就想要打开去了解一下。

乔绯缓了缓剧烈跳动的心，打开链接，目光从火辣辣的标题上略过，开始认真地看起了里面的内容。句句撩拨，句句勾人，她看得面红耳赤、浮想联翩。

这时贺承南倒了水回来，一点动静都没有，直接走到了门口。

他的动作让乔绯猝不及防，她手忙脚乱地把手机按灭，神色慌张，和做了贼一样。

贺承南看出了她的掩饰，视线在手机上停留片刻后，装作什么都没看到，走到她面前。

“喝水。”

“哦。”乔绯乖乖地喝了两口，边喝边想，边想眼睛就边不受控制地看向了贺承南垂着的手。

刚才链接里是怎么说的？哦，对，检查食指与无名指的长度。她偷瞟了几眼，看不太清楚，于是咳了两声，放下杯子。

“要不我来帮你看个手相吧。”乔绯说，“我看看你今年能赚多少钱。”

贺承南知道她的行为有古怪，肯定跟刚才从手机里看的内容有关，但他不问，只静静地配合她的要求。

“好啊。”他伸出手，“帮我看看。”

乔绯装模作样地接过他的手掌。

贺承南的掌纹清晰，是少有杂乱条纹的那种，一看就是高贵的命格。乔绯以前关注过一个手相微博，现在随口胡诌几句也没什么问题。

她假装看手纹，眼睛却时不时瞟一下贺承南的食指跟无名指。按照刚才链接里说的，这两根手指要差不多长才是最好的，但贺承南的无名指显然要长出一些。

乔绯握着贺承南的手发呆，有点不愿意接受的模样。但很快，她又给自己默默打气。没关系，没关系，这个不行，还有下一个。

乔绯揉了揉眼睛，稳住自己，继续去看下一个关键之处，手掌的大鱼际。链接里特别提了，这个地方一定要宽厚饱满，越厚越好……

可贺承南的大鱼际竟然一点都不厚！他的手很干净，很清爽，十指修长，甚至没有一点粗糙感，掌心十分均匀。

所以这个也不行？乔绯有点沉不住气了。这怎么办，她的男人该不会是个绣花枕头，经看不经用吧？

她忽然想起来好像还有一点是可以看男人的眼睛，还没看完就被贺承南打断了。

乔绯很慌，想赶紧验证贺承南的实力，于是匆匆喝完，说："我还渴，你再去帮我倒一点好吗？"

贺承南看着她，眼底快速闪过一丝笑意："好。"接着起身离去。

乔绯探头看到贺承南离开了房间，火速把手机从屁股下拿了出来。她打开微信，手颤抖着点开刚才那条链接，直接拉到最下面。找到怎么从眼睛和人中观察后，她赶紧记下要点，默念三遍。就在这时，一双手忽然从她的身后抢走了手机。

乔绯背后一凉，转头去看，哆哆嗦嗦道："你……你怎么会在我背后？！"

贺承南淡定地冲床旁的墙上努了努嘴："这两间房是互通的。"

乔绯跟着看过去，心下一沉。这什么神奇构造，墙上竟然真的还有一扇隐形的推拉门！她咽了咽口水，心想完了。

贺承南懒洋洋地欣赏手机上显示的内容，看了一会儿，他扬起唇，笑得玩味："我说你今晚怎么这么渴。"

"不是，我没有——"乔绯的话被男人的肢体动作打断。

贺承南整个人压了下来，把她压在身下，言语暧昧而火热："这些都是假的，我告诉你怎么才可以辨别。"

乔绯也被吓傻了，语无伦次地问："怎……怎么辨别？"

贺承南将头埋在她的颈窝里，故意咬她的耳垂。

"试一试就知道了！"

"别。"乔绯下意识地伸手推他，"我错了，我错了行吗？"

贺承南强制禁锢住她的手："晚了。"

在看到那个链接的第一眼，他作为男人的自尊就受伤了。她居然在质疑他的能力？他有哪一点表现出来不行的样子了吗？

所以这晚无论如何，贺承南都得给自己挽回一点男人的尊严。他吻住乔绯的唇，让她无法说话和抗议。

乔绯全身立刻绷紧起来，一边是被他侵占得不知所措，一边是长久以来遵循的信念挣扎。

最终，还是信念打败了欲望，她使劲反抗："好了，我知道了，知道了。"

贺承南停下来："知道什么？"

乔绯聪明，知道他不高兴的地方在哪里，于是挑好听的说："知道你行，知道你厉害，你凶猛如虎！"

什么都还没试过就开始奉承？

贺承南笑了，挑起她的下巴："小聪明耍到我这儿来了？"

乔绯趁机身体往后一翻，再拽着被子一滚，把自己全部藏到了被子里。

确定自己多了一层防护后，乔绯闷在被子里不敢出来。她知道贺承南一定是急于证明自己，现在正是气急败坏的时候，她在被窝里解释：“其实你不用这样，虽然你的面相和手相跟科学家们的研究结果对比，那个功能只能打三十分，但是……”

乔绯小心翼翼地露出头：“但是我不会介意的，我接受柏拉图式的精神恋爱。”

贺承南冷着脸坐在床上。呵呵。他听到了什么，三十分，柏拉图？

他咬着牙，一把掀开被子：“乔绯，你给我出来说清楚！”

“啊！别过来，好了，那我再给你加十分好不好？”

“你闭嘴！”

“不要——嗯——”

房里打打闹闹的，因为隔音效果好，听不清楚在说什么，但贺枭群依然躲在门口听出了慈父笑。

姜还是自己辣，把乔绯安排在儿子隔壁住，就是他贺月老的第一步，再让儿子激情送夜宵，是他贺月老的第二步。

第二天，乔绯是早上十点半的飞机回A城。

不到七点，她和贺承南就一起下楼，用人已经做了丰盛的早餐，贺枭群笑吟吟地坐在餐椅上。

“起来啦？来，吃早饭。”

贺枭群看这两个人出来的神色有点含蓄，心里可高兴了。

贺承南入座后刚吃了两口就皱眉，抽冷气。贺枭群仔细一瞧，他的嘴角好像破了一点皮，以为是他上火长口疮，马上让用人泡了一杯金银花茶端过来。

“你最近啊，少熬夜，冬天气候干燥，容易上火，瞧你的嘴裂成什么样了。”

贺承南冷眼瞥着坐在旁边的乔绯，而她则恨不得把头埋到碗里，一副心虚的样子。他用拇指划过嘴角，默认了贺枭群的理解：“我知道了。”

旁边乔绯的头更低了。

褚焱很早就去华裕公馆帮乔绯把收拾好的行李箱送了过来，等吃过早饭她就差不多要出门了。贺承南推了上午所有的事，专心陪乔绯。

吃完早饭，别墅外，贺枭群依依不舍地送别：“绯绯啊，代我向你父母问好，过完年马上回来。”

然后他掏出一个像板砖厚的红包：“这是我给你的压岁钱。”

这压岁钱真的厚到能压死她。乔绯不好意思，也没有立场要，正要拒绝，贺枭群又掏出一块板砖：“昨天时间急，我也没来得及准备，承南第一次带你回来，这是我给你的见面礼。”

贺枭群说完也不给乔绯拒绝的机会，直接就把两块“板砖”塞到她手里，又浮夸地做了一个抹泪的动作。

“去吧，早去早回。”

贺承南实在是看不下去了，皱眉：“人家回家过年，你别整得跟参军打仗行不行？”

乔绯忍不住笑了，“群叔，我过了元宵就回来，半个月很快的，我一回来就来看您。”

“好，好。”

乔绯抱着两块大“板砖”上了车，转手就放到车里：“你待会儿带回去，这也太多了，我不好收。”

“给你你就拿着。”

贺承南张嘴说话，嘴角的口子一经拉扯，痛感马上袭来。他不禁皱了皱眉。

察觉到他的神情，乔绯心虚地偷看他，小声地问：“刚才怎么不告诉你爸，你的嘴是我咬破的？”

贺承南面无表情地开车：“告诉了又怎么样？他会说你咬得好，

甚至还怪你咬轻了。”

“啊？”乔绯抿唇笑，过了一会儿，很有同感地点头，“本来就是，谁让你不老实？还敢对我霸王硬上弓。”

昨晚后来贺承南还是没能得到证明自己的机会，二人在被窝里好一阵搏斗，最后以乔绯的胜利结束。

其实也是贺承南有心让着她，但他心里想——早晚有一天，我会把你收拾个够。

机场安检处，两个人腻歪了快二十分钟都不舍得分开，乔绯的双手挂在贺承南的脖子上撒娇：“每天都得想我。”

“不准看别的女人。”

“我会不定时检查你有没有听话。”

贺承南对此分别回答：“想。”

“好。”

“听。”

二人旁若无人地秀恩爱，乔绯还主动地亲吻贺承南。

“嘻嘻，走之前再帮你疗个伤。”

就这么蜻蜓点水的一口贺承南当然不满足，于是就在安检门口，他来了一场强势热吻，好几分钟后才松开乔绯。

“快登机了，进去吧，路上小心，到了给我打电话。”

“哦……呜呜。”乔绯拿着机票，依依不舍地跟他挥手再见。

她刚转身进安检通道，身后忽然有什么一闪，像是有谁在拍照。她愣了一下，回头去看，却只看到还站在原地看自己的贺承南。

她鼻头一酸，第一次分开，真的是难舍难分，于是又跑回来撒娇，挂在他身上。最后来来回回告别了五六次，她才终于进了安检。

从C城到A城大约需要两个小时，贺承南无心工作，他不放心，想在第一时间等到乔绯落地的消息。

他直接驱车返回家里，老爷子正在逗鸟，见他回来，赶紧丢了手里的东西："昨晚你和绯绯睡一张床？"

"嗯。"

贺枭群一听这个回答，表情马上就神采飞扬了，可高兴劲儿还没过，贺承南就一盆冷水浇了下来："就只是睡一张床而已，您别想太多了。"

贺枭群差点气昏过去。白忙活了？

他重新捡起鸟食去喂鸟，不再搭理贺承南。可过了一会儿，老爷子忽然冒出一句："不行。"

贺承南："什么不行？"

贺枭群的神色变得凝重。

"你怎么能让绯绯一个人回去？

"据我所知，绯绯家里也是书香门第，那个姑娘那么优秀，估计在老家也有不少追求者吧？"

"我仔细想了想，真的，半个月的时间，有心人要是想撬你的墙脚肯定撬得动。"

"现在男女比例严重失调，你务必悠着点，盯紧点。"

"老家的肯定都是从小就认识的，感情来得深，来得快！你在听我说没有？！"

贺承南回来的两个小时里，老爷子跟念经似的就没消停过。

他无语地站起来，想回卧室安静地等电话，便回道："我会怕别人撬我的墙脚？您开玩笑吧？"

刚说完，他手里的手机响了，是乔绯打来的。她应该是刚刚落地，拿到行李正在出通道，声音很嘈杂。

"到了？"

"嗯！"

贺承南可以感觉到乔绯回家后心情很雀跃，似乎乔父和乔母都来接她了，她很开心，他静静地听着她喊"爸爸、妈妈"。

感受得到她的欣喜和兴奋，他笑了笑，正要跟她说不打扰他们一家团聚，忽然听到手机那头的她喊："在宇哥哥，你也来啦？"

贺承南的手指一顿，还没来得及问这个"在宇哥哥"是谁，乔绯好像记起了他，却只匆匆回了句："先不跟你说啦，拜拜！"

然后"啪"的一声，电话被毫无感情地挂断了。

"嘟嘟嘟——"

贺承南握着手机半天没回过神。在宇哥哥，是什么哥哥？表哥、堂哥、隔壁的哥，还是从小一起长大的哥？

几分钟前贺枭群的一番教诲言犹在耳，他刚才还信誓旦旦地回他"我会怕谁来撬我的墙脚"。他怕过什么吗？从没有。

但现在，贺承南站在原地，手机拿在手里。沉思了片刻后，他当机立断拨通了电话："褚焱，马上给我订一张到A城最早的一班机票。"

每次贺承南要追女人的时候，飞机都总和他作对——大年二十九，C城到A城的航班全部售罄，最近的一班是大年三十的下午两点钟。

有什么办法？还不是只能咬牙买下。

除夕夜是家家户户团聚的日子，每年贺承南和贺枭群都会在一起守岁。母亲过世后，他更是如此，无论多重要的生意，他都会在年三十的晚上赶回来陪老爷子。所以现在要离开，他心里有一点愧疚。

对此贺枭群却满不在乎，甚至还催他："你赶紧去，孙子安排不上就算了，别等会儿我儿媳妇都被别人挖走了。"

贺承南："……"

这事说起来就让他郁闷，乔绯从昨天回去到现在大概二十四个小时了，她完全好像人间蒸发了。

给她打电话，回的是“我忙着呢！回头跟你说呀”，给她发消息，回的是“在外面玩，等会儿说”，然后这个“回头说”和“等会儿说”，直到现在贺承南都没有等到。

所以哪怕是骑单车去 A 城，贺承南也必须要追过去看个究竟，看看她怎么就跟脱了缰的野马似的，回去了就没音信了？

万一真的跟老父亲说的那样，她遇到了初恋或者青梅竹马的小哥哥，被别人勾搭走了再火速“生米煮成熟饭”……贺承南不敢想。

下午两点钟，贺承南带着简单的行李踏上了去 A 城的旅途。他没有告诉乔绯自己要去，第一是想给她一个惊喜，第二是霸道总裁最后的倔强，他想看看她是不是已经忘了自己，和别的帅哥一起快活去了。

飞机落地 A 城是下午四点十分，贺承南早就从负责收购巧家乐超市的下属那里要到了乔家的住址。原本下属们知道他要到 A 城，都说派车来接他，但他想着麻烦，也容易惊动准岳父，就作罢了。

从机场离开后，他打了辆车，直接去了乔石宇的住址。

乔家坐落在 A 城一个别墅区，之前最困难的时候乔家连房子都抵押了，幸好后来贺承南及时收购融资，挽回局面，乔家才不至于陷入无家可归的窘迫境地。

这里的别墅跟贺承南家自带室内电梯的不一样，从建筑设计上可以看出是年代比较老的房子，但绿化十分好，环境也算整洁，看上去很温馨。

车停在乔家门口，贺承南下车，看到乔家的大门敞着，有个中年女人正在门口贴春联。

他慢慢地走过去：“您好，请问是乔绯家吗？”

许羡秋转身，打量着突然出现在自家门口的这位气质不凡的男人。

“你是……”

里面的乔石宇听到了声音，出来一看，顿时愣住：“贺……贺总，哦，不，承南，你怎么来了？！”

乔石宇看到贺承南太惊讶了，忙摘下身上的围裙，迎了上去。

“快进来，快进来！”

贺承南看到准岳父，微微颔首：“伯父、伯母，打扰了。”

许羡秋听到自己老公叫这个男人“贺总”，这个男人又叫自己“伯母”，立刻明白了他就是乔绯交的男朋友，而他同时也收购了自家超市，是她老公的顶头上司。这两个身份结合在一起，的确让人一时反应不过来。

许羡秋是第一次见到贺承南。她听乔石宇说过他的各种厉害，各种成功，现在看到本人，的确能从他身上感受到传说中的气场。她微微笑着：“原来你就是老乔总提的承南呀，快进来吧，外面冷。”

他们把贺承南迎到室内，许羡秋给他泡了一杯英式红茶。

“先喝口热茶，我们这比你们那儿冷多了，今天外面都零下七摄氏度了。”

其实贺承南下飞机后也感觉到了，这里刮的风特别冷，冷到骨子里的那种。现在听许羡秋这么一说，才知道A城整整比C城低了十摄氏度。温差太大了，他穿得不多，幸亏他身体底子好，不然在外面能冻得直颤抖。

贺承南四周打量了一圈，已经进来几分钟了都没看到乔绯的身影，于是问：“乔绯呢，不在家吗？”

“哦，她跟几个朋友在后面那条街买烟花呢，说是晚上十二点的时候放。”乔石宇边说边拿出手机，“我这就打电话让她回来。”

“不用。”贺承南站起来，“我去找她吧。”

跟乔石宇确定了地点后，贺承南顶着刺骨的风来到别墅后面的小商品步行街。还没找到岳父说的那家烟花店，他就看到乔绯的身影从一家奶茶店里跑出来。

她手里捧着一杯奶茶，身后还有两三个朋友，男男女女一起跟着跑出来。几个年轻人坐到奶茶店门口的太阳伞下，聚在一起聊天，脸上都挂着迎接新年的兴奋神色。

贺承南就站在奶茶店外不到十米的距离，乔绯却根本没看到。她吸了一口奶茶，甜得眼睛弯成了月牙的形状。

“我这个太好喝了，嘿嘿嘿！”说完她掏出手机对着奶茶盖拍了拍，又把奶茶贴着脸颊自拍，然后低头捣鼓起了手机。

贺承南不知道乔绯在干什么，但就在她再次抬起头的那一刻，自己兜里的手机响了。他默不作声地拿出来，看到的是她发来的微信消息。

第一张照片，是奶茶的特写——超大波霸奶茶。第二张照片，是她亲吻奶茶杯身，嘴嘟在一起卖萌的样子。接着就是一句话：“霸霸哥，你的波波在线想你了。[亲亲]”

贺承南看着，嘴角总算有了一点笑意，立即回复：“那我马上就到你面前来给你亲？”

乔绯收到回复咧嘴笑了，旁边的小姐妹问：“你傻乐什么啊，跟谁发消息呢？神神秘秘的。”

“不告诉你，嘿嘿。”

杨在宇凑到乔绯的旁边：“绯宝，你的奶茶让我尝一下。”

他去拿奶茶，却被乔绯一把抢了回来：“哎呀，在宇哥，我不跟别人共喝的。”

她突然觉得话说得有些唐突了，又缓和地回道：“要不我给你买一杯一样的吧？”

这个在心里盘旋了一天一夜的名字让贺承南马上就提高了警惕。

他的视线看向围坐在一起的几个年轻人，乔绯身边坐着的那个男人，年龄跟自己相仿，正调侃着乔绯：“你小时候跟我用一个碗吃饭，现在喝杯奶茶就不干啦？行，行，行，我去找一根新的吸管来，你让我尝一口。”

贺承南看到乔绯把奶茶抱得紧紧的：“小时候是小时候，现在不一样，新吸管也不行。”

周围的人笑了，杨在宇也笑了，手在她头顶揉了揉：“小丫头，现在还跟我生分了？”

乔绯皱了皱眉，身体不自然地躲过去。她和杨在宇从小一起长大，关系一直跟亲兄妹似的。从前她不觉得这样的接触有什么问题，可现在她有了男朋友，心里就会自动排斥这样的亲密。

杨在宇可能是感觉到了她的不对劲，没再强求，打着哈哈聊起了别的话题。

想着给贺承南的消息还没回完，乔绯把凳子往旁边挪了挪，看着屏幕微微抿着唇，然后在手里敲：“那你来啊，你如果马上站在我面前，我就……”

后面的狠话还没放出来，她面前忽然落下了一道清冷的身影。

那双腿、那双鞋、那股气场，有些眼熟。

乔绯停了手里打字的动作，愣愣地抬起头。

她看到贺承南后，有点晃神。她觉得是自己喝奶茶喝出了幻觉，使劲地眨了眨眼后再睁开眼睛，贺承南正懒洋洋地看着自己。

“怎么？才离开两天就不认识了？”

乔绯终于回了神，又惊又喜，从座位上跳起来蹦到他面前，难以置信地三连问：“你怎么来了？我没眼花吧？真的是你？”

贺承南稳稳地接住她，笑意在嘴角难以自抑地漾开。他当然不会告诉她是因为自己不放心，担心女朋友被人抢走才会赶过来。他压低声音，秒变情话王子。

“想见你，就来了。”

乔绯禁不起一点情话的撩拨，脸红着，抿唇而笑，马上见色忘友地抛弃了身后的朋友们。

“不跟你们玩啦，我得回家了！”

她拉着贺承南的手，欢欢喜喜地朝别墅小区的方向走，边走边问他：“你冷不冷啊？穿这么少。”

说完，她顺手把奶茶递给他：“快喝一口暖和下。”

贺承南用余光瞄到那个叫在宇的还在盯着他们，于是从不喝奶茶的他接过杯子，在乔绯喝过的吸管上，轻轻吸了一口，接着又送到乔绯的嘴边。

“你也喝。”

乔绯完全不知道他这个举动的真正意义，还以为是二人之间的甜蜜互动，便乖乖地喝了一口。

“嗯，好甜。”

街边的转角处，贺承南若有似无地朝太阳伞下瞧，发现杨在宇刚才还热情似火的一张脸，现在全黑了下来。

等两人走了，剩下的朋友们才聊起来。

“这谁啊，怎么从没见过？”

“是绯宝的男朋友吗？”

“不知道，但是真的好帅。”

“一般吧，哪里帅了？”杨在宇的神情不太自然，拿起自己的奶茶喝了一口，“估计是来给乔叔送年礼的客户吧。”

乔绯牵着贺承南的手蹦蹦跳跳地回了家。她从没想过他会从C城追到A城来找自己，心里既激动又兴奋。

回到家里，许羡秋已经贴好了所有的对联和窗花，家里多了浓浓的年味。

乔绯推开门，大声宣布："爸妈，我男朋友来啦！他今晚在我们家过年！"

乔石宇在厨房里回答她："还要你来说吗？我又炒了两个菜。"

乔绯抓了抓头发，对哦，贺承南肯定是先到的家里，才会去步行街找她。是自己太激动了。

这时，许羡秋从楼上下来："贺总，我帮你把行李提上去了，给你收拾了一间客房，你要是不嫌弃，就住在家里。"

贺承南礼貌地笑："多谢伯母费心，叫我承南就好。"

他看到在厨房里忙得热火朝天的乔石宇，随口说："看起来伯父的厨艺似乎很不错。"

许羡秋还没开口，乔绯就抢着答了："那当然了，我妈嫁给我爸，一辈子没进过厨房。"

乔绯一副很自豪的样子，贺承南垂眸看她，嘴角跟着一抿："行了，我知道了。"

乔绯眨眼："知道什么？"

贺承南小声地说："我回去就学。"

两人嘀嘀咕咕的，不知道在说什么，许羡秋张罗着他们坐下来，准备开饭。乔石宇从厨房里又端上两个菜，凑成一桌色香味俱佳的年夜饭。

"快坐吧，承南，不知道你会来，不然我就去酒店订一桌了。这个点了去哪儿都订不到，你将就将就。"乔石宇很热情，身上的粉红色围裙看起来十分有反差。

"不用了，这样很好，真的。"

贺承南是真的觉得很好，他很久没体验过这样的感觉——一家人其乐融融地围在一起。很真实的、充满了烟火气的除夕，美味的家常菜、高挂的红灯笼，一切都那么温馨和美好。

从乔绯的父母身上，贺承南似乎看到了未来自己和乔绯在一起的幸福模样。

四个人很和谐地吃完了年夜饭，虽然简单，但有家的味道。

吃完后，乔石宇夫妇根本不让他们碰碗筷，全部收拾得干干净净。这时，电视机里也开始播放《春节联欢晚会》，熟悉的开场音乐，主持人喜气洋洋的语调将年味衬得更浓。

乔绯知道贺承南肯定不爱看这些，拉着他悄悄地说："我带你去放烟花好不好？"

贺承南刚好想抽烟，便答应了："好。"

乔绯从家里搬出下午买的十几根烟花棒，带着贺承南去别墅不远处的一个露天广场，每年大年三十的夜里，十二点的时候这里会聚满来放烟火的人。

现在才刚过八点钟，人还很少。乔绯找到了一个空旷处，挥了挥手里的烟火棒："你要放吗？"

贺承南摇摇头，从兜里摸出打火机和烟。

"你放，我陪着你。"

他点了一根烟，顺手帮乔绯点燃了两根烟火棒，然后靠在石柱上看她。

乔绯手里挥动着烟火，像星火垂落，在她的身边闪烁飞舞。她的脸映在五彩斑斓的颜色里，如梦似画，美艳动人。

放完手里的，乔绯又冲他跑来，张了张嘴，习惯性地想喊"霸霸哥"，话到嘴边又觉得两个人都在一起这么久了，这个称呼已经是过去时了。可让她喊"承南"或"南哥哥"，她觉得都怪怪的，不够亲密。

她跑到贺承南面前，眨了眨眼，问："贺承南，我给你取个昵称好不好？”

贺承南的手垂下来，把烟拿远了些，另一只手把她被风吹乱的发丝抚平：“什么昵称？”

“就情侣之间那种甜甜的，只有彼此才可以叫的那种啊！本来我叫‘波波’，你叫‘霸霸’也很配，可每次叫你‘霸霸’，我都觉得你在占我便宜。”

贺承南宠溺地笑：“那你想叫我什么？”

乔绯握着烟火棒在空中随意地划了几下，思索着，一分钟后转过来：“我叫你猪猪！”

贺承南：“猪？”

“不是猪，是猪猪！”

贺承南很茫然：“有什么本质上的区别吗？”

乔绯气到不想说话：“你怎么这么没情调？猪猪听起来当然要可爱很多啊！”

“不觉得，能给我换个别的吗？”

“你看小猪佩奇多可爱，我就喜欢小猪佩奇。”

“那你可以叫我小猪霸霸啊。”

乔绯使劲地打了贺承南一下：“你怎么回事，为什么老想让我叫你‘爸爸’？”

贺承南被乔绯逗笑了，从背后搂住她，抱到怀里猛地举高：“好了，好了，你想怎么叫就怎么叫。”

乔绯的身体突然腾空，边笑边吵着要下来，两个人打情骂俏着。杨在宇和几个邻居捧着鞭炮过来，正好看到这个场景。他扯了扯嘴角，心里不是滋味。

他故意用力地咳了一声，打断两人的亲密，接着走过去：“绯宝，米朵她们正在找你呢！”

乔绯马上从贺承南的身上下来，理了理衣服后，偷偷地跟贺承南说：“你等我一会儿，我去跟她们说一声，让她们自己玩。我马上就回来，等我。”

贺承南却回道：“没事，你去玩吧，我在这儿等你。”

“那我马上就回来！”

乔绯朝小伙伴的队伍里跑去，石柱旁就剩贺承南和杨在宇两个人。

贺承南是个什么眼力的人？一眼就看出来杨在宇的目的。他不慌不忙地瞥了对方一眼：“有事？”

杨在宇这年也二十六岁了，人长得端正，根正苗红的社会好青年模样，跟乔家二十多年的邻居，和乔绯也算得上是青梅竹马。他之前一直把乔绯当亲妹妹，没什么非分之想，但看着乔家大起大落，反倒对她生出一丝怜爱之心，想要呵护她一辈子。

他开门见山：“你和绯宝是什么关系？”

贺承南不太喜欢他问问题的方式和语气，淡淡地回道：“关你什么事？”

杨在宇一脸认真：“绯宝家去年遇到那么大的困难，身边一个人都没有，现在好不容易有点起色，接近她的人，我当然要帮她把把关。”

他这话说出口还算顺耳，起码能从里面听出来，在乔家最困难的时候，他没有落井下石。

贺承南的神色稍微放松，反问：“那你跟她是什么关系？”

杨在宇仰头，提着气势道：“目前是单纯的发小，邻居关系。”

“目前？”贺承南玩味地笑了笑，“还有以后？”

“不……不能吗？”

杨在宇被贺承南玩味的笑容笑得心尖发颤。其实他心里已经很清楚两个人的关系，只是不太愿意承认他的小青梅竟然带了男朋友回家过年。他莫名有种焦虑的情绪，内心很不安。

他自上而下地打量贺承南，发觉自己无论从气质、气场，还是最肤浅的相貌，的确都比不过贺承南后，挫败又不服气地说：“就算你现在是她的男朋友，也不代表就能结婚生子，过一辈子。”

杨在宇把视线落在远处的乔绯身上，意味深长地说：“人生可有太多的未知了。”

他顿了顿：“虽然你看起来确实比我厉害一点…”

后半句话杨在宇是用很低的声音自言自语的，贺承南并没有听到。但前面的几句话，他竟然莫名觉得很有道理。

一天没把乔绯迁到他的户口本里，一天就还是悬的。他掐灭了烟，由衷地感慨：“不错，有道理。”

乔绯这时从人群里跑过来，长发跟着身体轻摆，脸上挂着笑，鼻头红红的，像一颗跌落凡间的小星星，由远及近地来到他的身边。

远处的天空忽然落下一颗鞭炮星子，眼看着快要落到乔绯的身上。贺承南和杨在宇都看到了，但杨在宇的“小心”还没说出口，贺承南已经快速伸手把人一拉，乔绯就被他轻松地拉到自己的怀里。

“慢点跑。”他的眼里满是宠溺。

乔绯在他怀里仰头，撒娇道：“知道啦，我怕你无聊啦。”

在旁边的第三者杨在宇觉得自己不配拥有姓名。仅仅是刚才的一个瞬间，他就觉得自己已经输了。

他讪讪地转身准备离开，乔绯却喊住他：“等会儿，在宇哥，我还没给你介绍呢。”

杨在宇很颓废地停下脚步。

“他是杨在宇，住在我家隔壁，在宇哥超能干、超厉害的，现在在独立创业，做共享项目。”

乔绯噼里啪啦地说着，贺承南却反应冷淡。

“哦。”

呵呵，超能干？超厉害？有多能干，哪里厉害？！

乔绯完全没有意识到自己哪里说得有问题，转而介绍贺承南时，用词就简单多了："在宇哥，这是我男朋友，贺承南。"

杨在宇原本颓废不堪的心思在听到这三个字后猛地一震。

"贺承南？"

"嗯？"乔绯看到杨在宇的反应有点激烈，可C城和A城毕竟隔了一千多公里的距离。她顿了顿，不确定地问，"你知道他？"

她这个问题问得杨在宇十分暴躁，在心里疯狂地怒吼：谁不认贺承南，你在逗我吗？你家的巧家乐从此易名为HEROOM了！整个A城谁不知道贺承南把魔爪伸过来了？

原来是贺承南！面前站着的这个随意散漫、一副跩上天的男人，居然就是贺承南！

杨在宇瞬间漏了气，战斗值降到负数，无精打采地说："我妈在家等我看《春节联欢晚会》，我先走了，拜拜。"

乔绯莫名其妙地目送杨在宇离开，心想他从来不是这样没有礼貌的人啊。她蒙了一会儿，转身问贺承南："他怎么了？"

结果却发现贺承南也不太对劲，一声不吭，神情诡异，满是不爽地凝视着她。

乔绯被他看得有些疑惑，挠了挠头，有点不知所措地问："你又怎么了？"

第七章
请你们马上结婚

烟花棒放完了，外面冷，乔绯怕贺承南受不住A城的北风，早早地把他带回家了。

自从刚才乔绯在杨在宇面前给双方做了介绍，贺承南就十分别扭，问他哪里不开心，他就回一句“你自己说了什么不知道吗”。

可乔绯想破了脑袋也没想出自己是哪一句话扎到了霸道总裁的心。直到回了别墅，她都没猜透贺承南到底在不爽什么。

十点钟，两个人回到家里，乔石宇和许羡秋正在看晚会。见到他们回来了，许羡秋端上水果、零食：“来，要吃点吗？”

乔绯接过一瓣橙子，正要递给贺承南，乔石宇却站起来：“绯绯，你在这儿陪你妈看会儿电视，我跟承南去书房聊会儿。”

乔绯还准备带贺承南去二楼阳台问个究竟，再哄哄他，眼下他却被乔石宇带走了，一番计划只能暂时作罢。

贺承南跟乔石宇去了一楼的书房，两个男的走了，剩下母女俩也开始说起了悄悄话。

许羡秋把零食拆开给女儿送去，故作随意地打开话题：“承南平时对你好吗？”

“好啊。”乔绯咬了一口棉花糖，歪头甜蜜地笑了，“就像你跟爸爸一样对我好。”

“真的？”

乔绯不知道许羡秋问这个问题的目的是什么，皱眉道：“当然了，他要是对我不好，我干吗要跟他在一起？”

许羡秋朝书房的位置看了一眼，然后靠近女儿，声音放得很低：“那你没有跟他那个吧？”

乔绯差点被一口吞下去的棉花糖哽住，脸瞬间爆红：“哎呀，妈，你为什么突然跟我说这些？！”

许羡秋没觉得有什么问题，“嘘”了一声，让乔绯小声点，又问：“你回答我，有没有？”

乔绯快尴尬死了，只想赶紧结束这个话题：“没有，没有，没有，你不是跟我说婚前不可以吗？”

“没有？”许羡秋大概是自己都不太相信贺承南能忍得住，半信半疑地说，“你没有骗妈妈吧？”

乔绯拿起小靠垫挡住脸：“没有，没有，你别问了，好尴尬的好不好？！”

许羡秋这才放了心，转过去看电视，边看嘴里还边说教：“你一定要记住妈妈说的，婚前保护好自己。一旦你交出去了，男人就不会珍惜了。”

这些话，乔绯从小到大快听出茧子了。许羡秋是书香门第出身，乔绯的外祖父以前是学堂老师，思想比较传统。

只不过有时候听得太多，乔绯都有点叛逆得想挑战这个观点了。她觉得“性”不是用来算计的，正相爱的时候顺其自然最重要。就算强行留到了婚后，如果男人不珍惜了，那么得到的结果还是一样的。

电视里正在播放歌手唱歌的画面，乔绯漫无目的地想着，偶尔扭头看向书房，不知道爸爸和贺承南在聊些什么。

书房里，乔石宇给贺承南泡了杯热茶，闲聊道：“你上次不是说初二开业那天来的吗，怎么提前了？”

这是两个男人上次在C城见面时说定的一个秘密。

初二是个良辰吉日，也是贺氏收购巧家乐整改后焕然一新更名为HEROOM开业的日子。

上次乔石宇去C城的时候想过要告诉乔绯自家超市被贺氏收购的消息，但后来贺承南提出了暂时不让她知道的要求。他早就有自己的打算，想在那天给乔绯一个惊喜。于是两个男人瞒着，乔绯至今还不知道是贺承南的公司收购了巧家乐。

贺承南回乔石宇：“原本是定初二，但……绯绯走了一天我就想她了。”

乔石宇快五十岁的人乍一听这样火热的话还有点不好意思，摆手笑道：“明白，明白，年轻人谈恋爱是这样。今天你早点休息，明天初一，我们会去祭祖，你要是不愿意去，就在家看看电视。”

贺承南丝毫没有犹豫：“我当然一起去。”

准岳父跟准女婿在书房里聊到十一点钟，出来的时候许羡秋正在关电视，准备休息。他们平时睡得早，乔绯也已经回了自己的房间。

许羡秋把贺承南领到二楼的一间卧室：“房间不大，你将就一下。”

贺承南看了一眼，小卧室收拾得很干净，转头跟许羡秋点头：“谢谢伯母。”

“不用，那早点睡觉吧。”

“嗯。”

关上门，贺承南先跟贺枭群打了个电话，简单地问了几句，知道老爷子一切都好便去卫生间洗了个热水澡，然后上了床。

刚才乔石宇说过次日早上七点半要去山上祭祖，所以他没再生别的心思，上床后直接熄灯准备睡觉。

这边刚刚闭上眼睛，贺承南就听到楼下的大摆钟敲响了十二点的钟声。

新年了，他还没跟乔绯说“新年快乐”，虽然她刚才还在自己面前夸别的男人厉害。

贺承南重新打开床头灯，拿出手机，给乔绯的微信发了句“新年快乐”。

刚才他从书房出来时乔绯已经不在客厅，现在估计也已经睡了。他等了一会儿没有收到回复，便关了手机睡觉了。

但乔绯并不是睡了，也根本没看到贺承南给她发的微信。

看到家里的灯全部熄了后，她偷偷摸摸地打开自己的卧室门，先开了一条小缝，悄悄观察了几分钟，听到乔石宇和许羡秋在楼下说话，商量第二天早上吃什么。后来两个人进了卧室，关门，声音消失。

乔绯蹑手蹑脚地走到对面父母的卧室，靠在门口听，听到许羡秋说了句“你把灯关了”后，门缝下的光瞬间变黑。她才确定，父母睡了。

她屏住呼吸，继续蹑手蹑脚地走到隔壁的隔壁——贺承南睡的客卧门口，站定再度确认父母那边没有动静后，拧开门把，推门进去。

她的动作特别轻，贺承南有点累，上床没多久就睡着了，所以完全没察觉到她进来了。

乔绯摸黑爬到他的床上，以为他还是跟上次一样在装睡，于是先下手为强，捏住他的鼻子，捂住他的嘴。

——嘿嘿，让你装，憋死你。

贺承南从窒息中醒来，本能地想把阻止自己呼吸的人一掌击飞。可就在手伸到对方身上，已经推出一点距离的瞬间，指尖感触到了女人身体的柔软，马上就反应过来是乔绯的恶作剧。于是推开的动作秒速变成拉回，惯性使然，干脆翻身将她结实地压在身下。

“你又来惹我？”

他的声音略高，乔绯马上捂住他的嘴：“嘘！小声点！”

她压低声音：“我是等我爸妈睡了才偷偷来的，你小声一点。我妈要是知道我半夜不睡觉来你这儿，会打死我的。”

若有似无的清香扑入他的鼻腔里。乔绯应该是才洗过澡，身上散发着淡淡的沐浴露香，像是玫瑰味的，让人闻了几下便沉迷了。

在这样漆黑的夜色里，玫瑰香更显诱人。

贺承南的喉头暗暗滚动，他已经尽力在忍，声音却不可控制地沙哑了：“那你来干什么？”

乔绯没有察觉到他的变化，认真地回答：“我不知道晚上哪里说错了，又惹到你不高兴，你不告诉我，我睡不着。”

被他压着不舒服，乔绯动了动身体：“你先下来好不好？”

她这番无意识的扭动让贺承南忽然就炸了。他把乔绯推自己的两只手压过头顶，然后毫无预兆地、粗暴地直接地吻上了她的唇。

乔绯被他突然的袭击吓了一跳，在黑暗中瞪大眼睛，却喊不出声。

贺承南这次的感觉和过往都不同，带着很强烈的霸占欲。

乔绯一直以为自己可以轻松挣脱他，如今却发现他竟然只需要一只手，就可以将她的双手压得死死的。

她动弹不得，一边慌张失措地接受着贺承南暴风雨似的吻，一边呢喃道：“别……”

多年保守的惯性思维让乔绯的第一反应是挣扎。可当下身体传递出来的感受却是那么美妙，让她不忍，也不想去拒绝和打破。

禁锢已久的传统信念和现在男女相爱的美好体验在心里纠结矛盾，乔绯不知道该怎么选。上次是信念赢了，但现在她犹豫了。

其实她也在想，为什么家长们会把这件事看得那么紧张，为什么男人冲动起来会无法控制，它到底有怎样的魔力——能让一向矜贵自持的贺承南失去理智，也让自己这一刻沦陷迷离。

思绪混乱的乔绯从铺天盖地的吻里终于挣得一点空气，她忽然想起高榛之前讲过的悄悄话，心底又生出几分怯意，身体也下意识地往回缩。

乔绯这个动作让贺承南微微一怔，她显然还没有做好准备。他无奈，只好暂时放弃。

零下七八摄氏度的天，他愣是下去洗了一个冷水澡。再从卫生间回来的时候，他打开床头的灯。

乔绯已经睡着了，温柔的长发缠在她的肩头，她静静地躺在那儿，像一幅油画，安静又迷人。

贺承南只看了一眼，刚刚洗的冷水澡就白洗了。他迅速帮乔绯把睡衣穿好，然后躺下来。他把闹钟调到了六点钟，想让乔绯先睡一会儿，到六点钟的时候再让她回自己的卧室。

安排好一切之后，贺承南才放心地抱着乔绯入睡。

不知睡了多久，反正闹钟还没有响，贺承南听到自己的卧室有人敲门，似乎是许羡秋的声音："承南，绯绯在你这儿吗？"

贺承南睁开眼，仔细确认了下声音的确是许羡秋后，马上去摇身边的乔绯："你妈找你。"

乔绯才睡了一会儿就被吵醒，一身的起床气，迷迷糊糊的，完全忘了自己还在贺承南的床上。她拉开被子，嘴里嘀咕着什么，贺承南还没来得及拉住她，她就那么半睁半闭着眼地去了门口。

她打开门："干吗啦？妈，天都没亮你找我干什么？"却没人回应，空气一片寂静，久久都没声音。

乔绯感觉到不对劲，勉强睁开眼睛，看到许羡秋正站在自己面前，手里拿了一个手机。

乔绯看到自己的兔耳朵手机壳，忽然就像一道光劈了下来，把她劈清醒了。她想起来自己昨晚没回到自己的房间，所以现在她肯定是站在贺承南的卧室门口！

乔绯的心里一阵发凉，背后渗出冷汗，心虚地看着许羡秋："妈，我，我……"

任凭她平时再聪明机灵，这个时候也找不到一点给自己开脱的理由。许羡秋的脸色很难看，正要说什么，贺承南从里面走了出来。

他不放心，怕许羡秋责怪乔绯，于是赶紧披好衣服过来解释："对不起，伯母，昨晚我有点感冒，所以让乔绯给我送了一点药过来。"

准岳母冷冷地说："送到现在？送药还是送人啊？"

好犀利的岳母。

其实这种时候越解释就越掩饰，反而不坦诚，没担当。贺承南干脆承认："抱歉，是我的原因。"

这句话说出来，即是把所有许羡秋想到的、想不到的事都揽上身了。

乔绯不想妈妈错怪贺承南，昨晚明明是她偷溜进了他的房间。她忍不住开口："妈，其实……"

可许羡秋好像并不想听她解释，把手里的手机递给她："四点多钟开始手机就一直在响，吵得我都睡不着，去你房间看才知道你不在房内。"

她又气又没办法地看了两个人一眼，转身：“先看看是谁那么急着找你，然后换好衣服下来，我有事要说。”

她顿了顿，接着说：“一起下来。”

她的语气很郑重，好像要宣布什么大事。

乔绯点头，然后把手机接过来，发现自己有快三十个未接来电，打电话来的几乎全是热格的同事，其中还有一通是高榛的。

不知道发生了什么，她先回给刚才打过来的同事。电话一接通，对方的语气激动又兴奋：“绯姐，你怎么才接电话？！”

乔绯听她的语气好像是出了什么不得了的事，很蒙：“怎么了？”

那边的同事大声地说：“你的视频火了！火了你知道吗？”

乔绯：“什么？”

“不知道是谁把你的现场发到短视频平台上，有个大V昨天转发了，一夜之间五百多万个赞，一夜之间啊！”

乔绯继续发蒙：“啊？”

她一时之间还没能接受这个像愚人节玩笑一样的消息。

“我？发的我？”

“你难道没看到吗？那我挂了，你赶紧去看看吧！”

乔绯赶紧打开自己的视频软件，她平时不怎么玩，偶尔会看看别人的搞笑段子，但从来没想过自己会被发到上面。

打开后，果然，首页随便刷过几条就是她的现场表演。截至目前，点赞量已经快要突破六百万次了。

这是一个大V转发的，乔绯赶紧循着首发的账号摸过去，发现居然是石林——高榛的男朋友！所以那晚理工男来店里哄女朋友，顺便还拍了自己发上去了？

贺承南见她一直在看手机，一副不可思议的模样，便凑过去问：“怎么了？”

乔绯看着评论里都是对自己的喜欢和吹捧，到现在都有点不太相信：“我火了？”

贺承南听得莫名其妙：“什么火了？”

乔绯把手机递给他：“我的现场，在最红的视频软件上。”

贺承南垂眸，映入眼里的是热评的前几条。

“能告诉我这个小姐姐在哪里吗？天涯海角我都要去追过去看一次她的现场！”

“顶我上去，这是C城热格的驻店女DJ，很牛的，每天搭档电音教父沃克。”

“各位，我又恋爱了，去C城的机票已买好，有一起的吗？”

“我好恨，恨我家没矿。”

看完后，贺承南的心情很复杂。一个青梅竹马就已经让他不远千里地追过来了，没想到一夜之间他的情敌忽然就遍布了全国。

贺承南皱眉，想起昨晚杨在宇跟他说的“人生可有太多的未知呢”，忽然就生出一种握不住未来的不确定感。

他退出软件，不让乔绯继续欣赏那些粉丝的留言：“先别看了，赶紧去换衣服，你妈还在等我们。”

他一提，乔绯想起刚才许羡秋难看的脸色，知道待会儿下去肯定不会听到什么好听的话，尤其是对贺承南。她提前给贺承南打预防针：“要是待会儿我妈说了难听的话，你别往心里去，她就是怕我吃亏。”

贺承南还在想乔绯一夜爆红的事，思考用什么办法才能让那些男人不再打她的主意，便随口应道：“知道了。”

两个人各自回房间洗漱完毕，换好衣服时已经六点半，天光微亮。

楼下，许羡秋和乔石宇好像起了什么争执，看到乔绯和贺承南下来了后又紧急收住，接着许羡秋一声“我说了算”，四个字就封住了乔石宇的所有意见。

乔绯慢吞吞地坐到父母的对面，贺承南在她身边坐下，主动打招呼：“伯父、伯母，早上好，新年好。”

“你也好，你也好。”乔石宇的态度倒还好，马上回应，然后从口袋里掏出两个红包，“给你们的，祝你们今年工作顺利，平平安安。”

贺承南也没客气，接了过来：“谢谢伯父。”

乔绯一直在观察许羡秋的眼色，确定自己可以去接这个红包后，便小心翼翼地接了过来。

“谢谢爸爸，谢谢妈妈。”

“先别谢太早。”许羡秋双手抱胸，终于发声。

乔绯身体一僵，拉长尾音撒娇：“妈……”

这一声“妈”包含了很多暗示，类似“给我一点面子”，或者“求求你不要刁难我男朋友，人家第一次来”，等等。

可许羡秋一点都不领情，而是看着贺承南，语气平静：“承南，我和老乔虽然对你很满意，你的家世好，能力也好，绯绯和你谈恋爱我们也很放心，但是——”

乔石宇突然插话：“承南不是那种人……”

“你别说话！”

许羡秋打断乔石宇，甚至还瞪了他一眼才继续说：“但是我们乔、许两家都是门风很严的人家，绯绯从小我就教育她要洁身自好，但我知道女儿长大了我也管不了那么多，既然你们已经有了夫妻之实——”

许羡秋说着，从沙发下拿出一个小本本。

乔绯的视线落到茶几上的本子上，瞪大了眼睛：“妈，你——”

“我希望你们马上结婚。”许羡秋的声音跟着落下，干脆，直截了当，不容拒绝，“越快越好。”

哪有强迫人家跟自己女儿结婚的，再说他们还没有夫妻之实呢。

乔绯要被亲妈大年初一这一顿操作气自闭了，她伸手去抢户口本，想赶紧藏起来，可手才碰到本子，贺承南几乎是同时伸手来拿。两个人手里共同握着户口本，面面相觑。

乔绯怔住："你干什么？"

贺承南反问："你要干什么？"

乔绯："……"

贺承南当然不肯松手。准岳母的优秀建议对他来说就像一道击退黑暗的明亮之光，让他豁然开朗，也完全解决了刚才所有的顾虑。

"没问题。"贺承南将户口本强硬地拽回到自己手里，然后淡定地喝了一口水，幽幽地落下一句，"我马上让秘书送我的户口本过来，我们明天就去领证。"

乔绯难以置信："你们都疯了吧？"

乔绯被许羡秋和贺承南的一拍即合惊呆了，她大学还没毕业，怎么能就这样匆匆嫁人？退一步讲，就算要结，也不该是现在这样，几句话就把自己安排了，一点都不正式。

虽然她早已经认定了贺承南是以后的归属，但是说结就结真的太突然了。她一时不能接受这个决定，也幸好民政局放假了，就算贺承南想要马上和她去领证，也领不到。

可他一点都不气馁："那就等你年假放完来C城，来了就去领。"

许羡秋点头："我同意。"

乔石宇笑了笑，道："我……我随便。"

乔绯看着立场一致的三个人，摇摇头："你们都疯了吗？"

她无语，起身上二楼，贺承南跟着追上去，就听她哼哼一声："你别得意，我就不信所有人都帮着你。"

说着，她给贺枭群拨了一个电话。

电话接通，乔绯先给老爷子拜了年。她嘴甜，几句话就把他哄得乐不可支的，直夸她乖。

见气氛酝酿到了，乔绯马上换了语气跟贺枭群告状：“群叔，贺承南欺负我。”

贺枭群一听，不亚于“龙颜”震怒：“他敢！”

两个字砸下来，乔绯得意地跟贺承南使了个“看吧，我有人撑腰”的眼神。贺承南却不慌不忙，嘴角甚至还牵起了一抹笑。

老爷子追问：“那个浑球儿把你怎么了？！”

乔绯撒娇：“他一大早起来就说要跟我去领证，你说他是不是疯了？我还没毕业呢。”

电话里，老爷子沉默了。

乔绯喂了两声：“群叔？群叔，你在听吗？”

贺枭群顿了顿，沉着声音说：“你把手机给那个浑球儿，我来说说他。”

乔绯：“哦！”

然后她骄傲地把手机递给贺承南，眼尾挑了挑，暗示他“受死吧”。

贺承南波澜不惊地把手机接过来，按了免提，然后把手机放在两个人中间。他的笑中带着某种笃定：“喂。”

然后乔绯就听到了惊天动地的一声“干得好啊，儿子”。贺枭群声如洪钟，隔着手机，乔绯都能感受到他红光满面的兴奋模样。

“你要是主动一点，我已经抱上孙子了，不过现在开窍也不迟，不要怕！我全力支持你，赶紧把绯绯给娶回来！”

贺承南眼底含着意味不明的笑，应了一声后挂掉电话。

二人四目相对望，乔绯感觉到很挫败，久久想不通，暗自嘀咕：“怎么都支持我们结婚啊？”

贺承南靠过去，脸抵着她的脸，低沉的声音伴着热气涌进她的呼吸里：“你难道不想嫁给我？”

乔绯脸颊一红，故意撞他的额头：“戒指都没有，谁愿意嫁给你。”

贺承南的嘴角轻轻扬了扬：“有戒指就肯嫁了？”

乔绯还没回答，许羡秋突然在楼下喊：“还在上面干吗呢？快下来，要去祭祖了。”

话题被迫中止。

乔绯理了理头发，转身往楼下走，嘴角抿着笑：“再说。”

贺承南好像能读懂她的心思，没再追问，也笑着跟上去。

一家人出发到山上的某墓园。这是A城的风俗，每逢新年，就要去祭奠先人。

到了墓园，停好车，乔绯去买了一些香烛、黄纸之类的祭奠用品，四个人慢慢地爬上山，来到位于山腰处乔绯外祖父、外祖母的墓前。

点上蜡烛，奉上小花圈，摆好食物。

乔石宇和许羡秋先磕了几个头，许羡秋对着自己的父母说了些话，贺承南听到其中一句是：“我今天带绯绯的男朋友来看您了，他们要结婚了，您多保佑这两个孩子，平平安安的，好好地过一辈子。”

言辞真挚诚恳，尽显天下父母苦心。

轮到乔绯和贺承南的时候，贺承南礼貌地跪拜，乔绯在他旁边，闭上眼睛，双手合十，在心里默默地道：外公，你要是同意我们结婚就给我托个梦呀！不过你要是不同意就别告诉我了。反正我只喜欢他一个人，也只愿意嫁给他。

贺承南见她祭拜时一直念念有词，下山时问：“你刚才嘀嘀咕咕什么呢？”

乔绯眨了眨眼：“我跟外公说，如果以后你对我不好，就让他每晚都来找你聊天。”

她半真半假的恐吓神情让贺承南顿了顿。他把胳膊搭到乔绯的肩上，将人拉到怀里，对着她的耳朵说：“那你外公可能永远没机会来跟我聊天，老人家会寂寞的，要么来找你聊天吧？”

乔绯的脖子被他带出的热气弄得有些痒，笑着躲开。这时一对情侣从他们身边经过，男人背着女人，画面很温馨。

乔绯马上就羡慕了，拖着贺承南的手：“猪猪。”

贺承南转头看她。

她的手一指，指向已经走出十多米的情侣：“我也要。”

贺承南看着就在前面的许羡秋，犹豫道：“不好吧，等会儿你妈会不会觉得我们不够庄重？”

“你昨晚怎么不说自己不庄重呢？”

贺承南拿乔绯没办法，走到前面，微微弯腰：“上来。”

乔绯心满意足地趴到他宽厚的背上，手紧紧地抱着他，感受他身体的温度，幸福感肆虐全身。她偷偷在他的脸颊上是亲了一下：“奖励你的。”

不知道是不是感觉到了身后的异样，前面的许羡秋忽然转身。乔绯嘴上说不怕，可当看到亲妈犀利的眼神后，立即跳下来，收起嬉笑的表情。

满以为亲妈又要说公共场合注意自己的言行举止之类严肃的话，可许羡秋只看了一眼便转身，淡淡地说：“下山路滑，承南，你看着点绯绯，别摔着了。”

两人互相交换了个眼神，明白这个“看着”，其实就是默认了“背着”的意思。得到了亲妈的许可，乔绯又欢喜地爬到贺承南的背上。

她闹了一路，他也陪着闹了一路。两个老的看在眼里，脸上也都噙满了笑意。

回到家后，简单吃了一顿午饭，贺承南便起身告别。

“手里还有事，我要离开去处理一下。”

乔绯措手不及："怎么这么突然？"

问完又觉得自己的问题多余，贺承南一年三百六十五天几乎没有固定假期，睁开眼睛就是工作。所以能放弃陪贺枭群的时间飞到A城来陪自己，就已经是很不容易的事了。

乔绯虽然有点失望，但还是依依不舍地点头："好吧……"谁让她选了他，选了就要理解和知足。

贺承南摸了摸她的头，意味深长地说："乖，很快就见了。"

乔绯心想，再快也要元宵节后了，接近半个月呢。

好长啊……她撇着嘴，努力做出一副无所谓的样子："知道了。"

然后她眼睁睁地看着乔石宇送贺承南到门口，乔石宇对她和许羡秋说："我送一下承南，你们回去吧，外面冷。"

于是大年初一的下午，男朋友走了，乔石宇也说要去为第二天超市的开业做准备，不在家，就连许羡秋也到邻居家串门去了。家里就剩下乔绯一个，无聊又孤单。

本来之前约了小伙伴去看当天上映的贺岁电影，可不知为什么，贺承南走了，她的心里空落落的，什么都不想干。

她在家心不在焉地看重播的春节晚会，这时手机响了，是杨在宇打来的电话。

"明天下午姗姗组局，让我叫你一起去吃饭。"

杨在宇口中的姗姗叫姚珊珊，是他们从小的玩伴，之前也住在这个别墅小区里，后来她家生意越做越好，就搬离了这里，现在是A城比较有名的名媛小姐。

但她和乔绯长大后一直不大对付，倒不是乔绯的原因，而是姚姗姗总喜欢拿自己跟乔绯比，尤其是乔家去年陷入困境一落千丈后，乔绯听说了不少她在背后奚落自己的话。

"她请我吃什么饭？"乔绯皱眉玩着指甲，拒绝道，"不去，我没空。”

杨在宇知道她的脾气，便没强求，随便聊了几句后就挂了电话。

姚姗姗的出现打乱了乔绯的心情，连带着电视声也变得聒噪了，干脆关了电视。想起自己的视频爆红的事，她打开手机，想看看自己现在有多少点赞了。

乔绯点进去找到自己的视频，惊讶地发现点赞量已经突破了一千万次！这个速度太惊人了，她玩这个软件很久了，能突破千万的视频真的很少，而且大部分都是签了公司的，她这么一个毫无名气的素人竟然凭一个打碟现场的视频一夜爆火。

往往这样的爆红背后都会跟着同样的爆黑。

果然，乔绯点开评论，跟早上对比，这会儿的评论区明显呈两极分化。一方是喜欢乔绯的，评论都非常积极，变着花样地夸她漂亮，夸她打碟带劲。而另一方，则是各种披着“同学”“朋友”等知情人身份的爆料，例如——

“音乐学院的学生，背后有人，你们懂的。”

“我听她同学说她以前随随便便一个包抵我们几年的生活费，后来不知道是不是被甩了，穷了一段日子，现在又飞起来了。”

“别扒了，人家背后的那个人在 C 城可是你不能惹的人物，分分钟能穿过网线来查你家门牌号。”

“贵圈真乱。”

都在乱扯什么呢？她之前可是正宗的大小姐，背的包都是家里给她买的，清清白白，怎么传得跟她一直是靠男人似的？

类似这样胡说八道的评论越来越多。

晚上许羡秋回来的时候，看到乔绯对着手机很生气的样子，上来问了缘由后，却一点都没在意，还很淡定地安慰她：“这个世界最不缺的就是颠倒是非、唯恐天下不乱的人。你知道自己没有做就行了，何必跟一群不认识的人置气，再说了——”

许羡秋摸了摸女儿的头发：“很快他们就会知道自己的发言有多无知。”

乔绯不明所以：“为什么啊？”

许羡秋没有深说，只是淡淡一笑：“早点睡觉，明天咱们家超市重新开业，你要打扮得漂亮点去参加。”

乔绯听到后眼里闪过一丝失落，这也是她回来后一直逃避的话题，也从不敢在父母面前提起，怕触动他们的伤心处。毕竟经营了那么多年的心血转手他人，心里是肯定会难受的。

“都被收购了，跟我们乔家还有什么关系？”

许羡秋说：“是没关系了，但你爸还是副经理。你看他，忙到现在还没回来，你就当支持你爸的工作，明天也得去一下，嗯？”

乔绯一看，都晚上十点钟了，父亲也着实辛苦。

她叹了一口气，点点头：“好吧。”

于是，她早早地回到二楼卧室，临睡前给贺承南打了一个电话，没人接。她猜测他可能还在忙，发了一条晚安的微信消息后就早早地入睡了。

第八章
保护我方猪猪

第二天，良辰吉日，大年初二。

全A城的老百姓都知道原来的巧家乐超市将会在这天重新开业，只是巧家乐很神秘，商场外的巨幅招牌一直用幕布遮着，市民们都不知道新的巧家乐将会叫什么。

虽然坊间有传闻是C城的投资大亨贺氏收购了，但不到最后揭露的时候，谁都不知道结果。所以早上九点钟，巧家乐超市门外已经围满了来看开业仪式的市民。

乔绯也来了，昨晚乔石宇一晚上没回来，听说是忙开业典礼的事，所以她也想给人到中年还这样努力的爸爸撑撑场面。

巧家乐原先在A城就是很有名的大超市，单体广场形式，全楼共五层。但这次重新整改后，将原来第四、五层的家具区全部取消，与时俱进地改成了电影院、KTV和餐饮。经过重新招商，四、五层入驻了新的商家，注入新鲜血液，也吸引了很多年轻人的关注，带动整体消费力。

乔绯站在超市门口，跟普通市民似的，看着那块被幕布遮住的巨幅招牌，隐隐好奇乔家的心血待会儿会被冠上新的什么名字。

超市定在上午十点钟揭牌，仪式之后便正式营业。

门口搭建的舞台上，请来的演员们正在卖力表演，乔绯等得无聊，从路过的老爷爷手里买了一串糖葫芦。撕掉包装后，她咬了一口到嘴里，看了一眼时间，九点五十五分，快到时间了。

果然，她看到了不远处父亲乔石宇的身影。他现在是新超市聘请的管理经理，所以这样的日子，还是忙前忙后的。

一段热舞后，主持人终于上台开场，热闹的寒暄过后，请上了乔石宇。

乔石宇作为原超市的主人，又是新超市的管理者，身份特殊，在上面说了几句感慨的话后，大概是情怀加分，下面的市民都在鼓掌。

乔石宇谢过，看了时间，终于说出总结陈词："希望今后，大家能像支持过去的巧家乐一样，支持我们的——"他抬手，神情激动，朝右侧巨幅招牌处指去，"HEROOM！"

乔绯正咬着糖球，听到自己爸爸说的话后，咀嚼的动作顿住，半个糖球从嘴里掉了出来。她都不敢相信自己的耳朵，可眼睛已经下意识朝他指的方向看过去。

不远处，幕布缓缓拉开，巨大的招牌上，由下而上，逐渐可以看到HEROOM的字样。和在C城，在别的城市的HEROOM一样。

乔绯好像不会动了，呆呆地看着这一行字母，大脑一瞬间涌过很多信息，却都是仓促的、空白的。

大家在看到了HEROOM的字样后，纷纷开始热烈鼓掌，一副"你看吧，我就说是贺家开的你还不信”的骄傲样子。

这时忽然有人指着牌子喊：“哎，前面好像还有个字？”

乔绯的大脑是茫然的，所有的动作是被周围的人带动的，也跟着人潮重新看向字牌处。

幕布还有一个角落没有掀开，她紧盯着那里，不知怎么，她直觉那里还有内容。

果然，两秒钟后，幕布落下，映入大家眼帘的字牌多了一个字母“Q”，连在一起就是“Q.HEROOM”。

在场所有人愣了一秒钟，接着发出热烈的惊呼声，大家都以为这个前缀的意义是致敬超市的前身巧家乐。

大家纷纷在说，这肯定是那位冷面无情的C城投资大亨打的情怀牌。他初次涉足A城，知道巧家乐是A城市民心里的老牌子，所以这样既安抚了消费者的情怀，又给自己树了一个良好的亲民形象。

不仅他们，就连乔绯也是这么想的。她在看到HEROOM出来的那一刻，不敢相信自己的眼睛，但贺承南有心瞒她，她不知道也正常。

可后面出来的“Q”就太意外了，这个加在前面的字母包含了贺承南的多少宠爱，乔绯十分清楚。她揣着又惊又喜的复杂情绪给贺承南打电话。

贺承南接了电话，未等她开口就先淡笑着问：“开心吗？”

乔绯语无伦次，鼻头微酸：“你什么时候……你跟我爸一起，你们……你们太坏了！”

贺承南就在超市四楼的落地窗前向下看，看到乔绯站在人群后方，手里拿了一串糖葫芦发呆的样子。

他嘴角微扬：“知道这个名字的意义吗？”

乔绯想了想：“是不是我以前老跟你说，我家的超市不再姓乔了，心里不开心，所以你想哄我高兴？”

贺承南不置可否："这算一个原因，但还有。"

"还有？"

乔绯顿了顿，忽然反应过来，四周去寻："你在哪儿？你根本就没走对不对？"

男人轻笑一声："你抬头。"

乔绯怔住，想到了一个地方。

巧家乐她比任何人都熟，知道这栋楼体在四楼有一扇很大的落地窗，她马上抬头朝那里看。果然，那里站着熟悉的男人身影，远远地，虽然她看不清他脸上的表情，但依然能感受到他身上溢出的满满的宠爱。

超市已经正式开业了，很多客人都拥了进去，周围很拥挤、很热闹，她在这样的氛围下与自己情有独钟的男人遥遥相望，感觉特别安稳。

她抿了抿唇，甜蜜地朝电话那头的贺承南说："等我。"

"等你。"

乔绯快速穿过人群，找到熟悉的电梯，在关门的最后一刻挤了进去。

电梯里挤满了人，乔绯站在最前面，没想到里面站着姚姗姗和她的一群朋友，杨在宇也在场。

"绯宝？"

姚姗姗看到乔绯很愕然，准确来说，她第一眼先看到的是乔绯手里拎着的那个珍稀鳄鱼皮包。她托了很多关系都买不到，仔细辨别了一下，不像假的。

"哦，你啊。"乔绯懒懒地瞥了她一眼。

这副随意的腔调让姚姗姗眼底微动，不太舒服。她听说了乔家复起的消息，但一直没放在心上。她知道巧家乐是被收购的，风光早已不如从前，乔石宇虽然还在坐镇，但不过是个被聘请的管理者罢了。

从前乔绯处处能压着她，现在好不容易自己成为A城名媛之首，可乔绯又回来了，还背着自己都买不到的包。

姚姗姗虽然心里不痛快，但面上没显露出来："昨天在宇哥给你打电话，约你出来吃饭，你怎么不来啊？"

乔绯看到电梯里，四楼已经被他们按了，于是收回视线，淡淡地回："我有事。"

她的态度相当冷淡，好像不屑跟姚姗姗说话。

姚姗姗的跟班A会察言观色，马上笑道："是来看你家超市开业吗？哦，不对，现在不是你家超市了呢。"

跟班B也跟着讨好道："你懂什么？绯宝现在是大人物了，网络红人呢。"

姚姗姗没忍住，"扑哧"一声笑了出来。在她们这个圈子里，网络红人是最低级的身份。拿网络红人放到乔绯的身上，是对她最大的讽刺。

这几个人的冷嘲热讽让杨在宇很不高兴，冷声道："都是一起长大的，怎么说话的？还会不会说了？不会说话就滚。"

跟班A嘲笑他："在宇哥，你省省吧。人家现在背后是有人的，别充大头了，人家又不领你的情。"

杨在宇气急："你——"

乔绯却拦住杨在宇，摇了摇头，暗示他不必为自己动气。她好像什么都没听到，不生气，也不动怒，脸上一点情绪都没有。因为她发现姚姗姗这群女人，就跟网络上面那些躲在电脑背后的键盘侠一样，热衷以讹传讹，处处展现自己的无知和愚蠢。

她记着许羡秋的话，才不会把时间浪费在这群人身上。她现在有更重要的事——迫不及待地要去见自己想见的人。其他的，随便吧。

四楼的电梯门一开，她先踏出去，姚姗姗紧跟着出来，拉住她：

“绯宝，你别听小雪她们的，她们就是开个玩笑。你既然都到四楼来了，吃饭还是唱歌？我请。”

乔绯好笑地转过身看她，品着这耐人寻味的两个字：“你请？”

叫小雪的跟班这时跳出来：“你还不知道吧？这整层楼的店都是姗姗家代理的，光是那家KTV，每天的营业额就是七位数！就算你爸看到她，也得主动打声招呼呢。”

姚姗姗转身打断她，似笑非笑：“哟，你说这些干什么，难道绯宝消费不起吗？”

乔绯原本真的不想跟她们废话，她着急去见贺承南，可几个女人你一句我一句地堵着她，她正准备发作，对面忽然传来熟悉的声音。

“怎么还不过来？”

贺承南不知什么时候出现在了她们面前，他神色淡淡的，身旁站着杨在宇。杨在宇向乔绯递了个眼神，一切尽在不言中——我报的信！

姚姗姗听到背后有人说话，转过来一看，发现竟然是收购方的投资大鳄贺承南，愣住：“贺总？”

之前为了争得这一层的经营权，姚姗姗和姚父曾经亲自去过一次C城，费了好大的力气见了贺承南一面，好不容易才拿下合作。所以姚姗姗见到贺承南是激动的，意识到这又是一个在众人面前炫耀的绝佳机会，她马上伸手：“好久不见，您今天也来参加开业吗？”

贺承南却好像没看到她的手，越过她，视线落在乔绯身上，冷淡地回应：“我来陪未婚妻过年。”

“未婚……”

姚姗姗顿住，接着看到贺承南朝自己身后招了招手：“过来，我等你半天了。”

姚姗姗即刻反应过来，不可思议地回头。她希望是自己想多了，想错了。可她失望了，那个未婚妻，真的是乔绯。

乔绯慢吞吞地走到贺承南面前，贺承南搭着她的肩转身就走。两个人的对话声不大不小，却都能让在场人听到。

“你认识她啊？”

“谁？”

“姚姗姗啊。”

“不认识。”

众人：“……”

走出几米，贺承南好像忽然想起了什么，转过头：“姚小姐是吧？”

姚姗姗早已掉进绝望和震惊的谷底，自动应答般地应了一声。

贺承南用那种很冷很轻蔑的目光自上而下地打量了她一遍：“知道超市为什么叫 Q.HEROOM 吗？”

姚姗姗的嘴唇生硬地动了动：“因为……因为……”

“因为我未婚妻乔绯是 A 城 HEROOM 的唯一股东。”贺承南冷声说。

贺承南简单的一句话，让现场的人怔住了。

姚姗姗哑口无言，几个跟班面面相觑，她们一时间还没反应过来唯一的股东是什么意思。

杨在宇怜悯般地冲她们抬了抬眉：“听不懂啊？就是巧家乐的所有股份被贺氏收购了，但是贺总又全部转到了绯宝名下。你就拿了一层的经营权，不知道你在炫耀什么劲，从小到大都这个臭毛病。”

姚姗姗的脸一阵红一阵白，神情非常尴尬。她咬着唇，什么都没说，转身重新回了电梯。

跟她来的众人也只好跟上去，那个叫小雪的难掩嫉妒与羡慕，离开之前白了乔绯一眼，故意拔高声音说：“都不知道谈了多少个了，破鞋还当个宝。”

“你说什么呢？！”乔绯马上回头。她甚至身体微倾就要冲上前，贺承南却拉住了她。

他的眸色黑沉，眼中有话，拉她胳膊的手慢慢滑下来，牵住她的手：“别自降身份。”

乔绯气不过，小声又委屈地说：“她胡说。”

“胡说起到作用了吗？”

“什么？”

“我的意思是，”走到落地窗前，贺承南面对她站定，顿了顿，含笑地说，“随便别人怎么说，你都是我的宝贝。”

乔绯被他突然的告白说得不好意思，笑了。想起杨在宇说的话，她忽然回神：“对了，在宇哥哥刚才说股权都是我的，是真的还是假的？”

“当然是真的。”贺承南宠溺地对上她的眼神，“这里还姓乔，不过，是乔绯的乔。”

感动、惊喜和不知所措一起涌来，乔绯忽然不知道该说什么。这时乔石宇和几个经理过来巡楼，队伍旁边还有褚焱陪着。

看到站在落地窗旁的乔绯与贺承南，他们笑眯眯地上前。接着，一排人站得毕恭毕敬。

“贺总！”

“乔总！”

乔绯：“……”

开业的事全部忙完，贺承南订了初三的机票回C城，原本他准备和褚焱一起住酒店，但乔绯说什么都不肯，非让他住到了自己家里。

还是那个客卧，晚上十点钟，两个人躺在一起聊天。

对这天发生的一切，乔绯到现在还觉得在做梦，想不通。她趴在贺承南身边，仔细看他的脸：“猪猪。”

“嗯？”

“你是从什么时候开始喜欢我的？我想……不会是第一次在小黑屋见面就暗恋我了吧？”

贺承南意味深长地勾了勾唇：“的确是第一次见面。”

不过不是小黑屋，而是在拉斯维加斯的赌场外。

但贺承南不想说出来，毕竟后来他知道那场邂逅只是乔绯的一次大冒险，他却一厢情愿地惦记了好久。

乔绯听到他肯定的回复后怔了，垂下头。思考半晌后，她抬眸，说：“猪猪，你对我太好了，好到我觉得有件事必须要跟你坦白，不然我会良心不安。”

见她神色认真，贺承南微微坐正，被她搞得莫名紧张起来：“什么事？”

乔绯心虚地背过去，欲言又止：“就是……就是，我在认识你之前……曾经……”

贺承南好像知道她要说什么，沉声道：“我不介意。”

“我知道，但我还是想对你坦白，我保证从那之后我再也没有喜欢过别人，现在只爱你，以后也只会爱你。”

贺承南心痛了，吃醋了：“别告诉我。”

“不，不，不，你让我说吧，我憋了好久了。”乔绯很纠结，“万一以后我说梦话了被你听到，还不如现在全部告诉你我的过往。”

过往……这个词用得好让人心痛。贺承南无奈地叹气，让自己做好心理准备：“那你说吧。”

乔绯点点头，沉浸在思绪里娓娓道来：“事情是这样的，我去年跟朋友去美国玩，在拉斯维加斯，那边有很多赌场你知道的吧？”

贺承南沉下去的心似乎看到某种神奇的希望：“然后呢？”

“有一晚我跟她们一起去赌场玩，在那儿看到了一个男人，他从我旁边走过去，他的背影……也不知道怎么回事我就被吸引了，觉得好帅好帅，我之前一直很保守，但那晚主动去勾搭他了……”

贺承南心想：等会儿，这个剧本怎么有点似曾相识？

“我一直偷偷在远处观察他，后来朋友跟我玩大冒险，说谁输了就去随便找个男人要电话，我很羞耻地故意输了。”

乔绯一边老实交代，一边观察贺承南的表情，发现他的神色很奇怪，一点都没有生气，相反还有点期待。他不断地追问：“接着呢？”

乔绯咽了咽口水：“接着我就过去了，我走到他面前，我……我随便编了段话搭讪他，但他好冷淡，我都不敢正眼去看他。唉，后来我还很义气地给了他一沓钱，最上面那张写了我的手机号。不过，人家可能根本就没注意到我吧。”

“然后就没了。”乔绯垂了垂眸，好像还有点失落，她竖起五指，“我发誓我就只有过这一次心动的感觉，但我连他是中国人、日本人，还是韩国人，姓什么、叫什么都不知道。”

贺承南的眼底早已满是惊喜和笑意：“我知道。”

“啊？”

“他是中国人。”

“什么？”

“姓贺，叫贺承南。”

乔绯愣了，笑着打他：“你别逗我了，哈哈哈。”

贺承南却把嬉闹的她圈在怀里，视线紧紧锁住她，久久对视。她察觉到他想要说什么，慢慢地收起笑意。

他的声音很轻，很温暖：“我刚才说，的确是第一次见面就喜欢上了你，但不是小黑屋。”

他的唇慢慢靠近，气息温柔：“而是拉斯维加斯 LUIS 赌场外的中心花园，你喊我同胞大哥的那天。”

乔绯瞪大眼睛，难以置信：“你……是你？！怎么可能？”

贺承南的手指缓缓地划过她的脸，若有所思道："大概这就是命中注定吧。"

乔绯沉浸在巨大的震惊里，迟钝了很久，忽然回神："既然你也对我一见钟情，为什么不给我打电话？！"

别说他根本没看到她留下的手机号，就算是看到了，也会当成是漂流瓶式的交友，不可能打过去。

但如果没有那一沓钱，贺承南也不会睁眼，更不会看到乔绯，记住她的样子、她的笑。尽管后来他也曾经试着去找那晚游客的信息，但来的人太多了，她只是突然出现，然后消失，让他遗憾了很久。

但还好，当时的遗憾终究成就了后来他们更美好的遇见。

贺承南轻吻住她："你注定是我的女人。"

乔绯笑，双手攀上他的后颈："你也注定是我的男人。"

四目相对，眼里炙热如火，几乎是同时，他们都主动吻向了对方。

浓情难分，情难自抑，当彼此都开始呼吸渐重时，她从迷离中抽回三分理智，扣住他的手："别。"

她喘着气："我……我不想在家里。"

乔绯也不知道是不是被高榛的话吓到了，每次临到关头就开始紧张，再加上在自己家里，许羡秋随时会敲门，她更是有压力，会畏惧。

贺承南能理解她的这种情绪，于是没有再继续，在她头顶吻了吻："没事。"

两人便这样相拥着度过了一夜，第二天起床后，褚焱已经在楼下候着了。

他们要一起回 C 城，乔绯下来时听到他跟贺承南轻声说："事情办好了。"

贺承南点头："好。"

他看到乔绯从楼梯上下来，站起来告别："我得走了，你好好在家过年。”

乔绯其实特别舍不得，想跟他一起走，但又怕亲妈说自己有了老公忘了娘，只好伤心地道别：“拜拜，我过了元宵节就回去。”

“好。”

贺承南离开后，乔绯无精打采地继续吃早饭，心里失落又空虚。她拿起手机，不经意间又点到自己的那条视频上，点赞量还在上升。

她点开评论，想看看现在又换了什么别的话来嘲讽他，结果看到最新的第一条：“贺家少奶奶，失敬失敬。”

再看第二条：“早就让你们别瞎造谣，小心贺承南教你做人。”

第三条：“声明：前几天我账号的评论都是键盘自动按出，跟本人无关。”

…………

整个评论区的风向全变了，满满的求生欲几乎要冲破屏幕溢出来。

乔绯看蒙了，顺着评论一直往下刷，直到看到一条消息：“没看到吗？贺承南今天早上开微博了，公开声明小姐姐是他的未婚妻，别再诋毁人家了，打不打脸？”

乔绯愣了，马上从某音里退出来，打开微博，正想搜一下贺承南的名字，就在热搜第一位看到了相关话题——贺承南示爱未婚妻。

她的心剧烈地跳了起来，脸颊发烫，手颤抖着点进话题，就看到首条微博。

贺承南：未婚妻。

下面配着一张乔绯在热格工作时的照片。简单的三个字，却掷地有声，满是态度。

投资大鳄贺承南第一次在网络公开发声，而且一发还是这么劲爆的消息，敏锐地嗅到八卦气息的财经传媒纷纷开始做起了专题。而从短视频平台那边过来的网友知道了贺承南的身份后，纷纷感到震惊，对他顶礼膜拜。

乔绯这才后知后觉地想起早上褚焱跟贺承南说的那句“事情办好了”，现在想来应该就是这件事吧。

昨天她还在被人说背靠大人物抱大腿上位，现在就名正言顺地成了贺家准少奶奶。这让她心底生出满满的感动和被人保护的安全感。

这些被抹黑名誉的事她从未跟贺承南说过只言片语，他却总能细心、默契地将她的烦恼全部解决。

乔石宇这时打来电话，客气地说：“乔总。”

她爸跟古代女儿进宫当嫔妃的父亲一样，上班的时候都会认真叫乔绯“乔总”。

“干吗啦？爸，都说了别这么叫我。”乔绯听不习惯。

“哦，其实也没什么事，就我刚才听C城过来的几个同事说，初六是承南的生日，你知道吗？”

乔绯是真的不知道。她之前在琴行听贺枭群提过一次，说自己和儿子的生日都在冬天，离得很近，但当时她还不知道他的儿子就是贺承南。

乔绯心里一动，冒出一个念头。她握着电话征求父亲的意见：“爸，我能不能……我想……”

乔石宇知道她想说什么，顿了顿：“去吧，反正你在家里也是心不在焉的。”

“真的吗？！”乔绯激动得顿时站了起来，“谢谢爸爸！”

得到允许，乔绯一秒钟都没等，马上给褚焱打了一个电话。确定贺承南不在身边后，她开始套信息：“贺承南最近几天都在C城吗？”

褚焱答：“应该在。”

“那晚上是回华裕公馆，还是回老爷子那儿？”

褚焱疑惑道：“啊？”他怎么知道？

他顿了顿，忽然意识到乔绯的意图，试探地回答："贺总大年初五上午九点钟到B城出差，会待两天，我已经给他订了B城××酒店888套房，不知……波波姐还有想知道的吗？"

跟聪明人说话真的太痛快了，乔绯当机立断："我今天没给你打电话。"

褚焱附和道："明白，我从没接过波波姐的电话。"

漂亮！

要到了想知道的信息，乔绯赶紧订了初五去B城的机票。但这件事她没有告诉贺承南，他总给自己惊喜，这次也该轮到自己回一个惊喜给他了。

日子有了期待过起来就特别快了。

初三，乔绯被乔石宇强行拉着去公司开了一趟会，坐在一圈比自己大的管理层面前，强行听着完全听不懂的各种销售策略、市场方案。

初四，乔绯去了一趟市中心某商场的内衣专柜，挑了很久，终于买了一件满意的睡衣。

初五，她终于踏上了去B城的航班。

乔绯十分激动和兴奋，这两天她虽然会跟贺承南电话视频，但一直忍着没告诉他自己要去找他的消息。她想看到她见到自己意外出现时的惊喜模样，她也想上前热烈地吻他、抱他，第一时间给他唱生日歌。

画面在脑子里演练了好几遍，等落地B城的时候，她已经迫不及待地想要看到他开心得把自己抱起来转圈的场景了。

乔绯是晚上七点多钟到的。下飞机后她直接打车到酒店，她提前订的蛋糕也准时送到。她一只手提行李，一只手提蛋糕，停下来给褚焱打了一个电话。

"贺总还在应酬，可能在十点半左右回来。"

“好，谢谢火哥啦。”

“不客气。”

两个人就这么暗中给贺承南制造了一场惊喜。

把乔绯送到贺承南的888号总统套房后，褚焱又迅速离开，幸好应酬地点离酒店不远，他以出来接电话为由，离开了十分钟。

乔绯悄悄进入房间，开始策划自己应该藏在哪里才可以出其不意地给贺承南一个惊喜。但环顾四周，能藏人的除了衣柜，好像也只有床底了。

床底有点不太雅观，弄得不好不仅惊喜没有，还成了惊吓，所以最后乔绯选择了正对大门的立体简洁衣柜。

乔绯看了看表，十点钟了，还有半个小时左右贺承南就会回来。她抓紧时间，赶紧去洗了个热水澡。接着，抹着香香的身体乳，换上新买的睡衣，并用一件白色长款羽绒服把自己裹起来，提着蛋糕，拿着手机，躲进了衣柜。最后，耐心地等贺承南回来。

衣柜被她拉开了一点缝隙，她把手机拿在手里，想第一时间录下贺承南见到自己时的表情。

等了差不多十分钟，外面有人说话的声音，过了一会儿，门开了。有人进来了，正是贺承南。

贺承南依旧是暗色系的着装，一身砂黑色的西装显得气场沉稳而强大，但神色看上去有些疲惫。他进来后，脱了外套，接着扯开领带，松开衬衫上面的几粒扣子，好像要脱衣服去洗澡。

乔绯屏住呼吸，赶紧打开摄像头，做好准备。然后她深吸一口气，正准备从衣柜里蹦出来给他一个惊喜时，门外忽然有人敲门。

她正欲推门的手吓得又赶紧缩了回去，打算暂时按兵不动。

贺承南问：“谁？”

外面的人声音压得很低：“送餐。”

贺承南晚上喝了点酒，回来的时候的确让褚焱给自己订了夜宵。他揉了揉眉心，朝门口走过去。

他打开门，还没开口，甚至都还没看清门口的人，就被外面的人直冲冲地推了进来。

贺承南的神志瞬间清醒，恢复警戒，警惕地看着推自己进来的人。

皮草、红裙、高跟鞋，是女人。视线再往上——竟然是闻礼婕。

贺承南冷着眼看她："你又想玩什么？"

闻礼婕的面色有红晕，看起来喝了不少酒。她笑了笑，说："不玩什么……找你聊聊啊，南哥哥。"

贺承南面露厌恶之色，转身准备叫褚焱来把人弄走，可刚拿出手机，闻礼婕却"啪"的一声把手机打到地上。

"你那条未婚妻的声明出来，你知道我跟我妈在圈子里受了多少嘲笑吗？"

她的话语激动，步步紧逼："我爸临终前说过让你照顾我，你是怎么做的？这么多年你对我从来没有过好脸色，无论我怎么低声下气，怎么放低姿态，你永远是那副高高在上的样子，你为什么这么对我？为什么？！"

贺承南忽然冷声："你想知道为什么？"

闻礼婕歇斯底里道："你说啊！"

"行。"贺承南散漫地看着闻礼婕，"需要我帮你回顾你十八岁成人礼那天在我家说过的话吗？"

闻礼婕闻言一怔，思绪如潮翻涌而过。她的十八岁？那年她意气风发，年轻貌美，追求者众多，贺承南也才刚刚踏进贺氏。

可她说了什么？闻礼婕的眼神一片茫然，似在等贺承南的答案。

贺承南顿了顿，朝她逼近："你住在我家，吃在我家，花着我们贺家的钱，竟然开始盘算我爸什么时候死，你能分走多少钱？"

闻礼婕的眼睫颤了颤，猛然惊醒。她那天喝了酒，被众人追捧得有些飘飘然。有人问她和贺家的关系，她一时嚣张，便回了：“这么跟你们说吧，只要贺老爷子一死，起码得分三成遗产给我。”

但她明明记得，那天家里没人。

闻礼婕惊惧地看着贺承南：“你……你那天在家？”

“能让你舒心地过了这么多年是看在我爸和闻叔的分上，我现在就可以告诉你，我爸活着，你还可以吃顿饱的，我爸要是哪天走了，你从我这一毛钱都拿不走。”

贺承南说完就粗暴地拽着她的胳膊往外拎：“滚。”

闻礼婕终于明白这些年贺承南为什么对自己冷淡，过去所有的委屈讨好和低声下气在现在看来就像是一场笑话，而那个看笑话的人现在就站在自己面前。他冷漠无情，毫无怜香惜玉之心。

闻礼婕醉意熏熏，怒火中烧，被拎到门边后使劲挣开，厉声说：“你不让我好过，我也不会让你好过。”

她红着眼，抹去眼角溢出的眼泪，讥讽地笑：“未婚妻？”

一边说，她一边开始撕自己的衣服，很癫狂的那种撕法。

贺承南皱眉，退后两步：“你发什么疯？”

闻礼婕咬牙冷笑道：“明天的新闻头条一定很热闹，贺氏总裁意图强奸，强奸未遂。这样的丑闻，不知道你那位未婚妻看到会是什么滋味？”

贺承南面无表情：“她不像你这么蠢。”

“那试试啊。”闻礼婕扯开蕾丝衫的衣领，露出半边肩膀。她似乎是有备而来，身上早已掐出了几个似是而非的暧昧印记，“过年分开这么久，你一定也很想吧？”

贺承南骂了一句：“神经病！”

他拽着她的胳膊正欲将她丢出去，外面却响起了急促的敲门声。

“里面的人，马上开门！”

贺承南从声音听出，外面来的应该是警察。所以闻礼婕是早就做好了跟他鱼死网破的准备，还特地挑了他出差的日子，她知道B城不是C城，不是他可以控制的地方。

贺承南沉默了两秒钟，忽然笑了：“你觉得自己很聪明是吗？”

“无所谓啊，我就是要你跳进黄河都洗不清。”

闻礼婕的目光带着扭曲变态的兴奋，“哗啦”一声撕开衣服的边角，妩媚妖娆的眼睛下一秒钟就噙上了眼泪，转身拧开门把：“救救我，警察同志！”

她楚楚可怜，一身狼狈的模样马上就引起了警察的高度警示。他们看到屋里还站了个男人，衣领半敞，意味不明。

“警察同志！”闻礼婕哭得梨花带雨，指着贺承南，“他……他刚才意图对我……”

几个警察马上做出要进来制服贺承南的姿势：“同志，请跟我们走一趟。”

“闻礼婕，”贺承南不慌不忙地开口，甚至还慢条斯理地扣起了衬衣的扣子，目光平稳，淡淡地说，“记住了，是你把你爸在我这儿的最后一点面子作光的。”

贺承南扣好衣服，准备给楼下的褚焱打个电话，让他做好可能会发生的危机公关。他弯腰，刚捡起掉在地上的手机，微信提示收到一条新信息，是乔绯的。

贺承南瞥了一眼：“保护我方猪猪，护驾！”

紧跟着这句话的，还有一个五分钟的视频。

贺承南盯着屏幕看了一秒钟，甚至都没有打开视频看完整的内容，就全部明白了。他诧异地回头寻找视频封面的角度，最后锁定了对面的衣柜。他看了一会儿，嘴角隐隐浮上了笑意。

这时，褚焱和齐晌也从楼下赶了上来。一看这阵势，都不需要解释，褚焱就知道发生了什么。

他沉着冷静地应对："对不起，我们贺总的律师在赶来的路上，在他来之前我们不会发表任何言论，我们有权——"

"不。"

贺承南忽然转过来打断他，在原地走了两步后，抬起头："跟律师说，我要起诉这位闻女士对我性骚扰、诽谤、恐吓、侵犯隐私和个人名誉，以及浪费警力资源、扰乱社会秩序等多项违法或犯罪行为。"

闻礼婕瞪大眼睛道："什……什么？"

第九章
恭喜你愿望成真

闻礼婕知道凭贺承南的手段，这晚的事不可能真的给他带来恶劣的影响，自己精心策划的这场污蔑本身就只是想让他陷入模糊的性丑闻，恶心他和乔绯。

仅仅是这样，就已经够闻礼婕痛快的了。贺承南高高在上那么久，对她永远是不屑的姿态，他更从不正眼看自己。她从前为了能嫁入贺家百般放低姿态，但现在既然没有希望了，那这些年忍的所有恶气她总得发泄出来。

眼下，贺承南不慌不忙地说要控诉她，她当然不甘示弱，继续泼脏水：“警察同志，明明是他刚才对我欲行不轨，现在还反咬我一口，你看我身上，全是他掐的！”

“好了，有什么事跟我回局里说清楚。”为首的警察说着冲身后的人示意，准备带走贺承南。

褚焱十分清楚，一旦出了这个房间，就算贺承南是清白的，以后也会背着一个“半夜被警察带走”的黑点。所以他刚才马上联系了C城那边，两地公安系统总有相通，可眼下还没等到那边回复。

齐晌是暴脾气，撸着袖子立刻就拦了上来：“干吗呢？查清楚了吗，就要带人走？我现在还说她设计‘仙人跳’呢。”

为首的警察被他一喝，不满道：“怎么，你们是黑社会吗？再不配合警方合作，我就强行逮捕了！”

“没错，这个男人就是披着生意人外衣的黑社会！”闻礼婕趁机添油加醋，“他在C城是出了名的只手遮天，警察同志你们最好查查，说不准那些没原因的命案都跟他有关。”

贺承南靠在门边看她，眼神淡淡的，落下来却满是刺骨的阴冷。

闻礼婕害怕他这样的眼神，撇脸躲开，站到警察背后。

警察们深夜办案，看到衣衫不整还到处是伤痕的女人本就自带同情，现在闻礼婕又这么柔弱地躲到他们身后，更是证明了这里发生的一切有问题。

“走不走，要上手铐吗？”

贺承南站直，把刚才乔绯发给自己的那条视频即刻转发给了褚焱，然后不咸不淡地转身：“褚焱，给警察同志欣赏下闻女士的表演。如果没什么问题，你去处理之后所有的事宜，顺便，帮我关上门。”

在场众人一怔，包括闻礼婕。

接着，褚焱手机一响，收到了视频。他点开——闻礼婕冲进屋里，打掉贺承南的手机，疯癫地撕衣服，然后开门哭兮兮地跟警察卖惨。这些全部拍得清清楚楚。

闻礼婕歇斯底里的癫狂模样，乔绯甚至还拉近给了特写。从头到尾，贺承南除了两次要拎她出去，没有侵犯过她一丝一毫。

警察看得震惊不已，顿了顿，三双眼睛齐齐回头看向闻礼婕。

刚才还一脸柔弱的闻礼婕现在脸色煞白，双唇哆嗦，一副不知所措的模样。

齐晌也炸了："你敢报假警，当110是你家开的？还意图诽谤别人，这种变态女人必须在里面关上十年才能老实！"

闻礼婕慌了，嘴角一抽，想说什么，却又说不出来。

褚焱这时才想起来，房里有一个他早就送进去的波波姐。他心中暗叹，不愧是老板的女人，反应快不说，还这么沉得住气。多亏了她，这场戏才会反转得这么精彩！

这时，C城那边也来了电话，为首的警察接起来听了几句，马上回道："是，是，是，的确是一场误会，好，好，我会依法处理的。"

挂了电话，警察马上呵斥闻礼婕："报假警，还企图诽谤诬告，小张，把她带走！"

两人应声即刻逮住闻礼婕。

风向突变，闻礼婕万万没想到自导自演的大戏这么快就散了场，贺承南一滴脏水没沾上，安然无恙地抽身不说，自己却惹来一身骚。

她吓得花容失色，一直往后退："别碰我，我……我要打电话！"

深更半夜出动结果被当猴白耍一场，任谁都不高兴，两名警察左右架住她："回局里，你想打给谁都行！"

褚焱关门的那一刻，事情的走向和结果已经了然。

卧室恢复了平静，贺承南慢慢踱步到衣柜前。是什么时候的事？他竟然一点都没发觉。

他抿着笑，在衣柜门前站了一会儿，然后敲了两下："还不出来？"

躲在里面的乔绯："……"

唉，她策划的一场惊喜到头来还是被闻礼婕打乱了。她轻轻地推开衣柜门，“嘎吱”一声，光亮成片落了进来。

贺承南垂眸，终于看到蜷缩在衣柜里像只小猫的乔绯。她就那么坐在衣柜里，仰头跟他对视。

“还想待在里面吗？”

“不。”

“那怎么不起来？”

乔绯顿了两秒钟，舔了舔唇：“我腿麻了……”

贺承南的嘴角轻扯，也是自己被惊喜冲昏了头，都忘了去抱抱她。

他弯腰，迅速将乔绯从里面抱出来，问：“你怎么会突然过来？”

“我知道你明天过生日，想给你个惊喜。”乔绯被他抱着，手环在他的脖子上，“谁知道会遇到闻礼婕。”

刚被抱到沙发上坐下，乔绯忽然想起了什么似的，指着衣柜：“还有蛋糕！没被压扁吧？你快帮我拿一下。”

贺承南又回头，继续在衣柜里找到了一个盒装蛋糕。

他把蛋糕放到茶几上，在她身边坐下：“你怎么知道我过生日？”

“这个你别管。”乔绯的腿麻此时缓过来了，她看了一眼时间，“啊，快十二点钟了，我们准备过生日吧！”

贺承南其实对生日并不是很在意，但乔绯不远千里飞过来陪他，还搞得这么有仪式感，他也从中体会到了从未有过的一种满足感。

他笑了笑，兴致浓厚：“好，要怎么过？”

“吹蜡烛、许愿、吃蛋糕，还有拆——”

话说得好好的，乔绯忽然眼神一闪，脸颊悄悄染上一抹不易察觉的红晕。她马上岔开话题，说：“现在还没到时间，我们先喝点酒庆祝下吧。”

“喝酒？”

“对啊，这是我陪你过的第一个生日，肯定要开瓶好酒庆祝下！”

乔绯边说边站起来，去衣柜里拖出自己的行李箱，拿出一瓶早已准备好的从乔石宇酒柜里偷来的洋酒。

乔绯找来两个杯子，开酒，给彼此倒了满满一杯。

“霸霸哥、贺总、贺承南、猪猪——”乔绯把两人交往以来每一个称呼都喊了一遍，“祝你生日快乐，嘿嘿。”

不等贺承南回应，她直接一口干了整杯，喝完继续添满。

贺承南皱眉按住她：“一杯就够了。”

“哎呀，你别扫兴！”乔绯有自己的想法，挪开他的手，“明天不上班又不上课，我跟你还不能喝一点酒吗？”

说着，她跟他碰杯：“来啊，干！”

贺承南拗不过，只能由着她，看她连干三杯后，迅速微醺，小脸像上了桃色的腮红，迷人娇俏。

“啊呀，还有两分钟了。”乔绯匆匆去拆蛋糕盒，从里面拿出她买的生日蛋糕，得意扬扬地说，“这是我为你量身定制的，喜欢吗？”

贺承南看过去——一个小猪形状的蛋糕，通体粉色，本身是俏皮可爱的，猪脸上却很刚劲地写了一个金色的“霸”字，可爱之中，又透着一股神秘的诡异。

贺承南沉默了三秒钟，然后挪开视线，逼自己开口：“喜欢。”

乔绯听了很高兴，笑眯眯地给蛋糕插上十八根蜡烛，点燃。看时间刚好到，她立即跳过去关灯，再跑回来，眨着眼睛催促他：“许愿啊，快，快，快！”

贺承南是个很现实的人，从不觉得心愿、愿望这种东西许一下就能实现，但眼下为了乔绯的这番仪式感，为了哄她开心，他还是愿意配合一下。

可许什么愿呢？他什么都不缺，什么都有。

烛火摇曳，乔绯的脸庞映在其中，明艳动人。贺承南忽然喉头微动，接着半开玩笑似的说："能许愿要你吗？"

原以为乔绯会跳起来打他，没想到她顿了顿，垂下眼眸，声音软软的："能不能，许了才知道啊。"

贺承南被她这突如其来的娇羞弄得浑身燥热不已。他闭眼，咽下冲动，假装许愿的样子，其实什么都没说，然后睁开眼睛，吹灭蜡烛。

黑暗中，乔绯问："许好了？"

"好了。"

房里没有开灯，只有室外高楼霓虹偶尔闪过的光芒投射进来。

乔绯"嗯"了声，站起来："那，我去开灯。"

也不知从哪个环节开始，房里的气氛变得不太自然了。

贺承南总觉得刚才乔绯的那句回答意味深长，好像在暗示什么，但他又怕是自己想太多，便没有去继续深想。

趁她去开灯，他拿起酒杯，把她刚才倒的酒一口一口地喝下去。

那边，灯被打开了。只不过，开的是最暗的壁灯，颜色是暧昧的、容易让人沉醉的暖黄色。

贺承南疑惑，正欲去问乔绯，一转头，就看到令他血脉偾张的画面。

地上是脱掉的羽绒服，乔绯露出里面绛红色的真丝吊带睡衣，性感的红衬得肌肤如雪，顺滑的布料勾勒着她年轻美好的身体。光是站在那儿，就已经是致命的吸引。

贺承南一口酒没咽下去，全喷了出来。

"你……"

乔绯挑了一块奶油到指尖，慢慢地走到他面前，不知是不是酒精给她的勇气，她大胆地坐在贺承南面前，把手里的奶油抹在他的唇上。

"恭喜这位幸运猪猪，你的愿望实现了。"

原来她和闻礼婕一样，这晚都是有备而来。只不过那个疯子惹人厌恶，而面前的她，眉眼里都是他爱的样子。

贺承南把她轻轻拉到怀里，声音低沉：“你就是我的礼物吗？”

乔绯抿了抿唇，难得有些害羞：“你喜欢吗？”一句话，让空气里瞬间浮上暧昧的气息。

她身上裙子爽滑的布料贴着男人，贺承南温柔地捧起她的脸，终于控制不住地，低头深深地吻上她。

夜色与月光交相辉映，衬托着动情的画面。这一刻他们等了太久，终于在这晚，安静地、炙热地完成了彼此从心到身的融合。

第二天，乔绯是被贺承南的手机铃声吵醒的。

两个人当时还拥在一起，电话一响，贺承南马上按成静音，然后下床。

乔绯隐约听到他站在窗前说：“让他们移交C城吧，找宋局处理这件事。”

她猜测大概是在说昨晚闻礼婕的事，但她没问，她很困，即使醒了也没睁眼，还想再眯一会儿。

贺承南接完电话，气氛莫名安静了下来。

乔绯其实一直是迷迷糊糊的，没睡着。感觉到忽然安静了，她正想睁眼看看他去哪儿了，忽然颈窝一痒。

她打了一个激灵，眼睛睁开转过去，却看到贺承南紧实的腹肌和人鱼线，她马上又羞涩地背过身去。

贺承南不禁笑了笑，伸出手，指尖像欣赏艺术品沿着她的蝴蝶骨慢慢地划过她白皙的后背。

乔绯缩了缩脖子，有些痒地往后躲：“干吗呢？”

贺承南不慌不忙，慢条斯理地问她：“三十分的事，我们能重新谈一谈吗？”

说到三十分，乔绯发誓以后再也不会去乱看科普了。她装作听不懂的样子，逞强地躲进被子里："什么三十分？不知道你在说什么。"

贺承南没说话，只是平静地笑了笑，起身去洗澡。

之前褚焱说过他要在B城待两天，所以乔绯猜他现在准备收拾一下出去谈工作上的事。

她瘫在床上，有气无力地拿出手机给自己点外卖，边点边骂："这个浑蛋，我今天要吃十个腿堡才行。"

十分钟后，贺承南从卫生间出来，腰上系了条浴巾，刚好外面有人敲门，他走过去打开，是褚焱。

褚焱手里提着两大袋吃的，在门口跟贺承南说了一会儿话，然后离开。

贺承南进来把吃的放到茶几上，喊她："去洗个澡，过来吃饭。"

乔绯抬了下眼皮，看到了桌上的食物。她的确是饿了，饿疯了，全身每个细胞都急需食物补充能量。

于是她挣扎着坐起来，捡起地上的羽绒服，随便裹在身上，走向卫生间。

经过贺承南身边时，她随意地问："你和火哥是不是要出去了？"

贺承南回她："原本是的。"

刚走到卫生间门口的乔绯顿住，预感不妙。她转身："什么意思？"

贺承南打开餐盒，漫不经心地说："但昨晚我提前把工作都处理好了，所以……"

他抬起头，嘴角轻轻勾起，意味深长："从现在起我打算留下来，好好跟你补分，补到一百分为止。"

乔绯的心一颤，扶着卫生间的门："就没这个必要了吧？"

"非常有这个必要。"

贺承南说到做到，之后的几天，他推掉了一些不是非常紧急的事，白天陪乔绯在B城旅游，玩遍所有景点。晚上则关上门二人世界，感受各种秘密浪漫。

元宵节这天，两个人一起返回C城。回去后第一时间就去别墅见了贺枭群。

知道乔绯要回来，贺枭群高兴得合不拢嘴，早早地就让用人做了一桌满汉全席似的丰盛晚宴。

听贺承南说乔绯偷偷跑到B城去给他过生日的事后，贺枭群笑开了花："所以我说绯绯就是体贴、懂事，还会哄人开心。"

乔绯其实知道，贺承南哄她开心的时间更多，但在贺枭群眼里，都是贺承南理所当然应尽的义务。她脸红地撩了撩头发，谦虚地说："没有啦。"

贺枭群宠乔绯，回来后一直叮嘱他们就留在别墅住，别去华裕公馆的小公寓挤着，但乔绯保守，觉得还没正式过门，目前是情侣关系，搬过来住似乎有些不妥。

知道她的想法后，贺枭群安慰她："你这个丫头，这有什么名不正言不顺的，你们不是说好了要领证的吗？既然要领证，那就是我贺家的媳妇，有什么不妥的？"

话是这么说，可……乔绯暗中瞥了贺承南一眼，他却云淡风轻地在旁边喝茶，一点反应都没有。

她抿了抿唇，有点摸不透贺承南现在的想法。当初在A城自己家里急吼吼吵着要领证的是他，但民政局都上班好多天了，他反而一点都不着急了，提都不提领证的事。

乔绯顿时有情绪了，故意捅贺承南的胳膊。贺承南转过来，他根本没关注他们正在聊的话题，茫然地问："怎么？"

贺枭群不知道两个年轻人在说什么暗示的话，老爷子心里就一个愿望。

“总之啊，我现在就希望你们能尽快让我抱个孙子。”

贺承南闻言，眼尾挑了挑，摊开报纸，故作随意地说：“人家还没毕业，您别这么赶着、逼着，行吗？”

乔绯听到贺承南这句话，挂在嘴角的笑顿住。缓了缓，她站起来：“群叔，我去看看您养的那只小鹦鹉。”

贺枭群没注意到乔绯的表情变化，等人走了，才趁机跟贺承南说：“礼婕的事，我插手了，你不会怪我吧？”

贺承南依然在看报纸，没给什么反应。

贺枭群叹了一口气：“老闻年轻的时候帮我挡过一劫，这是我欠他的，就当还了吧。”

贺承南的脸色终于缓和了三分，抬了下眼皮：“她们最好说到做到，不再回来。”

闻礼婕被移交到C城公安后，闻母得到消息后惊慌失措，哭着来求贺枭群。闻礼婕才二十多岁，无论哪种后果都承受不起，她搬出件件往事，请求贺枭群看在她丈夫的分上放过闻礼婕。

老爷子深思许久才同意插手这个事，但为了以后贺承南和乔绯的生活不被打扰，他也提出了条件，那就是永远不准她们母女再回C城。

贺承南起了心思要动的人，就算贺枭群不说，闻母也不会愿意再留下来，所以她一口答应。她也知道她已经没有谈判的资本，这是贺枭群给她老公的最后一点颜面，如果她还作死下去，闻礼婕将彻底失去未来。

上一辈的肝胆相照、义无反顾，到了这一辈却落得这般收场，贺枭群虽然感叹唏嘘，却也问心无愧。

夜深后，贺承南和乔绯没有留下来，照旧回华裕公馆休息。

直到进家门，贺承南都没察觉出身边乔绯的情绪变化。两个人洗过澡后，她也不似往日那般撒娇耍赖，而是一声不吭地直接回了自己的房间。

贺承南看着她的背影，忽然笑了。这个女人，怎么回到C城就变得好像不需要他了？

回来前的那晚，他和一个客户临时见面应酬晚了，十二点钟后才回酒店，结果乔绯一直等着，见到他委屈巴巴地抱上去："你终于回来了。"

贺承南两个小时前就跟她打电话说了晚安，所以才放心地去应酬，没想到她竟然一直没睡等着他。他当时就心疼地抱住她问怎么回事，她回他"你不在身边，我睡不着"。

听得贺承南当场便下了决定，以后不管什么应酬，晚上十一点钟前必须回家。所以现在她不仅像只骄傲的孔雀一个人回到自己的房间，还"啪"的一声关上门是怎么回事？

吃完就走，睡完就跑？还是说，这是什么他不知道的新玩法？

贺承南轻笑一声，把毛巾甩到沙发上，紧跟着打开了乔绯的房门。他直接躺到她的被窝里，从后面抱住她。

乔绯知道他肯定会来，所以一点都不意外。她心里有别扭，但那个别扭又不知道该怎么说。

贺承南之前那么急切地说要跟她领证，恨不得大年初二撬开民政局的门娶她，现在元宵都过了，这事他竟只字不提了。倒不是她有多恨嫁，只是这种上一秒钟还被捧在手里，下一秒钟又被抛之脑后的感觉让她有点小小的失落而已。

一阵温柔的触感袭来，是贺承南在吻他。回来的这些天，他每晚都会黏着她，但此时或许是心理因素作祟，她的兴致怎么都提不起来。她躲开男人的亲吻，然后转身背对他。

贺承南怔住："怎么了？"

“今天有点累。”

在一起后乔绯从来没有过这样的状态，贺承南听她语调低平，有些疲惫的样子，以为她是真的累了。他在她旁边躺下，从后面抱着她：“好，那快睡吧。”

乔绯背对着他，以为自己的拒绝会换来他的疑问，没想到他竟然什么都没问，还没事人一样抱着她睡了！睡了？！

黑暗中，也不知道贺承南睡着没有，乔绯故意狠狠地顶了他一下，骂：“浑蛋。”

贺承南以为她在发泄对自己的不满，把她抱得更紧了，安抚般地哄着：“嗯，好，我是浑蛋。”

乔绯：“……”

气死，睡觉！

元宵过后，乔绯正式复工。

之前一夜爆红后，全国无数网友都放言要来C城围观她的现场。但后来得知她在放年假，堆积了一批又一批的网友，数量越堆越多，激情越积越高。在她新年后第一天上班的消息被透露出去后，正月十六的热格像小长假的热门景点，人挤人。放眼看去，偌大的内场全是带着手机来拍她的网友，黑压压的一片，个个都满面红光，等着女神的降临。

而这次节后再回店里，乔绯也明显感觉到了身份的变化。之前贺承南在店里留下的那句话不过是给她安上了一个女朋友的身份，当时店里的员工对她虽然也毕恭毕敬，但其实还是有不少人暗自等着看她被抛弃的那天。

只不过等着等着，却等来了贺承南亲自宣布乔绯是他未婚妻这么劲爆的消息。这个声明基本就等同于宣布乔绯是他们的准老板娘。

这次再回店里，众人见到乔绯都忙前忙后，围着她转，端茶、递水、让位子，争先恐后地给准老板娘拍马屁。

也有新来的小DJ把她当成了人生目标，毕竟大家都是来做DJ的，她却有电音教父悉心栽培，成为爆红的DJ。

所以，也不知是谁开了头，乔绯就这么被当成热格的门面传说炒了起来。

她仿佛是最幸运的那个幸运儿，懵懂地来到这里，却收获了无数人梦寐以求的未来。在她上场之前，网友或许还会觉得她靠的是脸，是身材，是年轻和手段，还有得天独厚的好运。

台下全是慕名而来的粉丝，乔绯身穿火红色的紧身裙，裙底到大腿根，露出修长的白皙双腿，长发高高地扎成马尾，活力满满，状态十分好。

她戴着同色系的耳机，整个人就像一团明亮的火焰，第一声节奏落下后，整个场子都被带得燃烧了起来。

沃克听说了她在网络走红的消息，也知道来的人都是等了她很久的网友，所以甘愿给她当绿叶，全力配合她的演出。

两人合作以来一直很默契，所以就算换了乔绯来主导控场，沃克也能一样地做好助理的工作。于是，电音教父和新晋DJ女神同台打碟，制造了一场无与伦比的电音盛宴。

当天，热格的营业额达到了开业以来之最，短视频平台上“今天去看DJ绯绯”的话题参与量高达二十多万个视频。

乔绯继之前那次热度后，再度霸屏各大视频软件，加上不久前贺承南公开宣布她是自己的未婚妻，几重热度加身，很快网络上全部是她被扒出来的个人履历。也是被媒体全部扒出来后，所有羡慕和嫉妒她的人才明白，原来不是每个DJ都是乔绯，也不是每个DJ都能被总裁爱上。

A城老字号超市的千金，自幼学习琴棋书画，以全市艺考第一的成绩进入C城音乐学院，英语六级，钢琴十级，精通古琴，从小到大的国内外获奖证书可以在热格场子里绕一圈。这之中最被人称道的便是她在家道中落后勤工俭学的事迹了。媒体也是厉害，将去年乔绯做过的所有兼职列成了表格。

长长的一排，让人看了不禁心疼。顺境中不骄不躁，逆境时也不言放弃。网友热议的风向就这么变了，大家都夸乔绯是励志女神，靠自己变成人生赢家。也有人说是上天不舍得乔公主受苦，所以安排她遇到了贺承南。

总之一切，都从“她运气好”成了“她应得的”。没人再抹黑她，也没人再嘲笑她，甚至后来某个慈善晚宴还给她发来了邀请函，说她成了这年最励志的公众人物，要给她颁奖。

彼时，乔绯正在美国佛罗里达州的白沙滩上晒着阳光，对这个从天而降的奖还有点蒙。

“不好意思啊！我不在C城，所以去不了现场了，但还是很感谢你们对我的肯定。”

挂了电话，乔绯觉得人生中第一次得了公众奖竟然不能亲自去领太遗憾了。她戳身边的贺承南：“喂，你干吗突然带我来美国玩？”

贺承南看她：“不是你说每天都被粉丝跟着、媒体围堵着，很苦恼吗？”

的确是这样，乔绯那几天苦不堪言，虽说红了，但也有红的烦恼，上班、下班都被围得水泄不通，好几次在场子里差点出现踩踏事故，把她吓得不轻。

“可是，”乔绯摘下墨镜，看着面前走来走去的外国人，“就算是散心，也不用跑这么远吧？群叔一个人在家会无聊的。”

贺承南漫不经心地笑：“嗯，明天我们回拉斯维加斯，我办件事情就回去。”

“是赌场那边出什么事了吗？”乔绯担心地问。

贺承南不置可否，没有回答，转身拿起饮料喝了两口。

乔绯见他没说话，以为是生意上比较棘手的事，便没有再追问下去。她无聊地拿起手机，又打开了视频软件。

她随便刷了几个视频，忽然看到一条求婚的视频。视频里的男人在闹市广场的大屏幕上打下了告白的话，然后故意带女朋头去那条街，看到了视频。男人跪下，拿出戒指虔诚地求婚，女人感动地流下眼泪，点头答应，周围的路人各种鼓掌。

乔绯看着，发出一声羡慕的轻叹，然后带着真情实感点了赞，还回复道：“我做错了什么要让我看到这么美好的求婚？喜欢，想要，呜呜呜。”

贺承南注意到她的动静，侧头过来，问：“看什么呢？”

乔绯马上关掉手机，装作若无其事：“没什么！”

她不想让贺承南知道自己的这些想法，免得等会儿他误会她在变着花样逼婚。

乔绯喝了一口橙汁，站起来：“我去上个洗手间。”

她随手把手机放在太阳椅上，用沙滩巾遮住，反正她的手机有密码，别人也打不开，然后放心地离开。

等她走了，贺承南看向椅子上的手机。他刚才虽然没看到她在看什么，但听到了有“嫁给我”这三个字。所以她在看的，一定是跟求婚有关的内容，那他就必须要搞清楚她到底在看什么了。

贺承南看了一眼乔绯离开的方向，确定人已经走远了，便拿起她的手机，输入她的生日，轻松打开。

画面还停留在视频的评论上，乔绯打出的评论还在框里，没来得及发出去。贺承南一眼就看到了她的那句感慨。他微微皱眉，马上返回去看主视频。

十五秒的求婚视频，贺承南看完后陷入思考。原来她喜欢这样的？

他默默地把手机放回原位，心里考虑着刚才看到的那段视频。正想得出神，手机响了，是许垚山打过来的。

他说："承南，明晚我安排好了，整个赌场不营业，花园全部清场，绝对无人经过。刚才我已经监工完成了整个布置，我待会儿发个全景给你看看效果。"

贺承南拿着手机停顿了片刻："辛苦山哥了，不过……"

他欲言又止，许垚山察觉他的犹豫："怎么了，出什么事了吗？"

贺承南躺到沙滩椅上，揉了揉眉心："就在刚才，我发现她似乎喜欢那种外放一些的求婚方式。"

许垚山不解："外放，什么意思？"

贺承南沉默了两秒钟，迅速做出决定："算了，计划取消吧，我再想想。"

"你……"

许垚山觉得这人大概是疯了，策划了快半个月，好不容易挑了一个好日子，花了大价钱搭建的梦幻花园，现在竟然要取消？

"她不喜欢这样的。"贺承南淡淡地回。

许垚山无话可说，耸耸肩："好的，你的钱，你说了算。"

挂了电话，刚好乔绯也从洗手间回来了。

"谁啊？"她问。

贺承南目光一动，快速地回答："我爸。"

"群叔怎么了？"

"他感冒了，用人照顾不过来，我想订明天的机票回去看看。"

乔绯一听贺枭群身体不适，顿时也紧张起来，拿起手机："好，好，好，那我马上帮你看最早的航班。"

贺承南做事就跟做生意一样，每一个决策都果断明了。他在看了那段被乔绯点赞且表达羡慕的视频内容后，当即就有了新的主意。

他爱的女人，所有的第一次都要给她最好的，最难忘的。

晚上，回到酒店。

因为临时决定回国，乔绯回来后就开始收拾行李。贺承南洗完澡出来又往她身上靠，下巴抵着她的头，轻轻地吻着。

他才洗完澡出来，一身水汽，迷蒙又性感，是个女人都无法拒绝这份诱惑。

乔绯笑着躲开他的吻，顿了顿，故意试探："群叔不是一直想抱孙子，我想满足他的愿望。"

贺承南微愣："为什么？"

"没有为什么，就是想。"

黑暗中沉默片刻后，贺承南还是拒绝了。

乔绯顿时有种受伤的感觉："你怕我怀孕？"

贺承南还没回答，她接着又问："你不想我怀孕？"

就在她想继续追问第三句"你是不是也不想结婚"时，贺承南摸了摸她的头发，说："想什么呢？当然不是。"

乔绯生气地推开他："那你为什么从B城回来后就一直这样小心翼翼？"

她的态度坚决，大有必须要他把话说清楚的态度。

贺承南不知道为什么她这晚会突然问这个问题，而且好像还是在意了很久的样子。

他无奈地叹了一口气，有些委屈地解释："宝贝，我们才二人世界没多久，我不想这么快多个小尾巴来跟我抢你。"

乔绯："……"

见她不说话，贺承南哄似的让步："好了，这样吧，等你毕业了我们就做打算，也就剩三个月，到时候你想生几个孩子就生几个，好不好？"

知道原来是这个原因，乔绯总算释然了。她忍不住笑出来，嗔骂他："谁想帮你生孩子啊？想得美！"

"还能有谁？"贺承南一把拉过乔绯的手抱住，声音带着无尽的宠溺，"只能是你啊。"

第十章
永恒的爱

第二天，两个人坐最早的一班航班回国。

二十多个小时的飞机落地后，乔绯第一时间去别墅探望贺枭群。贺枭群当时正在家愉快地喂鸟，见乔绯和贺承南忽然空降在自己面前，有些恍惚："你们不是在美国吗？"

乔绯仔细打量他："您不是感冒了吗？身体好些了吗，还有没有哪里不舒服啊？"

贺枭群被问得一脸茫然，但老爷子多精明啊，一听这话就知道肯定事出有因，于是也不着急问，先看了一眼乔绯身后的贺承南。

果然，儿子眼里有话要说。

贺枭群马上入戏地咳了声："没事，没事，就是受了点凉。"

乔绯赶紧扶着他去沙发上坐下："感冒了您还管其他的干什么

啊？先顾好自己再说啊。怎么样，发烧吗，咳嗽吗？有什么症状？”

乔绯噼里啪啦地问了一大堆，贺枭群做戏做全套，也随口说了几个症状。乔绯一听，哟，这不是重感冒了吗？她马上在家里找药，可找了一圈她发现，这么大的别墅，竟然连个药箱都没有，更别提日常备用药了。

于是乔绯提着包就出门了，说是出去给老爷子买个小药箱，再买点平时感冒头疼之类的必备药。

她走了，贺枭群看着她的背影出神很久。

贺承南在他面前挥手：“嘿，看什么呢？”

贺枭群从思绪里出来，叹了一口气，感慨：“你看看，家里有个懂事的姑娘多好。你妈在的时候都是她照顾我，家里也被她管理得井井有条，她走的这几年，我也就将就着过了。”

贺承南调侃他：“那我给您物色个阿姨？”

贺枭群马上瞪他：“你说什么胡话呢？！我的意思是让你赶紧娶绯绯过门。以后买药这种事就该你去，好好照顾人家姑娘！”

贺承南有点跟不上老爷子的思路：“刚才你不是说一直是我妈照顾你吗？怎么到我这就反过来，让我照顾老婆了？”

贺枭群沉默了几秒钟，语气莫名多出几分沧桑和伤感：“就是因为我没懂这些道理，一辈子都是你妈在照顾我，等她走了我想照顾她也没机会了。所以啊，你要好好珍惜绯绯，好好照顾她。”

贺承南第一次听贺枭群说这些话，想起过世的母亲，在父亲最初创业的那些年，的确是辛苦操持着这个家，任劳任怨。

他眼中有酸意涌过，他别过头，拿起杯子喝了口水。父子俩的心情一时间都有些沉闷。

过了一会儿，贺枭群才想起了什么，问：“你们不是在美国玩吗？怎么忽然回来了？”

说到这个，贺承南揉了揉眉心，郁闷地告诉他："我本来是想在那边求婚的。"

贺枭群闻言一愣，大惊："怎么，绯绯没答应？"

"不是。"

一两句话说不清楚，贺承南干脆把整件事从头到尾跟老爷子说了一遍。

老爷子听完原委："这样啊……"

"嗯，所以我现在在想，怎么才能给她一个她想要的求婚。"

贺枭群想了想，觉得这事不难。

"简单，不就是喜欢大屏幕？你把C城所有的热门广告屏包下来不就完了？"

贺承南瞥了他一眼："人家在街上求婚，我也得在街上？"

"那你想在哪儿，上天啊？"

贺承南摸了一根烟点燃："要不是我朋友用过这招，我还真打算上天。"

两年前，贺承南的一个朋友开飞机求婚，那场面也是很招摇了。

别人用过的，他肯定不会再用。

父子俩双双陷入怎么求婚的沉思中。忽然，贺承南的手机响了一声，是微博推送的消息。

自从上次给乔绯正名，他手机里也装上了微博软件，现在每天都能收到微博推送的各种新闻和热门消息。

跟平时一样，贺承南拿起手机就准备把消息划过去。就在手指碰到屏幕的瞬间，他瞥到了一个名字，隐约觉得有些眼熟。他停住动作，仔细回忆了两秒钟，想起了新闻里这个人的信息。随后他点开那条消息，看完里面的内容后，他嘴角的笑意蓦地漾开。

一个计划快速在贺承南的脑中形成。他的手指无意识地在沙发扶手上轻叩着，大致思考了这个方案的可行性后，给褚焱打了一个电话。

贺枭群在一旁听完他交代褚焱的内容，差不多明白了他的意思，犹豫道："这能行？"

贺承南敛眸淡笑，身体向前，答了一句让老爷子心花怒放的话："您儿子从不做没把握的事。"

当天下午，贺承南说公司有事，就离开了别墅。

乔绯留在家里陪贺枭群，一老一小弹弹钢琴、逗逗鹦鹉，倒也过得悠闲自在。

三点多钟，乔绯正准备扶老爷子去门口散步、晒晒太阳，手机忽然响了。看到来电号码后，她愣了下接起来："伊伊？"

崔楚伊的语气十分欢快："绯宝，明天我在C城开演唱会，你没忘吧？你要来哦！"

她一说，乔绯猛地想起来，从上个月开始崔楚伊就开启了全国巡回演唱会模式。之前她还想过崔楚伊开到C城的时候去捧场，但最近她也是天天在热搜里报到的人，所以她一忙起来，就忘了演唱会的事。

于是，她赶紧回复："我来啊，我当然来！"

崔楚伊道："那好，我给你留个前排的位子！"

乔绯顿了顿，想起什么，支支吾吾地说："那个，你别管我了，我不喜欢坐前排，我还是自己订票吧。"

崔楚伊"哎呀"一声："早就没票啦，你姐妹我现在很红的，好吗？票一放出来就没啦。说吧，你想坐哪里？我给你留一张。"

知道是这样的情况，乔绯便不再客气："那给我留个看台票吧，位子很偏的那种。"

她顿了顿，厚着脸皮小声地补充："留两张。"

电话那边的崔楚伊笑出了声："明白，明白，我懂！"

现在整个C城谁不知道她和贺承南是一对？也就她自己，还总是遮遮掩掩的，拼命地想低调。

和崔楚伊闲聊几句后挂断，乔绯翻开自己之前在备忘录里写下的恋爱成就完成计划，已经完成的有一起看一场电影、一起旅游、一起做一顿饭，等等，还有很多没有完成的，其中之一就是一起看一场演唱会。

所以眼前是一个机会，只是不知道贺承南有没有空。

晚上，乔绯一个人先回了华裕公馆。

贺承南是十点五十分回的家，他回来的时候乔绯已经上床了。她一直在等他，听到门口的动静，她赶紧关上卧室的灯，躲进被窝里装睡。

贺承南回来后先过来看了她一眼，看到她睡了后轻轻带上门，然后洗澡、接电话，忙了又快一个小时，才终于推开了卧室门。像是怕吵醒了她，他上床的动作很轻，躺下后一只手抱住她的腰，准备就这样闭眼休息。

刚眯上眼睛，乔绯却忽然转身，搂住他的颈，突然袭击："仙女出现！"

贺承南被她吓了一跳，反应过来她是装睡后无奈地笑了。他轻揉她的长发："你怎么还不睡？"

"想你呀，想等你回来。"乔绯眨眨眼，"你不会没想我吧？"

"想我没有，爱我吗？"

这是贺承南每天都要回答十遍以上的问题，但他每次都乐此不疲地回答她："想，当然想了，这分钟之前都还在想。"

"真——的吗？"乔绯拉长尾音，钻进他怀里，"那为什么这分钟之后就不想了呢？"

贺承南侧过身，在她耳边慵懒地吹热气："因为这分钟开始，我想干别的事了。"

他靠近了些，说了三个字。乔绯听了笑着躲开：“你走开，不行，我时差还没倒过来，我现在好困，还有——”

她坐起来说正事：“明天你有空吗？”

贺承南玩着她的手，漫不经心地说：“怎么了？你先说。”

乔绯开门见山：“我想你陪我去看一场演唱会。”

贺承南看着她，没说话。

乔绯知道贺承南的时间特别宝贵，但她这次就是想任性一次，想跟他完成一项新计划，于是各种拖尾音撒娇：“陪我啦，求你了。”

贺承南还是第一次看到乔绯这样，他觉得有趣，不想那么快结束，于是故意逗她：“那你叫我一声。”言下之意——把我叫高兴了，我就答应你。

乔绯赶紧乖巧地用甜死人不偿命的语气喊：“猪猪！”

贺承南摇头。

乔绯想了想：“大爷？”

贺承南：“……”

“大哥？”

“……”

贺承南听不下去了，也等不及了，直接命令道：“叫我老公。”

乔绯在心里偷笑，眼睛眨了一下，故意较真：“可你还不是我老公啊。”

“那免谈。”

贺承南说着就转身，乔绯赶紧拉住他：“好啦，好啦，逗你玩的，你看你像个小气鬼！”

她双手搭上他的脖子，然后迅速拉至自己唇边，唇对着唇。她的眼尾挑着笑，眸光潋滟动人：“看我口型，老——公——”

她喊完，还在贺承南的唇上轻轻地点了一下：“高兴了吗？”

这一声“老公”叫得贺承南全身骨头都酥了，控制不住地将她反压到身下：“再叫一声。”

乔绯笑眯眯的：“那我就当你答应陪我去看演唱会咯。”

这大概是贺承南二十多年来听到的最动听的两个字，以至于他怎么听都不够，让乔绯叫了一声又一声。连最后睡着的时候，都是伴随着她的声声“老公”满足地睡去。

第二天，整个C城人流量大的街道都挂满了崔楚伊演唱会的海报，就连公交车也穿梭在大街小巷宣传她今晚在体育馆开演唱会的消息。

演唱会晚上八点钟准时开始，贺承南中午说公司有事要先走，晚一点回来接她。但她一个人在家觉得无聊，便吵着要跟他一起去办公室，顺便看看他上班时的样子。

贺承南拗不过她，只好把她带到贺氏集团的大楼。

乔绯第一次来这里，但每个员工好像都知道她，认识她，经过的时候都会跟她颔首，叫一声“你好，乔小姐”，这让她一路上都觉得不好意思。

进了电梯后，她问贺承南：“怎么你们公司的人都知道我啊？”

贺承南的眼里漾着笑意：“谁不认识未来的贺太太？”

乔绯红着脸，抿着唇，又故作不在意：“谁说要嫁给你了？哼！”

到了三十七层的总裁办公室，门一开，褚焱已经在办公室门口等着了。他见到乔绯微微一愣，原本拿在手里的文件以一种非常轻微的幅度垂下来，非常自然地避开了乔绯的视线。

他笑着说：“贺总，我正准备跟您说一下那件重要的事。”

贺承南心领神会：“进来吧。”

褚焱神色为难地看了乔绯一眼。乔绯一看就明白了：“要不我随便转转？”

她说完转身准备走，贺承南却喊住她："没事，反正你也听不懂。"

褚焱："……"

乔绯："……"

于是，三个人就这样进了办公室。

乔绯是第一次进贺承南的办公室，进来后彻底震惊了。

整个办公室比他们住的那个小套间还大，办公区、会客区、简易酒柜、室内休闲高尔夫，窗前还能看到对面的江景。

她不去打扰他们，径直走到酒柜前蹲下来，研究那些酒的年份，然后悄悄在心里咂舌。

看到乔绯蹲在一边玩，贺承南很随意地坐了下来："说吧。"

褚焱也是佩服这位老板的心大，就这么当着女朋友的面谈求婚的事，果然越危险的地方越安全，越坦荡越无畏。

他打开文件汇报："我昨晚和崔小姐那边的人对接策划后，最终得出的预算是——三万。"

贺承南以为自己听错了。

"三万？"

"是的，这三万是给体育馆的，崔小姐那边说一分钱都不要，免费帮您这个忙。"

贺承南了解过崔楚伊现在的出场费用，不算低，更何况现在是她人生中的第一场演唱会，他提出那么多要求，她竟然丝毫不计较损失。

贺承南虽然觉得乔绯这个姐妹够意思，但他的人生信条里有一项就是从不占别人的便宜，于是他决定："你看看她之后的几场演唱会，随便给她赞助个什么吧。"

褚焱："好。"

贺承南看了看手表："齐晌那边呢？"

"接去了，您放心，一切都顺利着呢。"

"那就好。"

两个男人坐在办公桌前神情严肃，好像在说什么不得了的事情。乔绯偷看了一眼后，决定还是不要去打扰他们，于是她无聊地玩起了高尔夫。从前她跟着乔石宇玩过几次，不太会，每次都打不进。

乔绯在那研究挥杆的姿势，贺承南盯着她看了一会儿，然后跟褚焱说："其实我总觉得差点什么。"

褚焱以为是气氛不够，帮着出主意："要不我准备一些色彩好看的气球，到时候全部升到空中，场面一定很壮观。"

"不是。"贺承南摇摇头，但说不出来是哪里的不足。

他手里捏着打火机，有一下没一下地玩着，沉浸在自己的思绪里。

乔绯忽然走过来，拿他桌上的杯子喝水。她微微仰着头，好像很渴，一口接一口，颈部线条流畅，连吞咽的动作都十分诱人。

贺承南的思路好像瞬间被打通了。他觉得这场求婚，要符合乔绯喜欢的"存在感、共享感"，好像还缺了点什么，他之前一直想不透，就在刚才，他终于明白缺少的那部分是什么了。

乔绯见他盯着自己，怔住："怎么了？"

"没什么。"贺承南笑了笑，"你过来。"

乔绯懵懂地走过去，贺承南伸手牵住她，拖着她的手把人一拉，搂到了自己的怀里坐下。

乔绯看到还在面前坐着的褚焱，脸马上红了，一边尴尬地想要起来，一边压低声音骂贺承南："你干什么呢？！"

倒是褚焱，立刻识趣地站起来，微微欠身："我先出去了。"

贺承南"嗯"了一声，随手拿起桌上的手机，敲了一行文字后发给他，别有深意地说："去办好。"

"是。"

褚焱从办公室里退出来，打开自己的手机。看到贺承南发来的那一行字后，一时不敢相信自己的眼睛。老板没疯吧？

褚焱很快从这种震惊中冷静下来。他看了一眼时间——距离演唱会开始还有不到六个小时。所以，他大概要完成一项秘书生涯里最具挑战的工作内容了。

办公室里，乔绯真的受不了贺承南这种旁若无人的秀恩爱方式，她想下来，并义正词严地警告他：“你再不放我下来，我就咬人了！”

贺承南却懒散一笑：“好啊。”

然后，非但没把她放下来，还得寸进尺地把她抱到了沙发上。

乔绯察觉到不妙，似乎闻到了某种熟悉的味道。

几秒钟后，乔绯瞪大双眼：“你给我停！”

“停不下来了。”贺承南压下来说，“这是补偿昨晚的。”

光天化日，朗朗乾坤……乔绯对他毫无办法。跟贺承南在一起后，她似乎每天都游走在“道德沦丧”的边缘，慢慢地，也就习惯了。

太阳落山，暮色降临。正在穿衣镜前扣袖扣的矜贵男人和刚才那个好像不是一个人。

乔绯已经等了贺承南半天了，腿有点酸。她敲了两下桌面，催道：“你快点啊，又不是去相亲，穿这么正式干什么？”

贺承南从镜子里瞥了她一眼，不紧不慢地回：“那也不一定，说不定我看完演唱会就能多个老婆呢。”

“啊呀。”乔绯“啧啧”两声，揶揄他，“行，那你赶紧找个老婆来代替我，省得我没日没夜地被你折腾。”

贺承南转身看过来：“你不是也很开心吗？”

乔绯：“……”

去体育馆的路特别堵，乔绯他们出发的时间本来就不早，七点半了还堵在路上，她有些着急：“我还想看伊伊的开场舞呢，可能赶不上了，怎么那么多人啊？”

贺承南不慌不忙地开车，等手机收到褚焱的一条短信后，他看了一眼上面的内容，才装作想起了什么似的：“我记得有条小路可以穿过去。”

乔绯眼睛一亮，催促他：“那快点换路啊，你怎么才说？！”

最后，两人终于在七点五十九分赶到了演唱会现场。

台上已经开始了音乐的前奏，伴舞们从两旁上台，现场的气氛激情澎湃，到处是挥着荧光棒或高举应援灯牌的粉丝，头上都戴着各种发光的、萌萌的装饰物。乔绯在场外也买了两个小恶魔的发箍，自己戴上一个，还强行给贺承南戴了一个。

贺承南穿着一身笔挺的西装，配上这个发箍，像个变态。

他想取下来，乔绯马上喝住他：“不准拿！”

崔楚伊给她留的座位在看台上，现场观众早已坐满。乔绯穿过一排排热情高涨的粉丝，总算挤到了自己的座位上。

还好，虽然是看台，但正对着舞台，观感不错。

这时候音乐到达高潮，舞蹈演员们往两边散开，崔楚伊登场，一番劲歌热舞，拉开了演唱会的序幕。

乔绯看到闺密在台上那么棒的表现，加上自己一听到节奏就忍不住激动的习惯，整个人兴奋极了。她两只手不停地挥着荧光棒，嘴里也跟着唱——还是拉扯着嗓子，真情实感地瞎唱的那种。

崔楚伊的实力不错，连着唱跳三首气息都很稳。到了第四首，她唱的是一首慢歌，是一首情歌。

乔绯的情绪也跟着转，沉浸在闺密动人的歌声里，她都快被感动出眼泪了。

贺承南全场没听到崔楚伊唱的是什么，耳边全是乔绯扯着嗓子号叫的声音。

他深吸了一口气，拧开带来的水喝了一口。

冷静，要冷静。女朋友的歌声是百灵鸟，他要学会欣赏。

这时乔绯忽然不唱了，而是八卦地捅他的胳膊："你看到站在台下的那个帅哥了吗？"

贺承南幽幽地看了她一眼："你说什么？"

乔绯闭上嘴，知道自己又说错话了，马上改口："我是说，你看到站在台下的那个男人了吗？"

贺承南这才朝她指的方向看过去。舞台左下方应该是工作人员汇聚的地方，还有一个很大的音频控制台，那边站了一个男人，个子高高的，穿着休闲的白衬衫。

他的手指偶尔在控制台上调两下，然后再回头，看台上正在唱歌的崔楚伊。

"看到了。"贺承南收回视线，"你的前男友？"

"胡说什么呢？"乔绯掐他，然后满眼冒星星，崇拜道，"那个是伊伊演唱会的音乐总监，也是她专辑的制作人。呜呜，他好浪漫的，写了好多歌给伊伊。"

"嗯。"贺承南漫不经心地看着她，"意思是我又得去进修个写歌的技能？"

乔绯笑了两声，挽着他的胳膊："那倒不用，主要是我唱歌不好听，你写了也白搭。"

贺承南很难不赞同："嗯……"

——原来你还知道自己唱歌不好听，我差点都聋了。

台上，崔楚伊一首情歌唱完了，粉丝们疯狂地呐喊尖叫，几乎掀翻了体育馆的屋顶。

她终于得空休息了几分钟。拿着话筒跟粉丝说了一些感谢的话后，她聊到刚才那首歌的创作意义，是想表达一段爱情的来之不易和珍惜。

“所以，”崔楚伊说，“今天我想做一个跟大家互动的活动，在现场随机抽取一对情侣，让他们在这里，在C城万人体育馆两侧的大屏幕上，向对方告白！愿意参加的情侣们请举手哦，我们的灯光师会随机抽一对情侣！”

崔楚伊说完，乔绯兴奋地鼓掌：“好玩，好玩，好激动，哈哈哈……”

她跟着扫射的灯光四处看，余光忽然看到贺承南好像要举手，她一个激灵赶紧压住他的手：“你干吗？”

“你不是觉得好玩吗？我试一下，万一扫到我们呢？”

“别，千万别！”

乔绯死死地压住他的手：“这是我闺密的演唱会，我们要是被发现在这里，你是不是想明天抢人家的头条？我们不能——”

话还没说完，一道灯光直直地打了过来。乔绯察觉脸颊被照得有点热。她皱了皱眉，转身。

下一秒，她整个人愣住了。正前方左右两侧的大屏幕上，出现了她和贺承南的脸。

乔绯：“什么？”我们没举手啊！你是怎么抽的啊？！

崔楚伊在台上激动地叫了好几声：“灯光老师的眼睛真的太犀利了，竟然扫到了我们当红DJ绯绯。咦，我没看错的话，绯绯，你身边坐着的是贺先生吗？”

她的语气带着几分八卦的意味，将现场的气氛瞬间推到了顶点。

粉丝们的目光从四面八方聚了过来，乔绯知道自己和贺承南已经成了焦点，没有办法，她只能转瞬露出自然的微笑，跟崔楚伊打了个招呼。

这时，有工作人员递来一个话筒，贺承南刚好在外侧，就接了过来。

崔楚伊催促道：“好啦，下面就是你们的告白时间了！请大家安静哦……”

全场真的安静下来了，静得只能听到耳边偶尔吹过的风声。

乔绯不知道贺承南现在是什么心情，但她紧张又尴尬，甚至都不敢抬头看他，也不知道他会说些什么。她的脑子里像一团乱麻，不禁反思自己刚才为什么不戴上口罩，又在心里想着待会儿万一要她表白该说些什么。

就在她胡思乱想时，一道低沉的声音落了下来，响在体育馆上空。

“要告白吗？”贺承南的语气很随意，好像在聊天，极轻的笑声响起，“不用了吧。我做任何事从不注重过程有多难，有多曲折，我只看重最后的结果。所以，我跟乔小姐之间的感情也一样。”

乔绯听蒙了，不知道贺承南到底在说什么。

“过程不重要，我只想得到想要的结果，乔绯，”贺承南说着，手里不知道什么时候多了一个小盒子，紧接着半跪下来。

乔绯被吓得不知所措，心脏狂跳：“你……你干什么？”

“你愿意成为我贺承南的太太吗？”贺承南的声音从话筒里传出来，轻轻的、温柔的。

周围安静了一秒钟后，以崔楚伊带头的起哄声惊天动地，响彻整座体育馆。

乔绯一时间没反应过来，整个人还处在一种愣住的状态里。这时，摄影师把特写镜头给到了贺承南手中的戒指，全场顿时疯狂地尖叫。

崔楚伊也有模有样地化身求婚现场主持人：“厉害了，不愧是咱们贺总，一出手就是‘鸽子蛋’，所以我们绯绯到底嫁不嫁呢？来，镜头给到乔小姐，让我们一起来等她的答案！”

乔绯不知所措地看着面前那个能闪瞎自己眼睛的“鸽子蛋”，还觉得仿佛在做梦，但震耳欲聋的音浪又提醒着她，这是真的。贺承南竟然在她闺密的演唱会上跟她求婚！

这样的场景，乔绯说自己没有期待过是假的，可从B城回来后贺承南一直没有提，她以为他忘了，或者有了别的想法，所以慢慢也不再期待了。但现在，他一声不吭地给了她这么大的一个惊喜！

难怪他晚上坚持要穿得那么正式，难怪他说看完演唱会能带个老婆回家。原来他早计划好了这一切。

乔绯看着半跪在地上的贺承南，他的面容依然清俊矜贵，嘴角浅浅地弯着，眼神充满期待，他在等自己的回答。她怕泪水花了妆，忍住想要哭的冲动，正要点头说愿意，忽然，看台左右两边分别举起超大的灯牌，再次闪瞎了她的眼。

左边是“霸霸”，右边是“波波”，中间的贵宾区也有一块超大的心型灯牌高举着。晶莹的灯光穿过字体，一闪一闪，互相辉映，相当惹眼。

乔绯看傻了，嘴动了动，想开口，却又似乎被这一拨一拨的惊喜砸到说不出话，失去了控制语言的能力。

她手足无措地去扶贺承南起来：“我愿意，我愿意！你快起来啊。”

可能是她的声音太小，崔楚伊以为她还没同意，继续炒气氛：“现场的宝贝们，听好啦，贺总发了话的，如果今天他求婚成功，人人都有份收礼物。所以，快，快帮咱们贺总求婚！”

崔楚伊这话一说出来，现场观众的激情顿时高涨，爆发出海浪般统一的口号：“嫁给他！”

乔绯觉得自己再不答应的话，崔楚伊指不定还会搞出其他的花样。于是，在上万人的见证和鼓舞下，她终于拿过话筒，幸福地回应了一句“我愿意”。

“咻”的一声，早已准备好的缤纷烟花瞬间升空，照亮整个夜空。

贺承南微笑起身，将“鸽子蛋”戴在乔绯的无名指上，然后轻吻她。

现场观众沸腾了。

“啊啊啊！”

“我做错了什么？我只是来看个演唱会！”

“救命，我快晕了！”

“还好我有先见之明，全程是掐着人中看的。”

乔绯能听到身边不断传来的羡慕声、讨论声，同时好像也听到身后传来一道很违和的声音。

“哈哈，好啊，我抱孙子有指望了，哈哈。”

乔绯后知后觉地一惊，这不是群叔的声音吗？她随即转身看过去。

不看不知道，一看她惊得差点没站稳。她后面不远处的那三排，按顺序依次坐着乔石宇、许羡秋、贺枭群、褚焱、伍夏、齐晌、吴英俊、杨在宇，周狄和高榛等人。这些人全是她的长辈、亲戚和朋友。

“你们……”

被巨大惊喜笼罩的乔绯张大了嘴，再一次说不出话了。

这时，贺承南轻轻地抱住她：“我要让所有人来见证我对你的爱。”

他顿了顿，在她耳边说：“我爱你。”

乔绯忍了很久的眼眶还是湿润了。她埋在他的肩头，哭得稀里哗啦：“你要是早点说会跟我求婚，我就涂防水的睫毛膏了啊，呜呜呜，讨厌。”

“可是我又好喜欢，霸霸哥，我爱你。”

“我永远是你的波波。”

乔绯自己也不知道自己在说什么，总之她语无伦次地告白。

台上的崔楚伊这时给了一个鼓点，大声宣布：“待会儿演唱会结束后，所有观众可以在出口处依次领取由贺先生赞助的求婚见证纪念礼物——”

“超大杯的波——霸——奶——茶！人人有份！”

乔绯刚刚还以为是崔楚伊乱说的，没想到真的有礼物，这万人体育馆起码得准备一万杯奶茶吧？

这男人疯了吧！

贺承南这场轰轰烈烈的求婚隔天便霸占了各大媒体的头条，所有人都惊叹那颗罕见的“鸽子蛋”，也在羡慕他们之间深厚的感情。

这不仅成了上流社会热议的话题，也在城中的年轻群体里带起一股新的热潮——喝波霸奶茶。

都在传奶茶店是贺承南和乔绯一见钟情的地方，波霸奶茶是他们的定情信物，所以人们坚信——坚持喝波霸奶茶，总有一天你会遇到属于自己的贺承南，带着“鸽子蛋”来娶你回家。

三个月后，乔绯正式毕业了。

贺承南送她的毕业礼是带她去任何想去的地方玩一次。全世界有那么多没去过的地方，但乔绯还是选择了拉斯维加斯。

LUIS 赌场还是跟之前一样，每天挤满世界各地的游客，有人来，有人走，有人在这里遇见，有人在这里分开。

乔绯拉着贺承南的手回到那个初遇的花园。

跟当年一样，他们在那个木椅上坐下，乔绯靠在贺承南的肩上，闭着眼睛，一起悠闲地晒着太阳。

过了一会儿，她问：“喂，你有多爱我？”

贺承南回：“很爱很爱。”

“很爱是多爱？”

贺承南也闭着眼睛，他做了一个深呼吸的动作，像在感应这清早花园里的一切盎然生机。他轻轻地回答：“我可以没有空气，但不能没有你。”

乔绯的嘴角微微扬起弧度，甜蜜地笑了。她想起了什么，站起来绕到椅子背后，仔细看着上面被重新写上的英文——Q&H（乔 & 贺），

BB（波霸），FOREVER（永远）。

这是贺承南特别让人留下的印记，属于他们的印记。

乔绯很满足地从背后搂住男人，闭上眼睛轻声说：“我也是。”

——我的世界，可以没有空气，没有一切。

——但不能没有你。

番外 01

又是一个阳光照进卧室的清晨。

闹钟的铃声在安静的室内响起，指针指向早上七点钟，贺承南面露几分不耐烦地按掉，怕吵醒了躺在身旁的乔绯。

虽然，乔绯已经醒了。她睁开眼睛，跟贺承南对视一眼，有些惺忪的眼神一片迷茫。过了两秒钟，她又闭上眼继续睡。

贺承南侧头看她这几秒钟变化的表情，嘴角含着笑，好像怎么都看不够。他宠溺地在她的额头上吻了一下，然后从床上下来，悄悄地关上卧室的门。

这天是周六，天气很好。

和乔绯结婚后，贺承南将工作上的事做了调整，每个周六都会全天在家陪老婆，晚上再送她去热格上班，顺便处理那边的公务，所以其实他可以起得迟一点。

但是前段日子乔绯因为吃了一份不干净的外卖导致急性肠胃炎，又去医院走了一趟，抽血、输液一顿操作下来被戳了好几针。乔绯倒是没什么反应，现在只要有贺承南陪着，她对针已经没那么恐惧了。倒是贺承南，看着针头扎到她身上，十分心疼。

那次的肠胃炎事件，贺承南当时就下了决心，无论以后多忙，都必须把乔绯的三餐管理好。他不会做菜，就从头开始学。他就不信，他这个能在商界如鱼得水，每天在股市里翻云覆雨的头脑，还学不会几个菜。

他这天特地早起，想从最简单的早餐做起。

洗漱完毕，贺承南躲进厨房，拿起藏在沙发垫后的《中国厨艺一百招》。书里的分类很详细，有早、中、晚餐，甚至还有夜宵、甜品。

贺承南翻到早餐粥品的部分，简单地看了几眼，随后嘴角扬起自信的笑。

这也太简单了，原来就这几个步骤？他用做生意计算成本的敏捷头脑快速地计算了一下，一小时内他能做一桌早餐出来，而且还是中西合璧的那种。

呵，这世上真的没什么能难得倒他贺承南。

八点半时，乔绯终于自然醒了。

她睁开眼睛，看到身边床铺空荡荡的，坐起来朝客厅喊：“猪猪？”

外面传来窸窣又略匆忙的声音，乔绯喊了一声没反应，又用很嗲的嗓音喊：“老——公？”

一分钟后，贺承南出现在卧室门口：“醒了？”

乔绯马上嘟着嘴，张开双手撒娇：“要抱抱。”

贺承南走进来，微微倾身，身体向下，乔绯正好把手搭在他的脖子上，随后整个人挂到他的身上。

“刚才外面是什么声音？”

“哦，我过来的时候碰到了杯子。”贺承南岔开话题，“我抱你去刷牙？”

“嘿嘿，好。”

贺承南把人抱进了卫生间。

洗脸台上的情侣牙刷，粉色的那只已经挤好了牙膏，乔绯从贺承南的身上下来，懒懒地拿起来，开始刷牙。

贺承南也没走，在后面抱着她，从镜子里看她。

乔绯刷好后，呵了一口气——好甜的桃子味。她转身，眨眨眼问贺承南：“你难道没有发觉我新买的这只牙膏味道好甜吗？”

贺承南故意摇头：“没有。”

乔绯是一个非常喜欢“安利”的人，当场就给贺承南的牙刷上挤了一点，然后转身面对着他：“那你再刷一次，你闻闻，真的超甜。”

“不用那么麻烦。”贺承南趁乔绯不注意，低头吻住她的唇，“我尝尝你的就知道了。”

乔绯被抵在洗手台上，被亲了个天旋地转、不能呼吸。

末了，贺承南得逞地舔了舔唇：“嗯，甜。”

乔绯已经习惯了他这样的无赖和霸道，而且很清楚如果自己不赶紧遏制住这种气氛的发展，很快就会发展到脱离她的控制。

于是趁贺承南松开了她，她赶紧逃离卫生间，去卧室换衣服，口中还嘀咕：“你怎么对我都不腻的啊？”

贺承南勾了勾唇，跟着来到卧室，像连体婴一样又抱住她：“对啊，我就是看不够你，喜欢不够，怎么办呢？”

他接着压低声音问：“讨厌的‘亲戚’走了吗？”

乔绯被他呼出的热气弄得有些痒，缩着脖子边笑边躲：“没有，你快出去。”

贺承南只好无奈地松手，深吸一口气："那你换好衣服就出来，我给你做了早餐。"

乔绯正在扣外套的扣子，一听这话倏地转头："你给我做早餐？"

贺承南皱眉："怎么，有什么问题？"

乔绯有点不敢相信如今身价已经跻身富豪榜的男人会做饭！她迟疑地看着他："你确定我可以吃吗，吃完不会去医院吗？"

贺承南顿时感觉自己受到了侮辱："现在煮个粥是很难的事吗？还是你觉得你老公这点事都做不到？"

乔绯仔细想了下，也是，又没让他做什么山珍海味，粥就是水加米丢给锅干的事。于是她美滋滋地穿好衣服，挽着他的胳膊，目含期待："那你给我做什么啦？"

贺承南往客厅走："你出来看看不就知道了。"

乔绯便跟着他往外走。

虽然做粥这件事的确很简单，但她还是抱着准备看一锅黑暗料理的心态去了，然而刚走到小餐厅的餐桌旁——

乔绯目瞪口呆，咽了咽口水，转过头："你，你……做的？"

贺承南十分镇定地喝了口水："不行吗？"

乔绯："……"

怎么不行，也太行了吧？！她都想给他跪下了！

面前的餐桌上依次摆了中西结合的丰富早餐——海鲜香菇粥、葱花饼、香甜玉米棒、蔬菜饭团、意大利面、煎蛋加烤肠，鸡蛋吐司，等等，旁边还放着新鲜的橙汁和热牛奶。

几秒钟后，乔绯从震撼中冷静下来，还是不敢相信贺承南做得出这一桌丰富的早餐。她顿了顿，恍然大悟："我知道了，你点的外卖是吧？"

贺承南道："怎么可能，你都吃坏肚子了我还点外卖？"

乔绯看他严肃的样子不像是在撒谎，而且他一向宠自己，外卖伤害过自己一次，他不会允许有第二次。所以这么说来，真的是他做的？

乔绯难以置信地走到餐桌旁坐下，夹起一块葱花饼咬了一口，香到流泪。再喝了口香菇粥，哭了，舌尖在起舞。

这是什么神仙美味，也太好吃了吧？！乔绯忍不住想，她真的嫁给这么完美的男人了吗？她上辈子是做了多少好事，这辈子才能找到这么好的老公？

在这场怀疑人生的思考中，两个人一起高高兴兴地用完早餐。

周末，贺承南原计划带乔绯出去购物，但是乔绯想去看看贺枭群。

前几天用人来电话，说老爷子精神有点消沉，还莫名其妙买了很多奇怪的东西，乔绯不放心，决定回去看看。贺承南只好改变计划，一起回了贺家别墅。

到了别墅，用人坐在门口的石凳上给鹦鹉喂食，往常这种事都是贺枭群亲力亲为的。

乔绯疑惑地问："爸爸呢？"

用人仰头看向别墅大门，皱着眉，苦着脸，小心翼翼地回答："老爷说他在静心，让我别去打扰他。"

"……"

"唉，老爷最近吃不好，睡不好，人都消瘦了很多。"

用人说着说着眼圈都红了，吓得乔绯不敢停留，赶紧进了屋。

相反贺承南一点都不着急，慢悠悠的，不慌不忙。他太了解自己这个爹了，一向硬朗，身体素质比很多年轻人都好。倒是那些年轻人，学不来他一身精湛的演技。

客厅里没人，安安静静的，但这份安静里又隐隐透着一股诡异。

乔绯仔细地听了一会儿，总算听出这股诡异的气氛从何而来。上午九点半的别墅一楼，冷飕飕地传来《大悲咒》的音乐声。

她和贺承南默默对望一眼，然后循着声音找过去，发现这音乐从书房传来。她走过去，悄悄推开没关严实的书房门。

贺枭群正盘腿坐在飘窗的软垫上，面前摆了个小茶几，茶几上有一碗茶水。他闭着眼睛，嘴里念念有词，手里拿着一串沉香珠，上下拨动着，像个正在入定的高人。

贺承南靠在门口，有些无奈地按了按眉心，心想：这老头又入了什么魔？

倒是乔绯单纯，指着自己的脑门儿，小声地问贺承南："爸爸没受什么刺激吧？"

贺承南："嗯……"

乔绯越想越不对劲，赶紧提着自己买来的水果进去，乖巧地叫："爸爸，我来啦！"

往常贺枭群见了她都是眉开眼笑，但老爷子这次听到声音，只是眼皮抬了一点缝隙，然后继续闭上，格外平静地说："哦，是你们来了啊。"

这语气，沧桑寂寞，淡漠得可怕，像看破了红尘，无欲无求极了。

乔绯有点慌了。她不知道贺枭群是不是受了刺激，怎么忽然之间就变成这样了，上周她回来的时候他还好好的啊。

她看向贺承南，目光向他传递疑问。贺承南很快回了她一个"没事，他精神着呢"。

乔绯很郁闷："爸，您没事吧，您这是干吗呢？"

"静心。"

"您静什么心啊？更年期早过了吧？"贺承南插话。

乔绯赶紧瞪他，又问："爸，那您是不是遇到什么不开心的事了？您说出来，别一个人憋着。"

贺枭群这时停下手里的动作，闭着眼睛淡淡地说："其实也没什么。不过就是隔壁老吴昨天抱二孙子了，而我，三年了，大孙子的影子都不知道在哪里。”

贺枭群说完，平静地睁开眼，喝了一口茶，摇摇手：“我佛了，你们走吧，我现在很快乐。”

他顿了顿：“绯绯，你看到我手里的这串珠子了吗？我刚给他取了个名，就叫浑球儿。”

“从今天开始……”贺枭群说着，把沉香珠狠狠地捻在手里，像要捻爆它，边捻边咬牙切齿地看贺承南，“我要努力地、开心地盘我的浑……球儿。”

贺承南：“……”

乔绯：“……”

说实话，这个时候的乔绯，是有点愧对贺枭群的。

当年结婚的时候，贺枭群给她封了一个巨无霸般大的红包，对她说：“绯绯呀，我现在也没什么别的指望，就希望你们能快点给我抱上个大孙子。我连育儿百科都买回来了，就等着育我那大孙子呢。”

当时乔绯害羞地回答：“爸爸放心，我们争取今年内就满足您的愿望。”

然而，三年了，育儿百科已经落满了灰，老爷子从每天起床第一句“今天我抱上孙子了吗”，到现在每天起床第一句“南无阿弥陀佛，一切皆为虚幻”。

乔绯很内疚，但这事没办法怪她，生孩子也不是她一个人就能生出来的。

探望完老爷子，在别墅吃过晚饭，回家的路上，乔绯一直责怪贺承南：“都怪你，当时说好了三个月后就顺其自然要孩子，结果呢？”

贺承南边开车边笑：“嗯，明天就要。”

“我信你才有鬼。”

这三年来，两人每次在一起，贺承南都会做好严密的措施，他总是以跟她二人世界还没过够为由，让她拿他没办法。他每次都说下次，就这样哄了一次又一次，一哄就是三年。

乔绯想到了什么，看着他，问："老公，你也三十岁了，该要宝宝了吧？"

贺承南这时刚好把车开到停车场里，熄火，停好车。他把头转过来看她，揉了揉她的脸："我有你这个宝宝就够了。"

被他气死。乔绯不想再说下去，转身下车回家。

其实乔绯特别喜欢小孩，也想早点生了早点恢复，可贺承南总是找借口推卸。这三年来她都由着他，但现在见了贺枭群这副痴狂成佛的样子后，她动摇了。

她这辈子，最见不得的就是小朋友和老人家难过了，尤其是现在，公公都快要看破红尘无欲无求了。

不行，她必须要强势一次，干预这件事，早日达成长辈的心愿。

回到家，贺承南去洗了澡，然后跟往常一样上床打开笔记本电脑处理邮件。

乔绯在衣帽间找了很久，才找到当初去 B 城陪贺承南过生日时穿的那件性感小睡裙。

这件战袍被她藏起来很久了，因为每次她穿这个，当晚绝对睡不了觉。这件睡衣是贺承南的心头爱，一试一个准。

找到了衣服，乔绯又回了一趟卧室，假装找东西，悄悄把床头的一盒"小雨伞"拿出来，藏到客厅的抽屉里，锁死。

做完这一切，她才安心地去卫生间洗澡。洗完后，她对着镜子，换上了那件红色的真丝小睡裙。

四月的天已经有点暖和了，再加上刚刚洗完澡，乔绯什么都没披，只穿了那么一件，浑身冒着香甜的热气，羞答答地走到卧室。贺承南还在低头看电脑，处理公事。

乔绯很久没干过这种事了，有点不好意思，脸有些红。她清了清嗓子："老公？"

"嗯？"贺承南无意识地抬起头。下一秒，他愣住，鼻腔一热，差点喷出鼻血。

乔绯半湿的长发挂在肩上，有水滴顺着发丝流下，体态轻盈地站在那儿，像个娇羞的出浴小蜜桃。

贺承南的嗓子瞬间像被火过了一道。他把电脑放到旁边，顿了顿，又克制住："你那个……不是还没完吗？"

乔绯脸带红晕，笑得羞赧勾人："早上是骗你的，其实已经完了。"

她这副表情让贺承南最后的自制力轻松瓦解，他伸手轻轻一拽就把人拉过来，闻着她齿间的撩人气息，低声问："那为什么不继续骗下去？"

乔绯抿了抿唇，故意说："因为，我也想你了呀……"

这世间没几个男人能经得住女人芬芳出浴，主动挑逗的双重考验。贺承南当然也不例外。

"素食"了一周，他早就心痒难耐，现在老婆难得主动一次，他只想赶紧与她认真热烈地体验一把夫妻乐趣。

打打闹闹地亲密了一会儿，一切都水到渠成时，贺承南冷静下来，想起了重点。他起身，拉开床头的抽屉，可翻了好一会儿，原本就放在里面的小盒子，竟然不见了。

这么情难自持的关头，每等一秒都是巨大的煎熬，贺承南尽力控制着自己，耐着性子反复找。乔绯见他忍得那么辛苦还要坚持做好一切措施，既心疼又想笑。

她扳过他的身体，轻声说："找不到就算了，我亲戚刚走，是安全期。"

贺承南找得快要爆炸，听到乔绯这么说后，顿时像有了命：“真的假的？”

“嗯，你没上过生理课吗？安全期没事的。”

贺承南半信半疑地犹豫了几秒钟，像在心里做抉择。乔绯怕他临到关头不干，只好又暗戳戳地加了一把火。

她主动去吻他，再用很娇媚的声音催：“老公，我们关灯好不好？”

他深吸一口气——好吧，这晚选择相信一回“科学”。

番外 02

贺承南被乔绯的“安全期论”忽悠了整整三天，那三天他都很任性地没有做任何措施。三天后，他又开始谨慎地避孕，而且为了不再出现像这次这样的突发情况，他特地买了很多盒以作备用。

乔绯最近几个月的例假都不太准，其实她这个月根本就没来，所以到底是不是安全期，她自己都不知道。

之后的几天，她也一直担心会突然来例假，因为一旦来了就代表她的努力都白费了，但也是幸运，例假竟然一直没来拜访她。

所以这件事到现在她都没有把握，她安慰自己，从概率学来说，怎么都应该有一定的概率能中。她的希望都押在那三天了。

乔绯从网上知道，怀孕最快的只需七天就能通过验孕棒发现，所以她早就偷偷买了一盒验孕棒，每天早上起来躲在厕所里测一测。

可从第七天开始测到第十三天，满怀希望地连测一周，都没有看到传说中的两道杠，她郁闷到想放弃。

第十四、十五天，她都懒得去测了，怕希望越大，失望越大，每次看到一根红杠都会伤心。

第十六天早上九点钟，乔绯躺在床上，最近几天她常感到疲惫，正想就这样在床上躺一上午时，忽然又闻到了熟悉的味道，是那种带着烟火气息的，勾人馋虫的香味。

乔绯挣扎着坐起来，对着客厅喊："老公？"

这些年她被宠得养成了醒来后都要贺承南抱着下床去洗脸、刷牙的习惯，所以每天睁开眼第一件事就是喊贺承南的名字。

三年多来，除了贺承南出差的日子，其他时候都是真的把她当公主宠着的。

乔绯见客厅没有回应，以为贺承南是不是有事去公司了，撑起身体下床，把拖鞋勾过来，刚穿好走到卧室门口，贺承南便过来了。

他的表情有一点不太自然的古怪，身体拦住要出去的乔绯："你怎么不喊我自己就起来了？"

乔绯当时觉得有哪里不对，但没有马上反应过来，而是被浓浓的香味吸引了，回他："我喊了的，你可能没听到吧。"

说着她就循着香味往外走，贺承南想要拦她已经来不及了。她走到客厅，小餐桌上已经整整齐齐地摆好了早餐。

他暗暗松了口气，问乔绯："今天的早餐还满意吗？"

乔绯愣住，不可思议地看着小餐桌上的元宝馄饨、小笼包、八宝水波蛋、虾排三明治……又是中西合璧的早餐摆了满满一桌。

她转头，看着贺承南，心想他是开了挂还是被什么附身了？

从前有一次乔绯煮泡面时让他帮忙煎两个蛋，他弄得惨不忍睹，整个厨房好像灾难现场。现在却忽然好像变了个人，厨艺突飞猛进。

这半个月来，他每天变着各种花样给她做早餐，而且从来不重样。

世上真的有这样无师自通的厨房天才？乔绯不敢相信地盯着贺承南：“你确定真的不是外卖？要是被我知道你骗我，你知道后果吧？”

贺承南耸耸肩，笑：“食材还在厨房，你不信可以去看看。”

乔绯还真的就不死心，去了一趟厨房。果然，厨房东台面上还有没包完的馄饨皮和馅儿，垃圾桶里也有丢了的生姜、葱、蒜。

乔绯检验完毕，确定贺承南真的没说谎，茫然又惊喜：“老公……你……”她冲上去就跳到他身上，“你也太能干了吧！”

贺承南的嘴角掩过一丝笑，稳稳地接住她：“明天想吃什么？告诉我，我给你做。”

乔绯这回是真的相信贺承南无所不能了，于是又说了几个想吃的东西，他一一记下。两人甜蜜地吃完早餐后，乔绯送贺承南去上班。

她帮他打好领带，扣好西装扣，她踮起脚跟给了他一个甜蜜的吻：“上班也要想我哦。”

“嗯，想。”贺承南笑着，随口问，“今天你要干什么？”

乔绯搂着他的脖子回答：“我约了朋友逛街，听说城西开了一家商场，有很多新品牌入驻，我想给你选几条新款式的领带。”

“我已经有很多了，你给自己选就好，看中了就买。”

贺承南边说边掏出钱包，乔绯制止住他的动作：“好啦，我有一张副卡足够了。再说，我自己的小金库都花不完呢。”

贺承南见她那副小骄傲的样子，揉了揉她的头：“也对，我差点忘了，我老婆现在是大牌DJ，也是个小富婆了。”

他把她搂到怀里，悄悄地问：“你的小金库现在存了多少钱了？”

“秘密！”乔绯笑眯眯的，神秘兮兮地凑近他，“反正如果你现在没钱了，我肯定能养着你。”

“是吗？”贺承南的眼底染上笑意，宠溺地夸道，“我老婆可真厉害。”

乔绯眨了眨眼睛：“还行吧，嘿嘿。”

贺承南边扣袖扣，边给司机打电话：“待会儿过来送太太去逛街。”

乔绯没反对，她也习惯了。结婚后不管自己去哪儿都有专人接送，连带着她那些闺密好友都跟着沾光。每次她们约着出去玩，贺承南都会根据人数安排不同的车送她们回家。

这些年，乔绯是闺密圈里最被羡慕的人，就连之前她那位休学嫁入豪门的同班同学莫晓均，去年也被爆出老公出轨，闹了离婚。

后来莫晓均分走一半家产，又找了一个年轻的男朋友，以前辈姿态告诉乔绯：“男人都是贪婪的，贪你最好的几年青春，等腻了，心也就野了。”

她还特地指出：“你老公那么有钱，一定要看好。如果实在不行，也要分他一半的财产走。”

听得乔绯一愣一愣的：“怎么可能？我家那位不会。”

莫晓均当时笑得凉薄：“但愿你家贺总是个例外。”

送走贺承南，乔绯给闺密们打电话，约好一个小时后见面，然后坐到卧室里，想给自己画一个美美的妆容。

被宠爱的她现在面若桃花，红粉娇艳，不需要上太多妆都是极动人的。说到底，女人最好的气色不是用各种彩妆堆起来的，而是由内到外，被男人宠爱出来的。

乔绯很满意，上了隔离，打了一层淡淡的定妆粉后，就背着包出门了。

下午三点钟，贺承南在公司开会。

最近几年贺氏的生意不仅在国内做得风生水起，还因为和美国许垚山的关系，逐步扩大到海外市场。生意格局越做越大，贺承南也越来越忙。

虽然他结了婚，私下笑容比过去多了些，但工作时冷漠狠厉的态度和手段，从未变过。尤其是像这次这样，底下部门因为一个失误，成功错失了一项招标计划，这原本已经是他的囊中之物，忽然被外省的一家公司半途截走，让他大动肝火。

怒的不是丢了生意，而是怒在他手下的人，一个经理级别的高层竟然会犯这样幼稚的错误，实在是愚蠢至极。

此刻的会议室里，众人大气不敢出一声，失误的那个招标部经理更是低着头，神色惊恐又可怜。

贺承南将他失算的方案不轻不重地丢在桌上，笑了笑：“这就是你办的事？”

招标部经理额头的冷汗不禁滴落：“贺总，这次是我的失误！我……我是……”

他不知道该怎么解释，贺承南便冷淡地看着他，等他的回话。

大家都知道，贺承南越是这样一声不吭，无波无澜，背后积聚的火气就越深重，是那种随时都有可能一爆而发，炸了会议室的程度。上次犯这种错的人，现在已经不知道在哪里打工混日子了。

眼下，众人都在为这位经理之后的命运感到堪忧，人到中年，犯了冷血老板最忌讳的错，后果只能是卷铺盖走人。而业内，被贺承南赶走弃用的人，没人敢再用。因为谁也不知道对方是怎么得罪了老板，万一自己接手，说不准也会跟着遭殃。所以，犯了错的经理自己也很清楚，他第二天大概不会再有资格踏入这栋贺氏大楼了。

主位上，贺承南神情严峻，台下众人全低着头，项目主管小声地汇报可以补救的措施，气氛十分压抑。

就在这时，一阵铃声打破了这份凝滞，大家都微微一愣，然后循着声源向主位看去。声音是从老板的位子传出来的，也只有他敢在开会的时候不调静音。

果然，贺承南只是轻轻地瞥了一眼，神情便稍稍缓和下来，身体后仰，松了松领带，说："会议暂停一会儿，我接个视频电话。"

大家默然，并没有觉得这个情况有什么特别的，毕竟像贺承南这么忙的人，通常一天都在无数个电话和会议中度过。跨国视频会议，也没什么稀奇。

大家老老实实地安静等待，那边，贺承南接起了视频。

就在大家以为会出现什么项目会谈或者英文会议时，安静的会议室里忽然传来女人撒娇般的声音："猪猪，你在忙吗？"

众人反应了一秒钟，纷纷低着头——是老板娘的声音！

贺承南默默地仰在转椅上转了三十度，嘴角噙起三分笑："没有，怎么了？"

"啊，那正好。"视频那边的声音有些嘈杂，是外套和纸袋摩擦的声音。接着，众人又听到老板娘嗲嗲地问，"猪猪，你帮我看看，我今天这个妆容，涂哪个颜色的口红好？我不知道买哪个色号呢。"

众人："呃……"

褚焱面不改色地咳了一声，端起桌上的水喝了一口。这种场景他已经见惯了，一点都不意外。倒是旁边的那些高层，纷纷不好意思，又十分刻意地忙碌起来。

实际上，他们全部在偷听。有几个胆子大的，偷偷抬起头朝贺承南看去，然后，便看到了他们进贺氏以来从未看到过的一幕。

上一秒还乌云密布，一身低气压能杀死人的老板，这一刻一脸宠溺地笑着看手机："都好看，别挑了，全买下来。"

老板娘笑了，然后又有纸袋晃动的声音："我给你买了好多好看的领带和袖扣，我们现在试衣服好不好呀？我帮你——"

说着，手机里传来推门的声音。

“咦，你不在办公室啊？”

乔绯从商场采购完毕就偷偷来了贺承南的公司，想给他一个惊喜，结果推开门，办公室却空无一人。

贺承南看到视频里四处寻找自己的乔绯，无奈地笑了：“你等会儿，我马上就过来。”

挂了视频，贺承南脸上的阴郁不在了，连带着看招标部经理的眼神也缓和了三分：“下次再出这种事就直接滚。”

众人一怔，纷纷以为自己听错了。尤其是出了错的招标部经理，原以为开完会就直接收拾包袱走人的他，万万没想到，居然被贺承南又给了一次机会。

他语无伦次地回答：“是，是，是，谢谢贺总，谢谢！”

直到贺承南离开了会议室，才有人在旁边提醒他：“你今天是沾了太太的光，要不是她忽然来了，以贺总那个脾性能饶了你？”

招标部经理点头感慨，对着空气合掌：“是，是，是，谢谢太太，太太真是我们的救世主。”

褚焱从他身边经过，嘴角微微含笑，云淡风轻。

从会议室的电梯直下到三十七层自己的办公室，贺承南推开门，看到正坐在沙发上整理战利品的乔绯。

乔绯看到他进来，笑眯眯地招手：“老公，你快来看看我今天给你买的这条领带呀！”

她拆开包装，拿出一条崭新的领带，还没等贺承南走到面前就扑过去，在他胸口比了比，随后很满意地点头：“天啦，我老公太帅了！”

她调皮又做作的表情让贺承南刚才所有的坏心情一秒变好，他将乔绯抱到怀里，亲她的额头：“嗯？有多帅？”

乔绯的手贴着他的胸口，慢慢攀延至上，扯住他戴的那条旧领带，暧昧地说："帅到结婚三年了，我看到你还是会忍不住心跳加快。"

贺承南的嘴角轻轻一勾，低下头："那这样会不会心跳更快？"说完，他深深地吻向她。

呼，这个男人总算笑了。她刚才收到褚焱的消息，说公司有人业务上犯了大错，贺承南在会议室发了脾气，一群人都不敢吭声，希望老板娘赶紧来救驾一下，哄哄老板。

知道贺承南是个冷厉的性子，在处理公事上脾气更差，所以乔绯收到消就息火速赶过来了。

现在贺承南的心情明显好转，她的任务也圆满完成。她笑着躲开男人的吻，说："好了，好了，这里是办公室，你别——"

话未说完，乔绯忽然觉得胃中有什么在翻滚，一股恶心感从胃里直冲而上，涌进大脑。她控制不住，迅速推开贺承南，就近趴到沙发旁的垃圾桶旁吐了起来，发出一声一声的干呕声，却什么都没吐出来，只有一阵阵的酸水。

贺承南被吓得蹲在一旁拍她的背："怎么了？"

说完，他又赶紧走到桌旁拿起自己的玻璃杯，倒了一杯温开水给她："快喝一口。"

这时乔绯缓过来了，抚着胸口，皱眉想，她刚才在商场也没吃什么不干净的东西啊。哦，对，她没忍住，吃了一点冰激凌。

得知乔绯又不忌口吃冷的，贺承南赶紧将温水换成了热水，又拿了软垫给她搭在胃上。虽然他生气她不爱惜自己，但看她一脸苍白地缩在沙发里的样子，想骂的话也舍不得骂出口了。

贺承南打电话让褚焱买了一些暖胃的药回来，就等药的这十来分钟里，乔绯又干呕了三次。好不容易等药送来，他正要拆开给她吃，动作忽然顿住。

他突然想到了什么，神情有些犹豫，顿了顿，坐到乔绯旁边问她：

“你这个月例假来了吗？”

乔绯正处在极度不适的感觉里，被他这么一问，神情也变得严肃。他们共同想到了一个可能。

然而乔绯亮起的眼眸很快就黯淡下去，摇摇头：“不是你想的那样，我前天还测过，没有。”

“测过？”贺承南抓住重点，盯着她，好像明白了什么，似笑非笑地问，“你为什么会测？”

乔绯知道自己一不小心说漏了嘴，舔了舔唇，尴尬地圆话：“之前我不是网购你要用的那个……吗？人家送的赠品，我想着，反正不用白不用……”

贺承南是个心思多么谨慎细密的人，乔绯这种低端的撒谎水平根本瞒不过他。他联想起之前乔绯难得的主动，以及家里忽然失踪的避孕套……

贺承南几乎可以肯定，这是她设下的圈套。他冷静地丢下胃药，拉着她的手：“走，去医院。”

乔绯一愣：“干……干吗？”

“去看看你的计划成功了没有。”

从医院回来，两个人谁都没有先说话，都沉浸在自己的心事里。

乔绯抿着唇，说不清是什么情绪，想高兴，却又心虚地不敢高兴。她时不时偷偷打量贺承南，发现他的神情一本正经，看上去很严肃，她无法从中窥探他此刻的心情是喜还是怒。

看贺承南的车没有往家的方向开，她疑惑地问：“老公，我们不回家吗？”

“先回趟别墅吧。”贺承南平静地说，“去看看老头还在修仙吗？”

“哦，好。”乔绯小心翼翼的，也不敢再继续说下去。

回到别墅，用人在做晚饭，说老爷子在书房。

贺承南微微一笑，朝书房走，嘴里还调侃道："哟，还在盘我呢？"这是得有多恨啊？

乔绯跟在他后面，忍不住扯着他的衣角："老公，你是不是生我的气？"

贺承南一顿，转头看她："生什么气？"

"就……我撒谎骗你是安全期，但现在……"

贺承南的视线落到乔绯身上。她穿着单薄的针织外套，扁平的小腹好像就在这几个小时之内，微微凸起来了似的。

这四月的天，晚上还有点凉。贺承南脱下外套披在她身上，说："是有点生气。"

小气鬼。

乔绯撇着嘴跟上去，却听到贺承南一边推开书房的门，一边说："生气你明知道有可能怀孕了，今天还吃冰激凌。"

乔绯："呃……"

推开门，房里的唱片机正放着邓丽君的歌。贺枭群优哉游哉地在房里跳舞，手里还夹着一根雪茄，十分陶醉。

或许是没想到贺承南和乔绯会突然出现，他听到动静扭头看了一眼，表情忽变，从老当益壮到看破红尘只需一秒钟。

贺枭群坐到飘窗上拿起沉香珠："哦，你们来——"

"了啊"两个字还没说出来，贺承南就走到他面前坐下打断他："行了，别装了。"

贺枭群："……"

这天贺承南和乔绯来得的确突然，他还没有做好准备。他一时间竟不知道该怎么将角色切回来。

正在微妙的尴尬之时，贺承南喝了一口桌上的茶，抬起头："您那本育儿百科先借我看看。”

贺枭群觉得莫名其妙：“干吗？”

贺承南正要说话，忽然看到老爷子手里那串被取名为“浑球儿”的沉香珠，缓了缓，问：“您这浑球儿盘得怎么样了？”

贺枭群一见他就来气，瞪着眼，说：“盘着呢！我非给他盘听话不可！”

贺承南若有所思了一会儿后，扯走那串沉香：“行了，您不适合盘我这种高难度的。”

贺枭群：“你说什么？”

贺承南这时把乔绯拉过来，面朝老爷子，嘴角漾着笑：“我们送您个小浑球儿盘盘，要吗？”

番外03

乔绯怀孕的事就这样昭告了天下，全家欢喜。

贺枭群迫不及待地找了他多年的好友，在最高档的私立妇产医院给乔绯做全面检查。

老爷子一个劲儿地说：“快照一下看看有几个。”

贺承南无语地瞪他：“你当养猪呢？”

老爷子自然是乐开了花，说话语无伦次的，医生检查的结果——乔绯才刚刚怀孕，B超只能看到一个小小的孕囊，大概只有豌豆那么大。

B超单拿到手后，虽然看不懂图纸上的内容，但父子俩还是争着抢着看，对着医生指出来的那个小豌豆般的点，各自沉迷回味，不能自拔。

第一次怀孕的乔绯既欢喜又忐忑，毕竟结婚三年了，她和贺承南终于有了自己的孩子，这是一件值得高兴的事。但她也听说，怀孕的女人很辛苦，前三个月各种孕吐反应，后几个月肚子大了活动也不方便。哪怕生完了，身材走形也是常有的事。

乔绯已经做好了一切准备来迎接准妈妈的身份转变。为了保护肚子里的小宝宝，她只能暂时放下热格的工作，离开DJ台，每天在家看各种育儿知识。

贺枭群也尤为重视乔绯的这一胎，说什么都要让他们搬回别墅，让用人照顾她的起居和营养。

然而怀孕三个多月，想象中的孕吐非但没有来，乔绯还越来越能吃，一顿饭能吃两个人的量，人也长胖了不少。

这天早餐，一家人坐在一起吃饭，用人做了整整一桌的菜，乔绯却没了胃口。她推身边的贺承南："老公，你上次做的那个辣子鸡丁，能不能再做一次？我突然很想吃。"

贺承南的筷子顿了下，还没开口说话，贺枭群就跟听了个世纪笑话似的："他会做菜？"

老爷子差点没笑出声来："这个浑球儿能分清楚盐和糖我都觉得了不得了，还辣子鸡丁呢，他知道鸡肉长什么样吗？"

乔绯很认真地替他解释："是真的，爸爸，您别不信，在搬回来之前都是他做饭给我吃的呢。"

贺枭群打死都不相信贺承南能做出人吃的东西，乐呵呵地看向贺承南："行啊，你老子我六十多岁了还没吃到你做的饭，今天晚上你就给我做一顿那个辣子鸡丁，怎么样？"

贺承南淡定地挑了挑眉，掩过眼底的一丝不自然，说："好。"

于是在全家人的期待下，贺承南在阔别厨房三个月后，终于又重新下厨。

下午五点半他从公司回来，到家时提着满满两大袋食材。

贺枭群看了一眼：“哟，东西备得挺全啊。”

老爷子被贺承南有模有样的做派搞得心里不禁感慨，大概是很久不跟儿子一起住，没想到他也有了居家的时候。

是他太拿有色眼光看人了！

贺枭群十分欣慰，泡了一杯茶，和乔绯一起悠闲地看电视，等着儿子的辣子鸡丁。

贺承南做菜十分保密，关上厨房门，谁也不准进，连用人想进去帮忙都不行。

他越是这么神秘，大家的期待便越发高了。只是，从五点半等到七点半，乔绯一罐曲奇饼都吃完了，贺承南的辣子鸡丁还没做好。

老爷子都快饿出低血糖了，几次让用人去催，用人都来回话：“少爷说快好了。”

半个小时前也是这个回答，贺枭群心想就算现杀的鸡也该做好了，这么久不出来，是躲在里面在孵蛋吗？他等不及了，准备去厨房找人，可人才站起来，贺承南就开门了。

“好了，开饭吧。”

用人赶紧过来帮着端菜，她也迫不及待地想看看少爷的作品，然而阿姨的眼睛朝盘子里瞥了一眼，手一抖，差点没站稳。

贺枭群、贺承南和乔绯三个人坐在餐桌旁，气氛有些沉默。

贺枭群看着盘子里的那盘不知是辣椒炒鸡还是辣椒炒辣椒的菜，沉思了很久，用筷子挑了两下：“我请问一下，鸡丁在哪里？”

贺承南也跟着挑了两下：“这不是吗？”

太棒了。

贺枭群拿了一个空碗，把肉眼可见的鸡丁都挑了出来，一共三块。

老爷子笑得很服气，说：“怎么的，你还分配得挺均匀，一人一块是吗？”

乔绯也觉得贺承南这盘菜的水准退步了许多，辣椒黑红黑红的，好像都炒煳了。虽然不知道是什么原因，但或许是有段日子没进厨房，他一时没找到手感也是正常的。

贺承南是什么人？从小泡在金山银山里长大的，性格孤傲，能进厨房已经是人间的稀罕事。从前乔绯一直变着花样夸他、鼓励他，这次偶然失手，也绝不能打击他的积极性。

于是她赶紧伸筷子，夹起一块鸡丁送到嘴里，还没嚼就开始闭着眼睛吹嘘："嗯，真好吃。"

等舌尖感受到鸡丁的味道，乔绯的脸慢慢僵住，然后呈现出很复杂的、强忍的、无法控制的、多层次的表情。

三秒钟后。

"哎呀，我的筷子掉了。"乔绯假装掉了筷子，匆匆地站起来，"我去厨房拿双新的来。"

说完，她迫不及待地冲进厨房，疯狂地喝水。她不知道自己刚才吃了一个什么魔鬼鸡丁，现在的舌头仿佛不是自己的，又麻又咸。

乔绯喝了两大杯水才缓过来，正要出去，不小心看到了厨房的垃圾桶。垃圾桶里，有一堆炒到变色，被遗弃的鸡丁。

她微微怔住，这才反应过来，为什么盘子里只有三块看上去正常的鸡丁。原来那三块已经是贺承南千挑万选过的幸运儿了。

看着垃圾桶，乔绯想象得出贺承南想要呈现最好的给她的心情，想笑的同时又悄悄感动他的努力。

她装作什么都没有发生过，也没有看到，返回到餐桌旁坐了下来。

桌旁，贺枭群大概是把属于自己的那块鸡丁吃下去了，正在疯狂吐槽："我的舌头要冒火了！你是不是要谋杀亲爹啊？你信不信你妈要是尝一口，能马上原地复活？"

乔绯忍住笑走过去，给贺枭群也倒了一杯水。重新坐下后，她宽慰贺承南："没有啊，大概是我最近的口味变重了，我觉得还不错呢。"

贺枭群一脸震惊地看着她："绯绯啊，做人要实事求是，不能因为他是你老公就盲目夸奖，这哪里是人吃的东西？"

从那次之后，贺承南大概是受到了刺激，一连一个月都没再进过厨房。

而乔绯，到了怀孕过程中相对来说比较安全的月份，在家实在闲得无聊，刚好贺承南的朋友知道她是音乐学院毕业的，有份钢琴家教的工作想找她，一周两次，很清闲。她正好没事干，便一口应允了下来。

这天上完课，见时间还早，乔绯想去公司找贺承南。司机送她到了贺氏楼下，刚要下车，她忽然看到贺承南的私人座驾从停车场里开出来。

乔绯便没有停留，跟着上去，顺便给他打电话："嘻嘻，猪猪，你在哪儿呢？"

贺承南升起两边的车窗，车内的气氛安静下来，他随意地回道："在开会，你上完课了？"

乔绯看着他的车身，嘴角的笑意荡然无存。明明开车出去了，为什么要骗她在开会？

她的心里隐隐浮现出一种熟悉的狗血剧套路——老婆怀孕，老公寂寞空虚，找小三出轨……

乔绯忽然想起莫晓均很久之前对自己的忠告：男人没一个好东西，尤其是有钱的男人，贪图女人几年的青春就腻了。

当时她还信誓旦旦地说"我家老公不会"。

她的确对贺承南很有信心，也相信两个人的爱情经得起时间和岁月的考验。而且怀孕这么久，医生都说偶尔一次是没有关系的，可贺承南从没碰过她。

乔绯之前以为贺承南是爱惜自己，怕伤到自己，伤到宝宝，可现在看来……她的心里一紧，随便扯了几句话就挂断电话，然后嘱咐司机跟着贺承南的车。

这种感觉既紧张又难过，害怕看到不该看的东西，可那种心情又让她不得不跟着追上去看个究竟。

贺承南开了十多分钟，开到了一个小区，到了门口，他好像已经来过很多次，停车场的升降杆自动打开。

乔绯一看这是个住宅小区，心顿时凉了一半，跟着涌出来的就是不愿接受的愤怒。

她让司机把车停在门口，自己挺着肚子走到停车场里，刚好看到贺承南从车里出来，手里还提了些东西，朝电梯处走。

乔绯灵活地躲到暗处，看他从自己面前走过去，在电梯前等了一会儿，然后进去了。

乔绯冷静地站在门口看，直到确定电梯停在了十楼，不再动。她马上也跟着按下电梯，追上十楼。

这栋小区每层楼共六户人家，十楼全部关着门，乔绯不知道贺承南去了哪家，她也不能贸然地一户一户去敲门。

在过道里来回观察了一圈后，她站在1006房间的门口，拿出手机，打算给贺承南再去一个电话。果然，拨通后，楼道里传来很轻的贺承南的手机铃声。

乔绯仔细辨了下方位，发现铃声就是从1006房间传出来的。

她不等他接起来，立即挂断，然后气势汹汹地站在1006房间门口，按门铃。

三秒钟后，门被打开了。

乔绯其实内心是矛盾的，她害怕看到真相，却又不得不去面对真相。所以在门被打开的那一瞬间，她微微低着头，带着一点逃避的心态。

她第一眼看到的，是一双女式拖鞋。在那一刻，她不知所措，大脑一片空白。

然而再等她抬起头，看到面前的人后，整个人更是惊愕地愣住。

“怎么是你？”

伍夏从没想过乔绯会找上门来。

一开始，乔绯以为伍夏成了自己和贺承南之间的第三者，那种心情无法言语，比心痛还要窒息，伍夏是他们的好朋友。她震惊，她错愕，她说不出话。

可当伍夏把她领到厨房门口后，乔绯看到了厨房里正忙碌的两个人，两个都系着围兜的男人。

褚焱说：“贺总，辣子鸡丁您都学了二十八遍了，要不咱们换个菜学吧？”

贺承南很认真地切着干辣椒，回他：“不行，我老婆最近就爱吃辣的，总不能每次都是你做好了打包给我带回家，都不新鲜了。”

“那我跟之前一样，去您家做完了再偷偷溜走就是了，何必您亲自跑来学？”

贺承南把切好的辣椒放到盘子里，无奈地叹了气：“现在我们住在别墅，不是华裕公馆，我爸和用人每天都在，你没办法装我。”

褚焱：“……”

“放多少花椒合适？”贺承南自言自语，用手捻起几颗花椒，忽然又想起了什么似的，问他，“你会做水煮鱼吗？我老婆这几天特别想吃辣的，那些川菜馆做的我不放心，还是自己学了回去给她做。”

“会，我待会儿一起教您。”

乔绯轻轻地关上厨房门。

伍夏笑着说：“绯绯，其实我特别羡慕你，贺总是真的爱你，一道辣子鸡学了几十遍了还觉得味道不够正，每次公司没什么事就跑来我家让褚焱教他。”

乔绯这才想起来，褚焱是Q市人，那可是美食天堂。她有些茫然，回忆之前在华裕公馆那些美味的早餐，迟疑地问：“所以火哥一直在偷偷帮他做田螺先生吗？”

伍夏被她的形容逗笑了：“算吧，谁让他是贺总的全能秘书呢？”

万千感慨交织心头，乔绯忽然不知道该说什么好了。从愤怒，到忐忑，到伤心，再到现在的惊喜。

站在厨房的玻璃门外，看着贺承南高大的身影系着违和的围兜，在褚焱的教导下，认真地切菜、配菜、炒菜，最后自己尝一尝，皱眉摇头，又重新开始。再想起她刚才对他的怀疑，她忍不住羞愧。

她的眼眶微微湿润，想要马上上去拥抱他，伍夏却拦住她：“我觉得贺总不会希望你知道他在这里。”

短短的一句话让乔绯愣住了，很快她就明白了伍夏的意思。

男人，尤其是贺承南这样的男人，只想把完美的结果展现给自己心爱的女人，然后得到他要的征服感和满足感。而其中他经历过的过程，都不重要。

他不需要乔绯这一刻的看破和感动，那样只会让他一直以来悄悄编织的惊喜和努力失去原有的兴致。

“谢谢。”乔绯抿唇笑了笑，她转身，轻手轻脚地离开，“就当我没来过。”

伍夏点点头：“明白。”

当天晚上，贺承南回来的时候，用人正在准备晚餐。

他照例先来关心乔绯当天的心情和身体，吻了吻她，然后脱了外套，主动说帮忙加两个菜。

也不知道是不是终于下了功夫苦学，那晚，贺承南又再次做了一道辣子鸡丁，另外还加了一道水煮鱼，香辣味弥漫整个别墅，香得贺枭群都忍不住从二楼下来，问用人做的什么那么香。

用人得意地朝厨房正在忙的背影一指：“是少爷做的！”

贺枭群不可思议地看着贺承南，继续不敢相信地尝了一口，老泪纵横地对着苍天：“不得了了，太阳打西边出来了。”

那晚过后，乔绯对去过褚焱家的事一字不提，也一字不问，权当自己不知道，在贺承南面前给足他男人的面子和一个妻子的崇拜。

每次贺承南做了新菜，乔绯都赞不绝口：“太好吃了，我的老公是神仙老公！”然后抱着他使劲亲，使劲夸。

贺承南也不知是不是爱上了这种被夸的感觉，从那之后魔怔了似的爱上了做菜。下班回来后他还全心全意地研究起了各地的菜品，从川菜到粤菜，再到湘菜。就这样，乔绯整个孕期被他养成了一头不断尝试新菜品的猪。

贺承南不仅把乔绯养得多出了三十斤肉，隔年正月里，他还成功地收购了某殿堂级川菜品牌，成功将其纳入贺氏旗下。融合了好几种其他地方特色菜品，改名为“非你不可”高级餐厅，头炮便在C城开了五家连锁店。

开业的当天，贺承南要去剪彩，乔绯挺着足月的大肚子帮他系领带。眼看他是越来越帅，越来越能干，钱也越挣越多。她再看自己，叹了一口气：“老公，我觉得猪猪的名字该给我了，你看我胖得——”

贺承南低头看她，眼里依然噙满无限宠溺的笑，用手去捏她的脸：“哪里胖了？

“我就喜欢你这样。”他低头在乔绯耳边说，“手感特别好。”

乔绯知道贺承南是故意哄她高兴：“讨厌，快去吧，晚上早点回来陪我。”

“好。”贺承南应了一声，在她的脸颊上亲了下。

乔绯昨晚没睡好，宝宝一直在肚子里闹腾。贺承南弯下腰，在她的肚皮上用手指敲了两下，叮嘱道："你给我老实一点，不准踢妈妈，不然等你出来，看我怎么收拾你。"

刚说完，乔绯皱了皱眉："啊呀，他又踢我了。"她摸着肚子，好似在安抚里面的宝宝，然后嗔贺承南，"你别对宝宝这么凶。"

贺承南发现这个小东西好像能听懂自己说话，每次自己说点他的坏话，他都能马上在肚子里拳打脚踢。于是贺承南闭上嘴，心里却悄悄想"让你蹦跶，等你出来了爸爸再教你做人"。

吃了早饭，贺承南离开别墅，去参加餐厅的开业剪彩仪式。

早上九点半钟，来宾全部到齐，媒体也一一到场，众人站在台上，手里拿着金剪刀，在主持人的安排下开始剪彩。

这时，贺承南的手机却忽然响了。

来电话的是贺枭群。老爷子的声音十分焦急："承南啊，快点儿，赶紧去医院！绯绯刚才见红了，怕是要生了！"

虽然乔绯的孕期已经足月，但离预产期还有七八天的时间，现在突然见红，贺承南又惊又喜，当即放下剪刀，把事情全交给了褚焱，然后头也不回地往医院赶。

同时往医院赶的，还有 A 城那边得到消息的乔石宇夫妇。

医院产房的门口，乔绯疼得满头大汗，还必须按照医生的要求不断走路，做下蹲运动，推进生产的进程。贺承南不知所措地扶着她，看着她咬牙坚持，却无能为力。他有的是钱，在这一刻却没办法用钱来解决心爱之人的疼。

贺枭群也不停地问医生："有没有什么办法能不疼的？"

医生回他："老爷子，生孩子哪有不疼的？所以说女人遭罪呢。来吧，进来，我给贺太太打无痛分娩针，能稍微缓解一点疼痛。"

乔绯就这样被推进了待产室。

从上午十点钟，到晚上八点钟，足足十个小时，就在贺承南等得受不了想要冲进去时，产房里终于传来了好消息。

一名护士抱着一个用襁褓裹住的婴儿，笑眯眯地走出来："恭喜贺先生，是个小少爷。"

产房外站满了等消息的人，贺枭群一听，高兴得差点没站稳。

乔石宇在旁边扶住了他，同样也是惊喜万分地问："健康吗，几斤啊？"

"您放心，健康着呢，小少爷八斤八两，是个胖小子。"

贺枭群听了，笑得合不拢嘴："哎哟，你们听听，八斤八两，我这大孙子可真是吉祥，哈哈哈！"

乔石宇和许羡秋也在一旁看着刚来人世间的小可爱，满脸笑容。

小护士把宝宝递给贺承南："贺先生，您抱抱宝宝呀。"

贺承南有点蒙，脸上的神情却是欣喜的。他小心翼翼地接过宝宝，生怕碰坏这团小东西。

顿了顿，他着急地往手术室里面望："我老婆呢？"

"放心，观察一会儿就出来了，都好，母子平安。"

众人总算松了一口气。

等乔绯被推出病房的时候，一家人聚在病房里，围着小宝宝怎么都看不够，小护士也在旁边说着照顾新生儿的一些注意事项。

只有贺承南，一直坐在床旁，心疼地看着乔绯，亲吻她的手："宝贝，你辛苦了。哪里疼吗？要喝水吗？"

乔绯刚生完孩子，身体是虚弱的，心情却是兴奋的。她想看儿子，让贺承南抱过来给她看一眼，正好这时护士说："那个，宝宝的爸爸你过来下，我教下你怎么给宝宝换尿不湿。"

乔绯一听就催促他："你赶紧去。"

贺承南只好站起来，走到护士旁边。

小宝宝被裹在被子里，这会儿襁褓解开了，小身体肉乎乎的，不停地乱动，像一个活泼的小团子，十分可爱。

由于小宝宝生下来有八斤八两，老爷子当场给他取了小名，就叫“八八”。

贺承南和乔绯没有反对，这个名字很是巧妙，儿子本来就是“小霸霸”，现在叫“八八”，也算变相继承了他爸的衣钵。

贺承南看着小八，眯着眼睛笑，他终于有儿子了。

这就是他的儿子——白白嫩嫩的，大眼睛，一看就是个乖宝宝，不是小浑球儿。

护士脱了小八穿着的尿不湿，跟贺承南说：“来，爸爸拿一个尿不湿过来，放在宝宝的屁股下面，然后像我这样，从侧面粘贴好。”

护士做着示范，贺承南一一看着，并不是很难。他跟着拿起一块新的尿不湿，抱起光溜溜的小八。

就在这时，无意之中，父子俩对视了一眼。

小八刚刚睁开眼，却对这个世界的一切不怎么好奇。他直愣愣地盯着贺承南，好像是锁定了，仔细而认真地看着自己的爸爸。然后，嘴角狡黠一弯。

全家人乐了：“快看，快看，宝宝笑了！”

贺承南也被这种突然的父子情感动了，从前不知有了孩子是怎样的感觉，但现在，他真心实意地感受着和儿子的眼神互动，幸福又满足，不由露出了慈父般圣洁的微笑。

然而就在他沉浸在这种初为人父的欣喜里时，一股热热的东西喷到了他的脸上。

再下一秒钟，整个病房的人笑翻了：“哈哈哈，承南，你儿子跟你打招呼呢！”

被喷了一脸童子尿的贺承南：“我就知道你是个小浑球儿！”

番外 04

贺家少奶奶第一次怀孕生产，媒体都想抢小八的独家照片。从生完过后，医院各个通道门口都堵满了来抢独家的记者，贺乔两家人进出都很困难。

喜得贵子是大喜事，贺承南也不能对媒体动气，只好全程派发礼饼，再把乔绯秘密转送到了一家星级月子中心，好好调养。

虽然这次生产过程很艰难，但幸好乔绯的身体底子好，也够年轻，所以恢复得很快。她每天在月子中心就是围着小八转，带小八去洗澡，做操什么的，空闲下来还跟着特定的指导老师练习产后瘦身，特别悠闲自在。

月子期间不断有亲戚朋友来探望他们，除了在C城的一些好朋友，还有特地从北城赶来的，贺承南的好朋友——孟见和裴宁晚夫妇。

孟见是北城市知名的空中救援队队长，裴宁晚前几年在北城急救中心，后来一起做了救援队的医生，夫唱妇随，二人在北城是很受尊敬的一对夫妻。

他们的女儿叫卷卷，不到两岁，很聪明，会说很多话。

孟见一家三口特地从北城赶过来看贺承南以及新出生的小八，好友相聚，自然有聊不完的话题。

他们之前长居北城，乔绯是第一次看到他们，尤其听说孟见是开飞机的后，更是当场两眼放光，满是崇拜："天呀，你会开飞机？直升机还是那种民航机啊？"

孟见还没回答，他的女儿卷卷很自豪地仰起头："都贵（会）！"

小宝贝还不到两岁，说话吐词不是特别清晰，但这依然阻止不了她言语中对爸爸的崇拜："我爸爸什么灰（飞）机都贵（会）开！"

贺承南看着扎了两个小辫子的可爱卷毛丫头，再看看自己怀里每次趁换尿不湿就对着他喷尿的小浑球儿，忍不住感慨："要是像卷卷一样是个乖女儿就好了，你们看这兔崽子瞪我的这眼神。"

乔绯嗔笑着把孩子抱过来："胡说，八八怎么不瞪我？来宝贝，给妈妈笑一个。"

说来也奇怪，乔绯一哄，小八眯着眼睛，嘴角就咧开了，笑起来特别富态，像个可爱的小财神。

众人都被逗得笑了起来，唯独贺承南无奈地扶额。他现在的心情就如同之前的贺枭群，大概就是——亲生的，没办法，除了惯着还是惯着。

月子很快坐完，乔绯好不容易重获新生。

她知道自己老公也挺辛苦的，忍耐了一年。可八八还小，晚上离不开乔绯，每两三个小时就要喂一次奶，好几次就算两个人想做点什么，这边刚开始，那边宝宝就哭了起来。

于是夫妻俩一直期待的甜蜜互动就这样磕磕绊绊的，直到八八一周岁，两个人都未能尽兴。

八八的周岁宴是在自家别墅办的，一家人都很低调，只邀请了家里的兄弟姐妹和几个朋友。

贺承南也邀请了孟见，那天刚好是周末，孟见一家三口便欣然赴约了。

八八被取名叫贺之乔，取了父母的姓，也寓意是二人爱情结晶的意思。小胖子一岁了，更加白胖可爱了，眉宇里有三分乔绯的灵气，有七分贺承南的桀骜，尤其是给他不喜欢吃的东西，或者陌生人抱他时，小眉毛拧起来不乐意的样子像极了贺承南。

人虽小，气场可不小。

众人都说，贺氏后继有人了，贺之乔集合了母亲的艺术细胞、父亲的商业头脑，将来一定是贺家第三代的佼佼者。

这些话，贺承南听了高兴，贺老爷子听了更高兴。

一堆人围着小少爷转，孟见家的女儿卷卷也趴在一旁看着弟弟，她觉得特别可爱，便吵着跟裴宁晚说："妈妈，我也想要个弟弟。"

裴宁晚笑着回她："八八就是你的弟弟呀。"

卷卷认真想了一会儿，然后摸着八八肉肉的小手："我不要八八做弟弟，我要八八做男盆油（男朋友）。"

贺承南没忍住笑了，用胳膊轻轻碰身边的孟见："你家卷卷挺有眼光啊。"

孟见摇头，跟着笑："她根本就不知道男朋友是什么，前几天还说让我做他男朋友。"

卷卷将自己珍藏的棒棒糖伸到八八面前，八八吸得直响。

两个小孩儿的画面看起来特别温馨，贺承南想了一会儿，提醒孟见：“你别说，孟归晚、贺之乔，这两个孩子的名字还挺搭。”

好像是这么回事。孟见沉思了片刻：“要不，结个娃娃亲？”

“那我家这个小浑球儿占便宜了。”贺承南走上前，拿起八八的小拇指，勾在卷卷的手上，“行了，以后你就是卷姐的人了。”

周岁宴结束，月嫂将八八带回儿童房，一岁的小少爷终于离开了妈妈的床，开始独自睡觉的“旅程”。

乔绯做好了准备，今晚要和贺承南放心大胆地过一次二人世界。

卫生间里有哗啦啦的水声，贺承南在洗澡，乔绯在门口偷偷听了一会儿后，敲门：“老公？”

可能里面水声太大，没有人回应。乔绯抿唇想了下，干脆直接打开门溜进去。

雾气浓浓的水声里很快传来声音：“你进来干什么？”

“陪你洗呀。”

“你——”

其实自从乔绯出了月子，贺承南有些蠢蠢欲动了。只不过医生朋友们私下告诉他，最好是等到她的身体恢复到更好的状态。加上八八那个小祖宗夜里没事就爱吵两声，每次夫妻俩才有点状态就被打断。屡次被儿子坏事，他为了不影响乔绯的睡眠，竟也慢慢忍了下来。

没想到，现在乔绯竟然主动出击？

两人吻得天雷勾动地火，就在贺承南情难自持时，大脑紧急恢复的理智告诉他：不行！

贺承南挣扎着将乔绯抱出卫生间，放到床上。

好不容易能恢复的幸福生活，他一定要好好珍惜，不能再搞个小的出来。虽然他的确还想要个贴心的小棉袄，但必须得缓缓。

那东西也不知道收到哪里去了，贺承南找得着急，忽然想起晚上孟见的女儿卷卷偷偷塞给他的一大把“糖果”。

小丫头不懂，看那包装花花绿绿的，以为是爸爸每晚背着她偷吃的彩色糖果，于是献宝似的抓了很多藏在口袋里，送给了贺承南。

贺承南马上从床上起来，在外衣口袋里摸到了一把。

“这是什么？”乔绯仰起身体，看着古怪的包装问。

贺承南的嘴角微微一勾，声音性感而低沉：“爱情的保护伞啊。”

一夜旖旎过后，清早，电话铃声在安静的卧室里响了起来。

乔绯皱眉，往贺承南怀里又躲深了些，贺承南长臂搂着抱住她，另一只手懒散地腾出来去接电话。

电话是孟见打来的。

“卷卷昨晚给你的那些东西你们没用吧？”

贺承南刚睡醒没多久，人还有些不太清醒，迷迷糊糊地问：“怎么了？”

“没用的话就丢了吧，那孩子最近喜欢模仿她妈给别人打针，家里的玩具都被扎过了，我们刚刚发现……”孟见顿了顿，“就那个，也都被她扎了很多洞。”

贺承南跟被雷劈到脑门儿一样，立刻清醒，弹簧似的坐起来：“你说什么？”

“不说了，宁晚这个月例假没来，我们准备今天去查一下是不是有了。那些东西你也赶紧丢了吧。”

贺承南心如死灰：“我都用完了啊！”

番外 05

一夜激情的后果就是后悔，非常后悔。

贺承南提心吊胆了半个月，然而该来的还是要来，想躲的也终究没能躲掉。贺家小二，就这么紧追着哥哥的步伐来了。

遥想当年，贺承南问贺枭群对乔绯的第一印象如何，那时候贺枭群见到的是高榛，却莫名其妙地说出一句“看起来挺能生养”。

没想到现在一语成谶。

贺承南很头疼，她怎么一碰就怀，一点侥幸的心理都不让他有，转眼又给老贺家带来第二个孙子。

第一个还没盘圆润，第二个小祖宗又迫不及待地追过来，好像是手拉手一起投胎的时候八八抢先了一步，这个小的不服气，逮到机会就杀过来了。

全家欢天喜地，唯独贺承南一声不吭。拿到检查报告的那晚，他趴在阳台上边抽烟边看单子，心情十分复杂。

这个二胎，乔绯怀得就没那么轻松了。前三个月各种吐，吃不下，除了偶尔能吃一点话梅和稀饭，大部分时间，连看到水都想吐。

一开始贺枭群知道家里又要多个小的是极度高兴的，可眼看着儿媳妇这样备受折磨，他又心疼，把贺承南骂得狗血淋头。

类似这样的话，每天都会念上几遍。

“你就不能管住一下自己？”

“你是个什么浑球儿？”

“这几天你妈夜里来找我，让我好好骂骂你这个狗东西。”

贺承南很委屈。

——我也很冤枉、很委屈好不好？

谁能想到一个小丫头片子会把“打过针”的避孕套送给了他！

不仅搞得来了个小的，他好不容易等了一年的“幸福”生活又回归了清心寡欲，尝到嘴里的甜还没热乎就又被逼全部收回。

而且最让他想不通的是，大家都用了扎了洞的避孕套，怎么就他老婆有了，孟见和宁晚却没有中招？他的“子孙”怎么就那么顽强地找缝儿钻？

于是，又是一连无欲无求的十个月。

贺承南白天仍是在公司里指挥上下、投资有道的魔鬼总裁，晚上回到家，脱掉西装外套，围上围兜先做好吃的给乔绯，伺候好大的，再拿上各种玩具、奶嘴，去伺候八八那个小祖宗。

每当夜深人静时，贺承南看着老婆日渐隆起的肚皮，用手摸一摸，碰到老婆光滑细腻的皮肤，却只能无奈地转头睡觉。

他在心里发誓——等这一胎生完，他每次必须慎之又慎，确保老三不要再见缝插针地来凑热闹了！

十个月后，乔绯正在吃晚餐时阵痛发作，送去医院后，两个多小时后就产下了贺家二千金——贺之霏。

后来，大概是因为宝宝发动的时候乔绯正在吃辣子鸡丁，于是小千金的小名取为——叮叮。

自此，贺承南便正式开始了艰辛的、鸡飞狗跳的“奶爸”生活。

在家里，贺承南是担当黑脸的严父，但这也仅仅是针对小八而已。对待女儿叮叮，他则是完全没有原则的宠爱。

小八想要模型飞机，贺承南就买飞机的拼图回来，让他一天内拼出完整的图才可以得到模型。而叮叮想要爱丽莎公主，贺承南马上就从国外买回了全套手办。也因为他这样严格的教育和锻炼，小八从小智商高于常人，小小年纪就已经能用流利的英语和家人交流，逻辑思维和创造能力也比同龄的宝宝强。

小八第一次去上幼儿园时，所有小孩都哭得撕心裂肺，不肯离开父母。只有他，干脆冷静地跟贺承南招手：“爸爸拜拜。”

因为遗传父母的相貌，小八的眉眼中已经初见帅气。只是让大家没想到的是，小八不仅遗传了两个人的相貌，还非常完整地遗传了贺承南骨子里的霸气。

这天，贺承南正在公司里开会，贺氏现在的产业占据半个中国，他也越来越忙。尽管如此，他还是每天会抽出时间陪老婆和孩子。

高层们正在讨论项目，忽然，会议室外的门被人推开，声音很轻，轻到几乎没有人发现。随后，一个走得不太稳的小身影，摇摇晃晃地从众人的位子后穿过，慢悠悠地晃到了贺承南的面前。

叮叮用小手去扯他的袖子，声音软糯地喊：“爸爸。”

贺承南低头一看，上一秒还严肃的嘴角下一秒马上就自然地漾开了笑容。他伸手把躲在桌下的叮叮抱起来，放到自己的腿上：“嗯，宝贝儿，你怎么来了？”

会议室里众人一愣，都抬起头，老板的腿上，不知何时多了一个扎着小辫子的软萌小可爱。

小姑娘眼睛圆溜溜的，睫毛又长又密，像两把乌黑的小扇子，皮肤白净，小嘴红润可爱，整个人水灵灵的，坐在贺承南的腿上。

她的身体往前，两只手已经趴到了桌上，大有想要往会议桌上爬的趋势。

老板的千金要爬桌子，谁敢说个“不”字。于是以褚焱为首的人，先悄悄挪了挪自己的水杯和电脑。接着有眼力见儿的，全部挪开了桌前自己的东西，将会议桌收拾得干干净净，专供贺小姐敞开天性在上面爬。

果然，叮叮对这张超长、超宽的桌子产生了浓厚的兴趣。她趴到桌上，肉乎乎的小手抠了下桌面，似乎在仔细感受这个从没有接触过的材质，然后慢慢地挪动小屁股，一扭一扭地匍匐前进。

正是冬天，她穿了一件带耳朵的小熊连体衣，看起来毛茸茸的。她的小身躯在桌上爬着，就像棕色的小宠物。

“小宠物”肆无忌惮地爬到这个叔叔面前看一看，爬到那个爷爷面前摸一摸，对一切都感到很新奇。

贺承南看着，眼里是宠溺的笑。他就这样由着她爬，把文件拿到手上，跟众人说：“继续吧。”

于是会议继续，所有人把文件拿到手里，在小公主愉快的爬行中，讨论着刚才的会议内容。

就在这时，乔绯匆匆忙忙地从外面赶过来，看到会议室的门开着，就猜到这小毛丫头一定是偷偷进了办公室。

她下午四点半要去接小八放学，时间还早，便带着叮叮先来办公室坐一会儿。刚才只是去上了一趟卫生间，让小家伙站在门口等一等她，结果还不到半分钟，小身影就不见了。

虽然是在贺氏大楼里，不用担心有坏人，但叮叮才会走路没多久，走得也不稳，要是碰到哪儿、磕到哪儿了，她也会心疼。

于是她赶紧出来找，门口的秘书指着会议室告诉她："小姐刚才拉着我的手，叫我帮她开门。"

叮叮虽然才一岁多一点，但是十分聪明，知道自己人小个子矮，能力也有限，经常会卖萌求别人帮忙完成自己做不到的事情。人小鬼大，跟小时候的乔绯很像。

乔绯去到门口，看见自己的女儿正大摇大摆地在众多高层面前爬，呼吸一窒。她想抱叮叮下去，贺承南却给了她一个眼神，意思是"没事，随她玩"。

贺承南一向宠爱女儿，恨不得每天把她带在身上，抱在手里。当时叮叮来的时候老不乐意，明里暗里嫌弃的都是他，女儿出生后各种"真香"打脸的也是他。

开完会，刚好四点钟。

会议室里的人都走完了，留下他们一家三口。乔绯这才抱起叮叮，假装打她的屁股："你怎么可以在爸爸工作的地方捣乱？"

手还没碰到她的屁股，小丫头的嘴就撇了起来，眼里满是委屈。她看向贺承南，小手张开，一副求爸爸抱的样子。

贺承南一看心就化了，赶紧把女儿抱到怀里，哄了几声，随意地说了乔绯一句："你凶她干什么？"

好半天，贺承南没听到有人说话。他意识到了什么，转过头，就见乔绯正双手抱胸，挑着眼尾，一言不发，似笑非笑地看着他。

贺承南安静了三秒钟，无奈，腾出一只手把乔绯也搂了过来，放低姿态："错了。"

"嗯？"乔绯扬高声音，"错了吗？"

"错了。"贺承南的态度很诚恳，一边抱一个，他把乔绯搂在怀里，轻声在她耳边说，"晚上我一定好好认错。"

"在孩子面前乱说什么呢？！"乔绯嗔了他一眼，推开他，把叮叮抱过来，"我得去接八八了，你忙你的吧。"

贺承南收拾好文件："今天怎么是你亲自去接，保姆呢？"

完了。

乔绯的眼神闪烁了下，意识到自己说漏了嘴："啊，那个——"

她赶紧想了个借口："阿姨……她有事请假了。"

这么多年了，乔绯随便撒什么谎还是都逃不过贺承南那双犀利的眼睛。

他冷笑一声："兔崽子又要请家长了？"

C 城国际私立学校。

这是一所包含了幼儿园到高中的综合性国际学校，来这里上学的大部分是城中名流，富家子弟或者国际友人。

按理来说，都是名门望族教出来的小朋友，一般都不会太调皮。而贺之乔小朋友是个例外，进幼儿园的第一周，他就被请了家长。

那一次，是乔绯来的。她人好，脾气没贺承南那么差，见到老师也客气地问："老师，我儿子是不是打架了？"

幼师年纪也不大，估计都不知道该怎么解决这种三岁小男生的奇怪控制欲，顿了许久才告诉乔绯："之乔妈妈，其实贺之乔在幼儿园挺乖的，吃饭、做游戏、做操都很听话，只是……"

老师犹豫了一会儿，先试探着问："不知道你们家长有在家里跟他做过什么角色扮演的游戏吗？"

乔绯听得一头蒙："没有啊。"

老师"哦"了声，告诉她："我们国际小（一）班一共十六个小朋友，才开学一个星期，现在所有小朋友都叫贺之乔——大哥。”

乔绯尴尬地笑了笑：“或许，是小朋友们之间互相取的绰号呢？”

“不是。”老师抬了抬眼镜，很认真地告诉她，“是贺之乔小朋友要求大家这么叫他的。我希望家长能回家好好跟他聊一聊，调整一下贺之乔小朋友这种喜欢做领袖的不健康心理。”

那一次，乔绯笑着答应了老师。她心想，大概是平时齐晌来家里玩的时候有事没事乱叫小八“大哥”，给他叫上瘾了，所以他去了幼儿园一时半会儿没改掉。

她回家就偷偷给小八上课，教育他小朋友之间要互相友爱，不要搞这种“大哥、小弟”的歪风气。

小八当时认真地听了进去，沉思片刻后，点点头：“我知道了。”

乔绯看他真挚的眼神，以为他真的明白了，结果过了没一周，老师又让请家长了。

乔绯也很头痛，小八请家长的频率可比自己上学那会儿高太多了。

第二次再去学校，老师的态度显然没第一次那么好了。

“家长，你好，请问您回去跟贺之乔小朋友交流过了吗？”

乔绯硬着头皮：“交流了啊。”

“那他怎么不仅没改，还变本加厉了呢？”

“怎么个变本加厉法？”

“他现在让所有小朋友叫他八爷！”老师气得脸通红，声音响到整间办公室都听到了，“包括我！”

回去后，乔绯狠狠地打了八八一顿屁股，指责他：“你才几岁呢？就让别人叫你‘爷’，你爸那么嚣张的一个人，也不过是让人叫他‘霸霸’，你比你爸还能耐了是不是？”

这两次的请家长事件，其实贺承南都知道，但乔绯每次都帮小八打掩护，告诉他不过是幼儿园里小朋友之间打打闹闹的小事，都是正常的。

贺承南对儿子管得很严，所以乔绯不敢告诉他这些，怕小八挨他的揍。

所以她依然想给儿子打掩护，可没想到贺承南幽幽地回："我今天刚好有空，跟你一起去吧。"

第三次来到学校，老师们都已经认识乔绯了。一见到她，都很熟悉地打招呼："之乔妈妈又来了啊。"

乔绯干笑了两声，也不知道该挤出一个什么样的表情。倒是旁边的贺承南，第一次来学校，因为身份特殊，一进来就惹来众多老师的关注。

"那个就是贺之乔的爸爸？"

"他就是贺氏的总裁贺承南啊？第一次看到真人。"

"当爸爸的浑身都是魅力，难怪贺之乔有那么多小女生围着。"

这些话贺承南没听到，他直接坐到老师的对面，礼貌道："老师，你好。"

二十岁出头的老师被他强大的气场震到了，怔了怔，回道："你……你好。"

"贺之乔是闯祸了吗？"

老师看着面前这个凛冽又帅气的男人，一时间看出了神。好半天，在同事一声咳嗽的提醒下才回过神，她不自然地垂下微红的脸："嗯，那个，贺之乔今天跟别的小朋友打架，受了一点伤。"

乔绯一听马上就紧张了："受伤？在哪里，严重吗？"

与她相反，贺承南神情淡淡地轻声说："出息，打个架都能受伤。"

他站起来，理了理笔挺的高定西装，漫不经心地问："人在哪儿？"

老师都不敢抬头，声音又小又细："你问哪一个啊？"

“一起。”

“哦……”老师咽了咽口水，“一个在厕所门口堵着，一个在厕所里躲着，生活老师在那边看着，两个孩子都不肯走。”

贺承南二话不说，迈开长腿就朝厕所的方向走过去。

去厕所的路上，老师简单地说了一下事情的经过，小八这个国际幼儿小班的学生，不知怎么的跟国际幼儿大班的孩子扯上了矛盾。

几个大人来到厕所门口。

贺之乔堵在那儿，眼里有一丝倔强，又有一点不耐烦。他的眼角破了点皮，还好，不算严重。

乔绯的怀里还抱着叮叮，看到儿子后赶紧放下小的，走到他面前上下打量：“小八，你怎么跟别人打架呢？”

刚说完话，乔绯就看到站在他身后的卷卷。她微微一愣：“卷卷，你这么在这儿？”

前两年孟见一家从北城返回 C 城老家，工作全部调回 C 城，全家搬了回来，卷卷也就转入了这所学校，和小八成了同学。只不过小八上小班，她上大班。

卷卷像做错了事，不敢看乔绯，小声地喊人：“绯绯阿姨。”

小八在旁边瞥了她一眼，不轻不重地哼了一声。

贺承南一见儿子这德行就不乐意了：“你哼哼什么？你老师说你打了大班的小朋友，你别告诉我你打了卷卷？”

卷卷圆乎乎的小脸，额头上有一撮小卷毛刘海，急忙摆手：“南叔叔，不是这样的，是李洋，他……”

小姑娘眼神焦急，想解释什么，却又好像不好意思。她口中的李洋，是个不满五岁的小男孩儿，此刻正躲在厕所里哭得满脸是泪。

他的妈妈这时也赶了过来，看到儿子被打，十分心疼，转头就问：“是谁打的我儿子？！”

贺承南眉心一动：“是我儿子，贺之乔。”

对方家长听到这个名字显然一愣，再看面前的男人，马上明白了这就是传闻中心狠手辣的贺承南。她略有几分畏惧，但在孩子面前不能表现出懦弱：“打了人，您不该让他来道个歉吗？”

贺承南眯着眼睛看了小八一眼，问他：“是你先动的手？”

小八摇头。

“那是你先招惹的他？”

小八继续摇头。

两个问题问完，贺承南面无表情地看向对方家长，眼中的温度骤然降低，质问的意味十分明显。

他很了解小八，性格像自己，绝不是会主动招摇挑事的孩子。虽然他平时对儿子严厉，但不代表看到儿子受了伤不心疼。

他贺承南的儿子，不主动惹事，但也绝对不会怕事。哪怕对方比自己高，比自己年纪大，如果踩着鼻子来了，他就绝不能退缩半步。

就冲这一点勇气，贺承南也会无条件站在小八这边。他若无其事地把小八拉到自己身边，蹲下来，问：“告诉爸爸是怎么回事。”

小八的眼神很倔强，似乎不太想说出事情的经过。贺承南知道这其中必定有什么内情，于是转身问卷卷：“卷卷，告诉南叔叔，刚才小八为什么跟别人打架？”

贺承南慢条斯理、不慌不忙的样子惹怒了对方家长，那个叫李洋的小朋友显然受到了惊吓，一直哭个不停，双肩耸动，抽泣得厉害。

谁都心疼自己的孩子，那家长气不过，愤怒地说：“我知道你们贺家有钱有势，但凡事讲个‘理’字，教育孩子不能这样教吧？您儿子才多大年纪就胡作非为。这里是国际学校，如果您今天不给我个说法，我会投诉到家长委员会，请求投票驱逐贺之乔的就读权！”

贺承南就像根本没听到这女人说话，平静地把卷卷拉过来：“告诉叔叔，是怎么回事？”

卷卷被李洋家长的最后一句话吓得哭了起来。

驱逐贺之乔的就读权？那怎么行？！那绝对不可以呀！

卷卷号啕大哭：“李洋上课揪我的辫子，还扯我的头发，我不想跟他玩，所以下课我来找八八，可是八八不理我，呜呜呜……”

说到这里，八八瞥了她一眼，很无奈地皱眉：“你不要老是哭好不好？”

“哇——”卷卷一听，哭得更大声、更委屈了。

乔绯赶紧哄着卷卷，拿纸帮她擦干净眼泪：“宝贝，你先别哭。告诉阿姨，八八为什么要打李洋啊？”

卷卷喘了一口气，小卷毛跟着一耸一耸的：“八八不理我，我就去上厕所，李洋他偷看我上厕所，还拿小石子丢我。呜呜呜，我打不过李洋，我说八八是我男盆油（男朋友），他笑我吹牛。”

听到这里，八八好像很不情愿被大家知道，蒙住了脸。

卷卷继续说：“后来有同学跑去告诉了八八，八八就拿着小砖头来，把李洋赶出了厕所，呜呜呜。”

真不愧是贺家的儿子，骨子里都那么粗暴嚣张。

乔绯瞥了一眼李洋的妈妈，嘀咕道：“这么小就偷看小女生上厕所，您儿子真是欠收拾。”

“嗯？”贺承南嘴角轻轻一弯，“老婆，你说话别那么难听，照顾一下人家的面子。”

乔绯信以为真，认真地反省了一下自己的冲动：“哦。”

随后，贺承南站起来，看着对面脸色瞬间煞白的家长，冷静地笑了：“你好，是这样，我们贺家的孩子向来喜欢见义勇为、为民除害。你要是觉得不妥，直接去家长委员会投诉即可，但我需要提醒你的是——”

贺承南顿了顿，走近了些，声音压低，一字一句地警告：“我儿子有我罩着，卷卷从现在起归我儿子罩着，管好你儿子的手和眼睛，再敢让我儿子受一点伤，或者再敢偷看卷卷一眼，我这个有钱有势的人可说不好会干些什么！”

乔绯内心：所以你现在说的话很好听吗？

贺承南一番铿锵有力的话，让哭闹的熊孩子顿时闭了嘴。熊孩子的妈也没底气地垂下了头，动了动唇，最终还是没再争辩下去，灰溜溜地转身离开。

人走了，现场安静几秒钟后，一个稚嫩的声音拍着小手叫了起来。

叮叮：“爸爸！棒！棒！”

卷卷也龇牙咧嘴地露出小牙齿：“南叔叔，你好帅啊，嘿嘿。不过你刚才说的‘罩着’是什么意思啊？”

乔绯忍着笑，正要解释一番，八八快速地打断她：“跟你没关系，别问那么多！”

卷卷：“哦，好的。”

番外 06

八八四岁的时候，贺承南和乔绯携手走过了七年的婚姻。

这一年，贺承南三十四岁，乔绯二十九岁。彼此都是正当好年华的时候，褪去了年少青春的冲动和稚嫩，他们为人父为人母，更为人子女，对生活有了无数不同的理解。包括彼此之间，对婚姻的领悟。

在书面上，七年叫铜婚，意味着彼此的感情像铜器一样，坚韧、稳固。

可也有人说，婚姻的第七年都会有个坎，人称“七年之痒”。普通人家的夫妻之间到了第七年会莫名有很多的争吵，这就好像是某种神奇的定律，笼罩着每一段婚姻。

乔绯和贺承南的第七年，身旁好友分手的分手，离婚的离婚，电视里昨天还在一起秀恩爱的明星情侣第二天就能互相辱骂。新时代的爱情就像快餐，来得快，去得也快，大家好像也不是那么在意，走了这一任，后面还有更好的。

乔绯也悄悄担心起自己与贺承南之间会不会存在“七年之痒”这样可怕的魔咒。

自从有了小八和叮叮，乔绯逐渐减少了在热格的工作。虽然家里有保姆，贺承南也从没有要求过她放弃自己的生活，但大概是骨子里的母性，她这几年的心思都放在了对孩子们的培养上。

她爱她的两个孩子，也爱自己的事业，可 DJ 的工作昼伏夜出，实在很难与家庭兼顾，所以，她只能做出取舍。

也是因为她的细心照顾，小八才四岁，就已经在全国心算比赛上获得大奖。而且他小小年纪，每晚已经能用笔记本帮老爸接收邮件，将内容读给贺承南听，再根据贺承南的转述回复给对方。

叮叮也毫不逊色，继承了乔绯的艺术细胞，喜爱各种乐器，跳舞、唱歌都很出色。

他们的爸爸，乔绯的老公，更是发展得一年比一年好。不仅公司市值这些年扩大了好几倍，他本人去年还登上了知名经济杂志，成为在整个亚洲都有影响力的人物。

而她，虽然没有继续从事 DJ 的工作，但开了一家琴行，教小朋友们弹弹钢琴、弹弹古琴，还在某个电音论坛兼职做版主，分享各种电音技巧。虽然退居幕后，但她每天的生活还是丰富多彩的。

只是可能跟贺承南比起来，她的生活少了一些恣意和风光。

在某一个哄好孩子睡了的晚上，乔绯生出一丝说不出的感觉。她随手拿起手边的电话，给贺承南了打过去。

贺承南接起电话，他那边周围的声音很嘈杂，他的声音依旧耐心而温和：“嗯？”

乔绯也不知道自己为什么要打这个电话，她好像不受控制，可接通了又觉得自己的行为莫名其妙，于是随口问：“你还在忙吗？”

贺承南还没回答，电话那头忽然传来女人的娇喘。

乔绯握着手机的手紧了紧，没有说话，似乎想要听清楚一些，贺承南却走到了安静的地方。

“我马上就回来。”

他没有提刚才那一声异样的声音，也没有解释，好像完全没有发生过一样。

乔绯也装作没听到，轻声回：“好。”

她挂了电话，室内陷入了安静。

按照夫妻间的信任，乔绯觉得自己不该冒出那些奇奇怪怪的念头，可是……

温柔的月光照进飘窗里，泻下莹白的光影，一片宁静。

小八和叮叮都睡了，房间只有乔绯一个人。她心里有点乱，找来一本杂志，随手翻了两页，却看到这样一句话——人体内的细胞以七年为一个周期，每过去一个周期，人身体里的细胞就会全部更换一遍。所以当你看到七年后的那个爱人，已经不再是当初爱的那个人，感情自然就日渐变淡。而爱情是受多巴胺控制的，常年面对同一个人，新鲜感不再，产生爱情的多巴胺也会日渐变少，直至消失。

乔绯看着看着，嘴里冒出一句：“扯淡吧。”

如果真是这样，为什么她对贺承南还是那么爱、那么喜欢、那么迷恋？难道她不是人？她愤愤地合上书。

乔绯情不自禁地扭头去看房里的化妆镜。她慢慢地走到镜子面前打量自己，每天用着最贵的护肤品，吃着最好的保养品，贺承南一切都给她最好的。所以快三十岁了，她还是觉得自己跟二十岁那年好像也没有什么变化。

不过自己看自己，都是带着光环和滤镜的。乔绯叹了口气，觉得自己一定是太闲了，才会想这些有的没的。她决定去洗个澡。然而淹没在氤氲水汽里，她依然忘不了电话里女人的声音，脑子里不受控制地脑补出许多香艳的画面。

但很快，理智又唤醒她。不可能，她的男人不是那种人。

在她心思烦乱地洗完澡后，贺承南也回来了。

乔绯收起情绪，闻到了他身上的酒味，若无其事地笑着问："今天喝酒了？"

贺承南道："去热格开会，就跟他们喝了两杯。"

他此次去热格是听几个副总汇报年度业务，这些年贺氏的事业重心逐渐转到房地产，热格他去得少，基本上半年才去一次，这天难得过去。

贺承南谈完了事便和褚焱、齐晌还有几个老朋友喝了几杯。他说这些的时候语气坦荡，没有半点犹豫。

乔绯听完轻轻地"嗯"了一声，心里莫名舒服了很多。

她已经不是二十岁的小姑娘了，她是两个宝宝的妈妈，考虑问题不会那么单一和片面，会更加成熟和周全。

她的内心，始终还是相信这个男人。她抛下一切疑虑，帮贺承南脱了外套，想要帮他放水洗澡，可他大概是有几分醉意，迷离之中便强行捧住她的脸，吻上她的唇。

他的吻一如既往地霸道直接，也一如既往地让乔绯难以招架，节节败退。

"你干什么？"

贺承南没有回答，只用行动表示了自己的想法。

后来，乔绯又想起晚上看到的那本书。如果说时间久了，伴侣之间无法再产生爱情的多巴胺，那还会产生欲望吗？如果还存在最原始的欲望，就应该还是有爱的吧。

乔绯胡思乱想时，心思不太集中，贺承南抚着她的脸，吻了一下：“你在想什么？不舒服吗？”

乔绯摇摇头，她并不是很想说出心里正在想的那些事情。可她想了想，还是转过身来，突然问贺承南：“老公，我对你还有吸引力吗？”

贺承南静静地瞥了她一眼，喉头轻滚。他伸手，慢条斯理地沿着她的腰线，玩耍似的摩挲着：“你在问些什么废话？”

乔绯莫名地倔强起来：“那你回答我。”

“你想知道？”

“嗯。”

他靠过来，抱紧她：“那你自己感受一下。”

下一秒钟，她的唇被死死地封住，无法开口。

虽然贺承南用最诚实的反应给了乔绯答案，但那件事依然在她心里挥之不去，堵得她难受。

这些年她将重心放在家里，培养孩子，相当于归隐家庭。外面盯着贺承南的女人其实有很多，她自己心里有数。

只是贺承南对这些从没有回应过，乔绯也一直很放心，但那一声娇喘，却像一根若有似无的小刺，在七年之痒这个节骨眼上，隐隐扎得她坐立不安。

昨晚贺承南后来无意中提到，他隔天还要去热格处理一些收尾的事情。于是第二天晚上，把孩子哄睡着后，乔绯鬼使神差般地，全副武装也去了热格。

很久没有来过曾经上班的地方，热格如今依旧繁华热闹，傲居C城夜店之首。场子里，一张张年轻的面孔映在迷离的灯光下，好像在提醒乔绯曾经在这里挥洒过的青春时光。

公司这些年早就换了无数批工作人员，乔绯很少过来，加上她低调地戴着帽子和口罩，进来后更是没一个人认出是老板娘。

她找了一个散座独自坐着，等到八点钟开场，看到了负责开场的新DJ。

这个DJ也是女的，一上场，跟当年的自己一样，青春活泼，躁动全场，满身都是无处释放的活力。

在这样熟悉的氛围中待了会儿，乔绯的心情莫名好了一些。虽然现在她人不在江湖，但偶尔来感受下江湖，心里也是愉悦的。

只是等了许久，乔绯都没有看到贺承南的身影出现。就在她想起身去三楼办公室找找时，林靓希上台了。

乔绯认识林靓希的时候她就已经二十六岁了，是热格的大姐，现在这么多年过去，她还在这里唱。

纵观整个热格，乔绯还认识的好像也就只剩她一个了。

于是乔绯便又等了等，等林靓希唱完两首歌，准备去后台找她叙叙旧。可刚去到后台门口，她就看到林靓希跟刚才开场的小DJ在吵架。

“你以后能不能别拖时间？我本来该九点整上场，你凭什么老是拖十分钟、八分钟？”

小DJ黑发红唇，很是魅惑，边卸妆边随意地回林靓希：“不好意思咯，没注意时间。”

“什么叫没注意？”她的态度让林靓希很是恼火，“你以为这是你家开的？你想怎么样就怎么样？你推迟一分钟，后面的演员都被逼着延迟，你有没有点时间观念？”

小DJ转过来睨了林靓希一眼，似乎根本没把她放在眼里，嘴角轻蔑地一扬，直接转身去了更衣室。

林靓希愤愤道：“你！”

从前林靓希也是个得意的人，整个场子里都会叫她一声“希姐”，如今竟被怼得说不出话。

乔绯心情复杂地走出来，到她面前坐下，轻轻地“哎”了声。

林靓希回身见是她，神情一怔：“绯绯，你怎么来了？”

看到曾经意气风发的大姐如今竟被一个后辈踩着，乔绯也很感慨。按理来说夜场这样的地方最讲究资历，资历越老的越有话语权，可如今林靓希竟然怼不过一个年轻小DJ。

她很疑惑：“刚刚那个是有什么来头吗？那么嚣张。”

林靓希卸下自己的耳环，叹气：“别提了，这小狐狸精学历高，说是澳洲哪个大学毕业的。人年轻，又漂亮，给店里带了很多流量，上面几个经理都宠着她。”

原来如此，说起来，年轻的确是资本。乔绯无奈地笑了笑，莫名有些伤感。

林靓希这时看了看周围，凑过来压低声音：“别说我没提醒你，你得当心这个小狐狸精，我觉得她好像想要勾引贺总！”

乔绯皱眉：“勾引？”

“对啊！”林靓希话语里十分气愤，“昨天贺总来开会，她故意在二楼那边等，后来还假装跌倒吸引贺总的注意，我们都看到了的！”

“……”

“不过，后来晌爷把她给扶了，她碰都没碰着贺总，贺总也没拿正眼看她，大家背地里都在笑她不自量力呢。”

乔绯想起了什么，马上追问：“是不是十点多钟左右的事？”

林靓希疑惑道：“你怎么知道？”

那个时间，正是乔绯打电话给贺承南，听到手机对面那一声娇喘的时候。

行了，破案了，原来是别有用心的小狐狸精。

乔绯朝刚才小DJ离开的方向看了一眼，冷笑着勾唇：“希姐，我改天再来看你。”

说着，她离开了后台。

原本是想去会会那个不知天高地厚的小姑娘，但刚出后台，乔绯就看到进了一楼电梯的贺承南。

她赶紧往后退，没让他发现自己的存在。然后，她脑子一转，直接转身上了楼梯。她知道贺承南不是去二楼就是去三楼，于是，打算先到二楼的安全出口看一看。

正走着，忽然身后冒出一个身影，飞快地从她旁边跑过去。因为速度太快，人影撞到了她的肩膀，撞了人却连头都没回一下，继续跑开了。

乔绯停下来揉了揉被撞的那侧肩头，暗骂了两句。她没看清楚跑过去的是谁，所以也没办法找说法，只能当是自己遇到了哪个冒失鬼，没再计较，继续往上爬楼。

爬完阶梯，她在出口处看到了刚才那个背影。那人此刻正躲在暗处，时不时探出身体往外看，好像在等着什么。

乔绯一眼便认出，是刚才那个嚣张跋扈的小 DJ。她放慢脚步，直觉告诉她，这个女人和她等的是同一个人。她悄悄靠近，却不上前。

果然几秒钟后，小 DJ 好像等到了要等的人，迅速理了理着装，然后冲了出去。接着，乔绯便听到了过道里传来的那声熟悉的娇喘。

她跟上去，倚靠在门后，侧出一点身体偷看外面发生的事。

小 DJ 应该是吸取了昨天的经验，这次改变了策略，很成功地让自己跌倒在贺承南的怀里，但也不过是一秒钟不到的时间，她就被齐晌拎了起来。

齐晌瞄了一眼："哟，又是你啊？"

小 DJ 也装作震惊的样子："啊，对不起，贺总，我着急去一楼，没看到你走过来，抱歉……"

小姑娘的声音水灵灵的，配合身上穿的性感小吊带，胸前的丰满摇摇欲坠，明晃晃的，勾人眼球。

她羞涩地垂下头：“不过，我连着两次撞到您，不知道，算不算是一种缘分？”

女孩儿对贺承南暧昧又大胆的暗示让在场的人，哪怕是齐晌这样不解风情的男人，也都看出了她的企图。

几位经理面面相觑，褚焱则默不作声地笑了。

众人都等着当事人的回应，包括躲在暗处的乔绯。

这是她第一次亲眼看到外面这些年轻的莺莺燕燕、花花草草是如何勾引自己的男人。她的心跳怦怦跳着，不知道贺承南会怎样回应。

过道里，光影闪过，贺承南打量了女人几秒，似笑非笑地说：“你胆子倒挺大的。”

小 DJ 不知道贺承南这句话是褒义还是贬义的，但她的确胆子很大，既然能和想钓的男人碰到面，还说上话了，她决定给个痛快，让贺承南记住她。

贺承南什么样的女人没见过，如果都走千篇一律的套路，又怎么能引起他的注意？要就要一个特别，要的就是一句“明人不说暗话”的直接。

于是小 DJ 魅惑地弯起眼角，步步逼近，媚眼如丝：“想做你贺承南的女人，胆子必须要大，不是吗？”

她直截了当的承认的确是让在场的众人震惊了，“碰瓷”贺承南的女人不少，但敢这样开口就直接说想上位的，这还是第一个。当真是年轻气盛，敢说敢做。

乔绯躲在后面听到这么明目张胆的话，肺快气炸了，但她的素养不允许她就这么冲上去跟女人对峙，她按捺住所有情绪，只等贺承南的表态。

如果她的男人都欣然接受，她就算去闹个天翻地覆也没任何用。

结果，贺承南不紧不慢地从兜里掏出一块手帕，无名指的戒指隐隐闪着微光，似乎无意，却又像故意地在小 DJ 面前晃了几下。

贺承南将手帕擦向刚才胸口被女人碰到的地方，落下一道没有温度的声音："你是瞎了吗？"

小 DJ 嘴角的妩媚还漾着，闻言笑意顿时僵住。

贺承南慢条斯理地擦完，冷冷地抬起头，眼神冷漠而锋利："不知道我贺承南有老婆？"

他厌恶地丢了手帕，面无表情地说："别再让这种蠢货出现在我面前。"

话说完，他冷着脸离开，小 DJ 被他冷漠的态度震住了。

进入热格后她的人气一直很高，地位相当于"店宠"，客人们捧着，经理们也就宠着。早就听说过贺承南的老婆就是 DJ 台走出去的，于是她仗着年轻，一直想要挑战这个高难度的男人。

没想到……

小 DJ 丢了面子，到底还是不服输，站在后面气不过地喊："贺总，我才二十岁出头！"

言下之意：我比你老婆更年轻，更漂亮！

贺承南这时刚好走到安全出口处，他回头，正要把小 DJ 的话堵回去，余光忽然看到楼梯间的暗处，有一个身影缩了回去。

那个小小的身形，他再熟悉不过。他的嘴角浮上一丝兴味，藏着不易察觉的笑，心思全被门后的女人分散，耐心告罄地回了小 DJ 一句："给我滚远点。"

然后，掉头走进了安全出口，顺手拉上门，隔绝了过道的一切。

躲在门后的乔绯瞬间暴露了藏身之处，她不知所措地将脸面对墙壁，跟面壁思过似的，假装自己是空气，心里默念：看不到我，看不到我，看不到我……

然而下一秒，贺承南的声音就在身后响起："转过来。"

怎么又被他发现了！

她艰难地、慢吞吞地转过身，挤出一个十分难看的笑："惊……惊不惊喜？老公，我来接你回家。"

"是吗？"贺承南眯着眼睛，也不打算戳破她这蹩脚的谎话，上来牵住她的手，"好，回家。"

回到家里，乔绯一直躲着贺承南，生怕他问起刚才她为什么会在热格。她钻进卫生间说要洗澡，洗完出来就说困了要睡觉。

乔绯闭上眼睛，努力装出已经睡着的样子。可一旦安静下来，她就想起在热格的那一幕，想起贺承南说"你不知道我有老婆吗"时骄矜清贵的神情。

她的嘴角不由自主地上扬，心满意足地笑了。

这时，她的耳边忽然扑来温热的气息："笑什么？"

乔绯被吓了一跳，睁开眼，看到贺承南正躺在自己身边，半裸着胸膛，一动不动的，微微带了点琢磨的意味，捉住她的手："告诉我，你这两天到底在想什么？"

贺承南三十四岁了，正值男人最有魅力的年龄，他常年健身，六块腹肌和人鱼线比电视上的男模还性感。而这份性感，年轻时带着热血和冲动，现在却多了成熟男人历练出的韵味和沉稳。

但无论是哪种，都让乔绯着迷。她的眼神躲闪，脸微红："没……没想什么啊。"

"是吗？"贺承南意味深长地轻笑，"你知道不说实话的后果是什么吧？"

贺承南是什么眼神？比老鹰还犀利，乔绯每次撒谎都骗不过他三秒钟。而每次撒谎后的下场就是，贺承南会给她令人难忘的"教训"。

乔绯垂着眼，还是小声地承认了自己的胡思乱想：“就，今年是我们结婚第七年，他们都说会有什么七年之痒，我……我也不知道你痒了没有，所以……”

乔绯自己都不好意思说下去了。

贺承南却回答了她：“嗯，痒了。”

乔绯怔住，抬起头：“痒了？”

贺承南惩罚似的咬住了她的唇，无奈却宠溺的声音落在她的耳边：“对着你，我每天都心痒难耐，下一个七年，下下一个七年，永远是。你说怎么办？”

随后他俯在她的颈窝里，贪婪地吻了起来。

只一刹那，许多画面在脑中一晃而过，一帧一帧地闪现，乔绯仿佛回到了七年前，自己刚刚和他初相识的时候。烧烤摊上，她稚嫩地喊他“霸霸哥”，而他明知自己在演戏，还配合着叫自己“波波姐”。

回忆好像就在昨天，却从指缝中一下子过去了这么多年。

乔绯捧着男人的脸，停了停，软声问：“老公，你会一直是我的霸霸哥吗？”

贺承南看着她的眼睛，依然明亮透彻，一如那年在小黑屋里，吓到腿软却还壮着胆子救自己朋友的少女。

这才是他贺承南爱的那种“胆子大”。

他笑了笑，在她唇尖轻吻：“是，你永远是霸霸哥最爱的女人。”

番外 07

因为乔绯这一通关于七年之痒的胡思乱想，贺承南放下了手里的工作，趁着圣诞节，特地空出一周的时间，带上一家，准备找一个国家去旅游。

就在他想着要带老婆孩子去哪里玩的时候，一通越洋电话打到了他办公室。来电话的人已经多年未见，是沃克。

几年前他和乔绯在热格合作得很愉快，签约期满后他离开了中国，回到自己的国家继续经营他的个人工作室。今年是他入行的三十周年，他很久没有见到乔绯，所以特地打电话来问乔绯能不能来参加他的终身成就派对。

乔绯虽然这两三年没有再上过DJ台，但一切都是为了两个孩子。贺承南也知道她每天都在各种电音论坛分享心得经验，教那些刚出来的新人，心底还是热爱这一行的。

所以他几乎没有犹豫，就答应了沃克的邀请。但这件事他没有告诉乔绯，想到时候给她一个惊喜。他找了个理由，称想带小八和叮叮去参观国家博物馆。

乔绯没意见，愉快地答应了这次旅行。

原本想拉着孟见一家一起去玩，无奈最近一周他们在外地救援，无法抽身，就连卷卷都是送到爷爷奶奶那里。

小孩子都喜欢热闹的圣诞节，他们两家不分彼此，于是贺承南便特地打了个电话，定好时间，带卷卷一起去，也算是让自己的孩子们多个伴。

于是，一场充满期待的圣诞旅行悄悄来临。

为了能给两个宝贝惊喜，旅行的事乔绯没有告诉叮叮和小八。等到了临出发前一天的晚上，吃完晚饭，洗完澡，乔绯才让两个宝贝去拿各自的卡通行李箱，然后宣布："我们明天出发，去英国过圣诞节。"

两个孩子突然收到意外的惊喜都高兴坏了，积极地收拾起了自己的行李。

叮叮拿的全是洋娃娃，小八却很懂事地帮贺承南收拾了他日常要看的财经杂志，随身携带的电脑、平板电脑，等等。

一个是无忧无虑的小公主，一个是身为准继承人的早熟小少爷。

忙活到一半，乔绯忽然说："对了，这次卷卷也会和我们一起去玩哦。"

叮叮回头眨了眨眼："真的呀，太好了，我喜欢卷姐姐。"

倒是小八，听到乔绯的话后，小小的背脊顿了下，嘴里嘀咕："又有她啊。"

"嗯？"乔绯听到他语气中的不满，故意说，"如果你不想卷卷跟我们一起，那妈妈去跟你爸爸说，不带她就是了。"

小八不自然地把头扭过去，假装找起了东西。

“妈妈，爸爸每天都要喝的那个红茶在哪里？”

乔绯轻轻笑了，小孩儿的心思看破不说破：“在书柜第二格的抽屉里。”

“哦。”

小八过去拿茶，叮叮吃着巧克力，看着哥哥的背影忽然想起了什么。她走到乔绯身边，掩嘴神秘地说：“妈妈，今天学校做游戏，卷姐姐跟哥哥分到一组，还亲亲了。”

乔绯愣住：“什么？”

小八因为双商发育超前，幼儿园的中班没上，直接跳到了大班，和卷卷一个班。两个小孩儿每天见面，加上家里的关系，也算是正宗的青梅竹马了。

叮叮手脚并用地比画了半天，乔绯总算听明白了事情的经过。

原来是幼儿园搞拔河比赛，小八和卷卷各自领头来比赛。卷卷这组的小朋友使不上力，卷卷这个队长撇着小嘴十分着急，后来也不知道怎么的，对面小八的队伍突然就倒了过来。

好像是有谁忽然歇了口气，导致卷卷那边抓住了机会狠狠一拉，赢得游戏的胜利。

而同为队长的小八，却因为突如其来的惯性，脚下没能站住，冲到了对面，和排在第一位的卷卷撞到一起。混乱中，小嘴还碰到了卷卷的脸蛋上。

当时小八那队的小朋友们都不服气，纷纷举手举报。

“老师，不算！贺之乔作弊！”

“对，我看到贺之乔松手了！”

“老师，贺之乔耍流氓！”

叮叮跟个小广播似的告诉乔绯这些，乔绯听得愣愣的：“真的假的？你哥哥故意让着卷卷啊？”

“嗯！”叮叮使劲地点头，露着染上巧克力的小门牙笑道，“我觉得哥哥喜欢卷姐姐，嘿嘿嘿。”

乔绯刮她的鼻子：“小东西，你懂什么叫喜不喜欢吗？”

“我懂！”叮叮眨了眨眼睛，“爸爸就喜欢妈妈，天天亲妈妈。”

小屁孩一句童言无忌的话，听得乔绯脸颊微红。也怪贺承南，在孩子们面前从不忌讳对她的亲密，两个人总是恩恩爱爱的，想亲就亲，想抱就抱。

每次乔绯让他避讳着点时，贺承南都说：“父母恩爱，才能给孩子带来足够的安全感和幸福感。”

在他这样的做派下，别说孩子们感觉幸福，就连乔绯，也时常觉得自己是贺承南宠着的小姑娘。

她笑了笑，抱起女儿：“嗯，妈妈也喜欢爸爸，喜欢你们。”

旅行如约而至。

第二天下午，一家人聚集在机场，卷卷的爷爷将卷卷送了过来。一番寒暄后，所有人开始安检候机。

准点上飞机，贺承南给全家人买的是最奢侈的头等舱，刚入座就遇到了生意场上的朋友。

空姐送上夜晚要用的洗漱套装和睡衣，乔绯去了卫生间。贺承南和生意朋友喝起了香槟聊天，剩下三个小孩儿各自寻找娱乐方式。

小八跟个小大人似的坐在贺承南旁边，听他和别人聊天，毕竟小小的他认为男人是必须要跟男人在一起的。

然而才听了一会儿，叮叮就跑过来拽他的袖子：“哥哥，那个电视要怎么调？我想看动画片。”

妹妹撒娇，小八皱了皱眉，只好暂时先离开男人们的世界。

去到座位上的电视旁，小八选了一部动画片，正要离开，卷卷拦住他：“八八，你留下来跟我们一起看啊。”

八八很冷漠：“我不爱看这些幼稚的东西。”

卷卷松手：“哦。”

走出两步，小八忽然回头问自己的妹妹：“叮叮，你听得懂动画片讲什么吗？”

叮叮嘴里咬了一块糖，还没理解哥哥说的是什么意思，小八双手插兜坐到她们中间：“还是我讲给你听吧。”

叮叮把小屁股往旁边挪了挪，小声地抗议：“哥哥，其实卷姐姐可以讲给我听的。”

八八瞥了她一眼，又继续瞥卷卷，轻哼一声收回视线：“她看得懂才怪。”

卷卷：你怎么知道的？

于是三个小朋友就这样看起了动画片。

看着看着，叮叮拉着小八说想要吃巧克力。他们从家里出发的时候随身带了些零食，妹妹想吃，小八只好起身去包里找。

找到的时候，他先拿起一袋，后来不知怎么，又拿了一袋。再回座位的时候，他先把其中一袋递给叮叮，嘱咐她慢点吃。接着他斜着眼睛瞥了一眼坐在旁边一动不动，盯着动画片的卷卷，很随意地丢出另一袋：“你要不要？

卷卷转过头，一本正经地说：“不用了，妈妈说巧克力吃多了蛀牙。”

他小八爷怎么可能做自作多情的事？于是他强行把袋子塞到她手里：“必须吃。”

说完，他冷漠地掉头就走，重回男人们的世界。

卷卷被强塞了一袋零食，疑惑地问叮叮：“你哥哥是不是心情不好啊？”

叮叮是个小迷糊：“不知道呀！卷姐姐，你快吃这个巧克力，真的很甜，超好吃！”

卷卷看了一眼手里的小袋子，反正拿都拿来了，那就拆开吧。

她伸手到袋子里摸了一把，摸出两块巧克力，还有一个硬硬的小圆圈。她掏出来一看，睁大了眼睛。

咦？她把小圆圈举到空中，对着机舱顶上的光，自言自语：“这是什么？”

叮叮跟着看过去，声音蓦地提高：“哇，卷姐姐吃到王子的魔法戒指啦！”

小丫头一顿嚷，把大人们的目光都吸引了过来。

叮叮和卷卷吃的这个巧克力是一部动画片的联名同款，以里面会有王子送给公主的魔法戒指为噱头，引发了很多小朋友的兴趣。

大家都想得到这个戒指，但产品上市以来，全球范围内，那枚唯一的戒指还没有人能吃到。而今，居然被卷卷吃到了？！

贺承南调侃小姑娘：“卷卷，看来这次出国，你的小王子要来找你了。”

叮叮马上纠正：“爸爸，是哥哥给卷姐姐的巧克力！卷姐姐不要，他非让她吃的。”

小八：“……”

贺承南马上转头揶揄自己的儿子，不急不缓地说：“哟，这么早就知道拿戒指扣人了？”

大人们都在笑孩子们的游戏，孩子们虽然不懂戒指的深刻意义是什么，但在他们的世界里，也知道这是属于王子和公主的宝贝。

卷卷看了八八一眼，小脸微红，然后小心翼翼地藏好那枚精致的硅胶小戒指，默不作声地继续吃巧克力。

叮叮八卦地凑过去问："哥哥，那你长大了是不是要娶卷姐姐？"

小八高冷地别过脸去："不是，别胡说。"

飞机准时落地希斯罗机场。

因为孩子多，贺承南放弃了住酒店的计划，早早地订下了一套亲子别墅。

别墅一共有两层，一楼是孩子们可以玩的游乐园，设施众多，二楼是入睡的地方，三间卧室，正好够他们一家人入住。

到达别墅后，大人们先收拾行李，孩子们在一楼玩，没一会儿楼下传来女孩儿的哭声。

乔绯放下正在整理的物件，赶紧下楼，看到卷卷坐在泡泡球里，手足无措地抹泪。

"怎么了，宝贝？"她马上迎上去问。

卷卷两眼泪汪汪："呜呜呜，我的魔法戒指不见了！"

刚才两个小姑娘一起在楼下玩，估计是玩过了头，卷卷藏在口袋里的戒指忽然就不翼而飞了。

乔绯安抚她："好了，没关系，阿姨回去再买一个给你，好吗？"

叮叮也人小鬼大地帮她擦眼泪："卷姐姐，我们上楼，我还有其他巧克力给你吃好吗？"

可无论在场的人怎么劝，卷卷仍然大哭不止。一直在旁边没说话的小八看了一会儿后，悄悄离开。他暗中把整个一楼的角落缝隙找了一遍，还是没能找到丢失的戒指。

卷卷哭了一会儿，然后很伤心地上楼了。她的肩膀一抽一抽的，叮叮陪着她，却不知道该怎么哄姐姐。

两个孩子关上房门，隐隐约约还能听到卷卷的抽泣声。

贺承走出来看了一眼，问："怎么了？"

乔绯说："卷卷那孩子丢了飞机上吃到的那个戒指，很伤心。"

"嗯。"

贺承南应了一声，代表知道了，转头却轻唤小八的名字。

"贺之乔，你送给卷卷的戒指丢了，卷卷哭得很伤心，你不该做些什么吗？"

小八努努嘴，强自镇定："关我什么事？又不是我弄丢的。"

贺承南："那是不是你送的？"

"我没送。"

"巧克力不是你强塞给她的？"

"烦死了。"小八皱眉叹了一口气，抬头道，"可我又没钱，想给她买一个新的也不行啊。"

贺承南循循善诱道："你可以跟爸爸借。"

小八沉默片刻，好像是在思考。过了一会儿，他无奈地伸出手："那……爸爸，你先借我一点钱。"

贺承南却懒懒地抬了抬眼皮。"不借。"

这是在玩他吗？小八有小脾气了："爸爸！"

一句怒喊，是对父子情深的强烈怀疑。

贺承南不慌不忙地传授人生哲理："爸爸只是给你上一课，喜欢的东西要自己争取，不能靠别人。"

说完，他把乔绯拉到腿上坐下："你妈妈就是爸爸想尽办法争取来的，靠别人帮能帮回来吗？"

乔绯哭笑不得地推他："小八才多大啊，你跟他说这些他懂吗？"

然而小八幽深的眼眸沉下片刻，忽然拿起贺承南的一只签字笔出了门。

乔绯看着儿子的背影："他要干什么？"

贺承南却好像完全明白小八的想法，他的眼中满是意味深长的笑意：“你儿子厉害着呢，等着看吧。”

五分钟后，卷卷的哭泣声停止了。再五分钟后，叮叮和卷卷手拉着手笑嘻嘻地出来了。

小八跟在她们后面，走到父母身边时，跟贺承南对视了一眼。父子眼里交流着只有彼此才懂的，属于“男人”的哲理。

乔绯好奇，不知道卷卷是怎么快速被哄好的。她上前，还没开口问是怎么回事，叮叮便举起卷卷的手：“妈妈，你看，哥哥给卷姐姐画了魔法戒指！”

乔绯垂眸，好家伙，卷卷白乎乎的小手上，从左到右，十个指头全画满了戒指。她神情一愣，忽而觉得小八这一拨操作实在是讨人喜欢，别说是卷卷，就连她这个亲妈都觉得被撩到了。

乔绯看着小八，正想夸他一句厉害，小八却很不自在地挠了挠头：“烦死了，我就说画一个，她非要画十个。”

他一边说，一边躲进了卫生间：“妈妈，我先洗澡。”

小八虽然比卷卷小，但无论是身高还是双商，都早已超过了同龄的儿童，一向跟个小大人似的，向来淡定从容，不像现在——见鬼了，贺之乔居然还有不好意思的时候！

贺承南这时咳了一声提醒她：“我没说错吧？臭小子懂着呢。”

乔绯：“呃……”

晚上九点钟，到了孩子们睡觉的时间。全部洗完澡，换好睡衣后，叮叮和卷卷不肯进房间里睡，吵着要在楼下的小帐篷里探险。乔绯没办法，只好收拾了小帐篷，让两个小姑娘在里面睡。

小八高冷，不屑与女人为伍，自己挑了一间房，一个人睡觉。

安顿好孩子后，乔绯回到二楼，准备洗个澡再去一楼陪孩子们睡，毕竟就两个小丫头在下面，她不放心。

她拿了衣服去卫生间，刚打开热水淋湿身体，门就被人推开，旋即反锁。

贺承南进来，脱了衣服，和她一起站在花洒下，亲昵地抱住她。

乔绯早就习惯他这样的行为了。在家的时候贺承南总能在她刷牙、洗澡、做饭的时候，从背后偷袭她、抱着她。

乔绯把花洒拿下来，转身对着他："你就不能安分一天吗？"

贺承南低声笑："我们已经安分一天了。"

乔绯不禁失笑，知道他是指飞机上度过的十多个小时。真是难为他了。

乔绯拿着花洒，帮贺承南冲洗，花洒的水流顺着他的皮肤缓缓向下，她的手也跟着水流的方向，在他身上轻轻擦拭。

她还在想小八的戒指，和他聊道："你看儿子好浪漫，还知道给卷卷画戒指。"

贺承南撩起她的长发，轻嗅她颈间的沁香，漫不经心地回应她："小孩子的游戏，你也羡慕。"

"嗯，就是羡慕。"乔绯撒娇道，"我不管，待会儿你也给我画一个。"

贺承南越发不老实，吻着她的耳垂："好，你想让我画在哪里？"

乔绯被他弄得痒痒的，笑着往墙上躲："画手指上啊，难道画脚——"他随之用行动堵住了她的话。

花洒喷头"啪"的一声掉在地上，卫生间的水哗啦啦地流着，雾气逐渐升空弥漫，散发出浓浓炙热的气息。

不知过了多久，卫生间门口忽然有人拍门，紧接着传来奶声奶气的略显着急的声音："爸爸，你不可以欺负妈妈！呜呜呜，妈妈，我来救你了，你快开门呀！"

两人面面相觑，停住动作。

乔绯清了清嗓子，努力发出一副正常的声音："宝贝，妈妈在洗澡，你怎么来了？"

听到声音，门外的叮叮好像放下心来，松了一口气："真的吗，可是爸爸为什么也在里面？"

不知道小姑娘是什么时候来的。贺承南念头一转，迅速面不改色地沉声回答她："爸爸在给妈妈擦背。"

这个回答十分合情合理。洗澡而已，擦背而已，很单纯。

没想到小公主听完来自父亲威严的回答后，小脑袋思考了三秒钟——爸爸一定是擦背擦得太用力了。

于是孝顺小公主继续热情地拍门："妈妈，还是我来给你擦背吧。爸爸，你快开门啊。"

番外 08

就在贺承南不知如何抽身应对女儿的热情要求时，卫生间门外又出现了一个声音，小小的，略带稚嫩的深沉感。

“你拍什么门？给我回去睡觉。”是小八。

叮叮委屈地说：“我睡醒了，想要妈妈接着讲故事哄我睡觉，呜呜呜。”

小八揽过妹妹的肩：“行了，行了，哥哥讲。”

“可是——”叮叮好像还惦记着擦背这件事，小手指着卫生间的门，想说什么。

小八却二话不说地直接抱起妹妹：“今天想听什么故事？”

叮叮瞬间被转移了注意力，奶声奶气地回哥哥：“我想听‘青蛙公主’。”

“是《青蛙王子》吧？”

“是吗？哦，那就王子吧。”

兄妹俩离开，卧室的门被关上，外面重新恢复安静。

乔绯看了贺承南一眼，忍不住打他：“都怪你。”

贺承南却勾了勾唇，冷下去的激情瞬间复燃：“别辜负儿子的一番‘好意’。”

他抱着乔绯，轻声说：“我们继续。”

第二天，他们带三个小孩儿参观了国家博物馆，领略了无数壮丽的历史文化后，下午四点半，贺承南将老婆和孩子们带到一家著名的品服装品牌门店里。

似乎是提前预订过，这个时间段店里没有人，且等贺承南他们到达后，门外挂出暂停服务的门牌。

尊贵的VIP客人拥有单独的服务权。于是整间店铺，就只有贺承南一家人在里面。

乔绯不知道贺承南为什么会突然带她来这里，原以为是购物买衣服，但这家品牌向来做的是高定礼服，并不是日常系列。

她问：“干吗突然来这里？”

贺承南跟柜姐说了句什么，柜姐给了一个肯定的笑容，用英文说道：“当然。”

然后她知会同事一声，同事从里间拿来了几套设计华丽的晚礼服。

乔绯看着一条条端庄名贵的礼裙，觉得莫名其妙：“干吗？”

“晚上我们要去参加一个派对。”贺承南说着，拿出手机给乔绯看了一个视频。

视频里，一向高冷的沃克难得出现温暖笑容：“嗨，绯绯，你还好吗？我的终身成就派对将在平安夜举行，我会看到你吗？期待你能出现。”

乔绯看完后愣住，这才明白贺承南带自己来英国的真正原因。

她不禁喃喃感慨：“沃克居然在这一行待了三十年那么久。”

想着想着，她忽然又变得不安：“你怎么不提前告诉我？我什么礼物都没有准备，难道要两手空空去吗？”

贺承南笑了笑，抱住她的肩：“你尽管去参加，这些事我都替你安排好了。”

他从柜姐手上接过那几套完美的礼服，递给她：“你现在，只需要打扮得美美的出现在沃克先生的派对现场，开开心心地度过一个愉快的夜晚，其他的都不用想。”

乔绯看着他手里几套礼服的设计，不是低胸就是大露背，顿了顿，疑惑地问：“你不吃醋啊？”

贺承南只是提前让品牌准备三套最漂亮的礼服，至于款式，他倒没有太在意。乔绯这么一说，他认真地看了下，的确是有些性感。但眼下衣服都拿过来了，如果突然反口，倒显得他心胸狭隘，过于小气了。

他清了清嗓，很明事理地说：“我又不是三岁的小孩儿，这是正常社交，再说了——”

贺承南尽量说服自己：“我老婆的美，本来就不应该藏着。”

乔绯“扑哧”一声笑了出来，果真是年纪渐长，觉悟也越来越高呢。

这边，几个小朋友也在挑儿童礼服和礼裙。卷卷有点婴儿肥，却又喜欢一条特别瘦的裙子。她喊小八过来帮她拉拉链，小八走过来拉扯了两下，嘴里嘀咕：“烦死了，拉不上。你看你胖得——”

卷卷转头，眼珠子一瞪，不可思议地看着他：“八八，你说我胖？”

小姑娘好像要哭了，小八马上闭嘴。用力帮她拉好后，他朝正在吃巧克力的叮叮走过去：“说你胖呢，你还吃？”

卷卷看着他的背影，哼了一声：“我将来是要做模特的！”

她再掉转视线看镜子，很满意自己穿上裙子的样子，沉溺在自己的婴儿肥里：“嘻嘻，我一点都不胖。”

远处的小八：“……”

选完衣服，贺承南又带乔绯去高级沙龙做造型。原本这些年她就保养得好，虽然二十九岁了，但看起来跟刚出大学的小年轻差不多。

乔绯皮肤白，身材好，底子本身就好，她平时不太爱化妆，只做基础保养，所以当造型师用一双神奇的手帮她打造完造型后，贺承南都不禁站直，微微侧目。

乔绯浅棕色的长发被卷出性感的韵味，斜披在一侧肩头，高定亮片吊带鱼尾裙在光线下反射出千缕光芒，明媚夺目，修身的设计将她姣好紧致的身段衬托得完美无遗。

她皮肤白得像雪，在灯光下泛着光泽，长发微动，锁骨迷人，长长的钻石耳环隐在发间，偶尔闪出光来。

贺承南的喉结很轻地上下微动。

“哇。”卷卷露着小奶牙拍手，“绯绯阿姨，你好像模特啊！”

叮叮十分自豪地扬起头：“我妈妈漂亮吧？！”

卷卷使劲地点头：“嗯！”

小八坐在一旁，穿着小小的西装礼服，系着小领结，穿出了名门小公子的风范。他端详了片刻，皱着眉跟贺承南说：“妈妈背后也开得太大了吧？”

贺承南早就有奇怪的感觉在作祟了，但不久之前自己的话还言犹在耳。

于是，他摸出一根烟，走到窗口的可吸烟区，点燃，沉思了几秒钟后冷静下来，教育小八：“你要用一种欣赏的角度，健康的心理，去看待妈妈的这件礼服。”

小八：“……”行吧。

夜幕降临，整座城市被点点星火笼罩着，浪漫而梦幻。

按照沃克提前给的派对地点，贺承南带着一家人来到现场。

沃克是电音界的教父级别人物，入行三十年，推动了电音在全世界的影响与发展。因此，他这个终身成就派对来了很多电音界知名的、有影响力的人物，同时来的也有很多欧美圈音乐界的著名人士。

在这群人里，乔绯只能算是一个小小的后辈。她从大四开始登上DJ台，待了四年多就因为生孩子暂时退出，后面加上叮叮的出生，她把全部的精力放在了孩子们的身上，以至于这几年她都没有再踏入这个圈子，所以在众多前辈面前，她暂时还没有什么影响力。但就算如此，她还是因为两大优势，一进场就吸引了所有人的目光。

第一，她是个女人，还是个非常漂亮的女人。而且她的漂亮是那种让人一眼就惊艳的美。这在这个本身女DJ就不多的圈子里，已经成为一个夺人眼球的关注点。

第二，她还是沃克唯一承认欣赏过，且悉心栽培过的徒弟。

基于以上两点，在乔绯身穿一袭鱼尾紧身裙进入现场，沃克惊喜地与她拥抱时，她就已经成功地赢得了全场人的关注。而这里的“全场”，有百分之八十是男性。

沃克用英文表达着见到乔绯的惊喜和感慨，两个人的缘分虽然不是很深，仅仅合作一年就分开各自发展，但总归是师徒一场。

多年后再见，沃克感慨：“绯，你怎么不继续你喜爱的事业了？”

毕竟那年认识台上的她时，沃克惊为天人。

乔绯手里拿着香槟酒，看着不远处的贺承南和几个小可爱，淡淡地微笑：“因为我的生命里出现了更重要的事。”

“好吧。”沃克耸耸肩，颇遗憾地感慨了一声，“你是我见过的最有天赋的。”

乔绯抿唇，一杯酒入口，思绪万千。

现场播放着沃克的经典电音专辑，都是乔绯能背出来的节奏，是她二十岁时，日日夜夜听过的、研究过的手法。

然而，人生到了不同的阶段，总会面临不同的选择。在没有遇到贺承南之前，她是真心热爱这一份事业。

但在遇到贺承南，并嫁给他之后，她虽然依旧爱着DJ事业，但本性使然，她更想低调地为他守着这个家。

离开DJ台，离开耀眼夺目的灯光，或许在某些午夜梦回的时候，乔绯会觉得有一点点遗憾。但当每天她讲着故事，一双儿女在怀里安稳地睡着；当第二天太阳升起，自己躺在贺承南怀里醒来时，她又觉得，这一切的选择是值得的。

“我明晚将在BOOM酒吧进行我的最后一次公开表演，如果可以，绯，”沃克打断她的思绪，很诚挚地邀请她，“你能再做一次我的助手吗？”

乔绯的眼睛微微睁大，忽然，一股久违的冲动和热血涌入体内。这个邀请虽然来得突然，但对她来说，充满了诱惑。

她喝了一口酒：“好，我考虑一下。”

乔绯在这边应酬，远处的贺承南一直在看着她。

他看到自己的老婆在沃克身边不知说着什么，嘴角微微弯起，手捂住嘴轻轻笑着。她的礼裙闪着耀眼的光，身材纤细却不失应有的曲线，卷发静静地躺在雪白的肩头。绚丽夺目的灯光下，她风情至极，像一束迷人的散发着热度的光，不断吸引着周围男人的注意。

贺承南的酒杯握在手里，有人和他打招呼，酒杯碰撞，他却心不在焉，心思全在不远处的乔绯身上。

“爸爸，妈妈旁边那个金头发的哥哥好帅呀。”叮叮天真地告诉贺承南。

贺承南不是瞎子，他早就看到那个一直在跟自己老婆搭话的男人。

这时现场换了一支柔和的音乐，那白人帅哥伸出一只手，似乎想邀请乔绯跳舞，贺承南看得瞳仁渐暗。他抿了一口酒后，把酒杯放下，顺便嘱咐身边的小八："看好叮叮和卷卷。"

小八抬头看着亲爹的背影，心里十分清楚："哼，大人总爱口是心非。"

卷卷凑过来问："小八，什么叫口是心非啊？"

小八瞥了她一眼："你烦死了。"

"哦。"

卷卷委屈地闭嘴，默默走到一旁去拿喜欢吃的甜品，可她个子太矮够不到。小八看了一眼，嘴里不耐烦地念着什么，腿却不受控制地走过去帮她拿了一块。

一旁的叮叮全程目睹哥哥表演"口是心非"。

贺承南势不可挡地走了过去，刚走到乔绯身边，那位金发帅哥正伸出一只手，想邀请乔绯跳舞。

这在社交场合其实也是再正常不过的事，一支舞而已。

乔绯还没表态，贺承南也走到她身边，装作搭讪的男人之一，似笑非笑地伸出一只手："我可以请你跳支舞吗？"

乔绯还是第一次遇到两个男人同时邀舞的画面。她原本想逗一下贺承南，假装接受白人小帅哥的邀请，但贺承南眼里的醋意已经快酸得整个现场能闻到了。

最后，乔绯还是跟白人小帅哥说了声抱歉，然后，甜蜜羞涩地把手递给了贺承南。

十指紧扣，贺承南的嘴角漾开淡淡的笑意，另一只手轻轻地扶住乔绯的腰。他眼里的笑是宠溺的，深爱的。

男人一身笔挺黑色西装加白衬衫，冷淡矜持又高贵，搭配女人璀璨的妩媚礼服，般配得像童话里走出来的一对璧人。

音乐缓慢而柔和，两人舞步轻缓，互相投映进对方眼里的，是对彼此深深的依恋和爱慕。

“贺先生，你为什么这样看着我？”

“因为，我对乔小姐心动了。”

乔绯忍住笑：“不是你跟我说这是正常的社交吗？还说不能藏着我的美。”

“我后悔了。”贺承南微微俯身，唇在她耳畔若有似无地亲了下她的耳垂，“宝贝，我不能接受任何人碰你。”

他的声音温热沙哑，热气扑人：“你只能是我一个人的。”

乔绯头微微低下，脸颊染上三分羞赧的笑意。

觥筹交错，酒光掠影，两人随着悠扬的音乐轻轻拥在一起，周围的人纷纷议论起来，不断向他们投来羡慕的目光。

他们沉浸在这样的关注中，继续旁若无人地聊天。

“沃克说他明天的最后一场公开表演，想让我做他的助手。”乔绯跳着跳着想起了这件事，她问贺承南，“你觉得我要不要答应？”

“随你高兴。”贺承南漫不经心地回，但他又说，“但私心的话，我希望你去。”

“为什么？”

“因为，我也很久没看到你上台了。”

原本乔绯还有些犹豫，但贺承南开口说想看她上台，为心爱的人表演，是再幸福不过的事。

这件事就这么定了下来。

沃克职业生涯里的最后一次公开表演在最大最火的BOOM酒吧举行。虽然他说的是让乔绯做他的助手，但派对结束后的晚上，沃克在其个人推特上预告表示——明天将邀请一位欣赏了很久的特别嘉宾！

这个消息忽然爆炸了整个网络，沃克向来高冷，“神格”稳定，能让他请来做嘉宾的，一定是实力不凡的高手。

来自全球的电音粉都在猜想这位嘉宾会是谁。原本的告别表演因此热度更甚，入场票一度炒到了几万美元一张。

第二天，BOOM酒吧，挤满了来自全世界的电音粉，他们年龄不一，男女都有。

酒吧空间大，上下三层，能同时容纳两千人一起狂欢。贺承南瞒着乔绯将三个小的一起带到了酒吧，高价买了二楼中央的位置，可以最直观地看到乔绯的表演。

小家伙们第一次来酒吧，感到新鲜又好奇。为了保护他们的耳朵，贺承南还给每个人都配了防噪耳机。

毕竟这次的机会难得，他也想让叮叮和小八看看，妈妈弹钢琴时的优雅和高贵，上台又是一个多么魅力四射的女人。

晚上八点钟，震耳欲聋的音乐声拉开了告别会的序幕。沃克率先上台，他的粉丝来自全球各地，台下就像一个小小的地球村，汇聚了各种肤色的人，他们都在为这个年满五十岁的男人疯狂。

音乐就有这样的魔力，一个节奏，一个旋律，让满场人的心跳汇聚到一起，无法控制地沉迷其中，跟随着音乐晃动。

乔绯早早地就去找沃克讨论演出的事，贺承南一天没有见到她，所以他也不知道她会在什么时候出场。

在一首劲爆的音乐结束后，场子里安静了几秒钟，忽然响起一阵具有中国风的旋律，笛箫锣钹打头，蕴含独特的民族特色，逐渐融进了各种流行因素，打出一条时髦又复古的电音效果。

场下粉丝对这样神奇的结合感到十分新鲜，惊喜连连，忍不住举起双手跟着嗨起来，现场的气氛再次被推高，热浪席卷整个酒吧。

小八面无表情地看着台下一群疯狂的大人，内心毫无波动。

“爸爸，妈妈什么时候出来？”

贺承南的视线紧盯着台上的一个身影，笑了笑，道：“那个不就是吗？”

那个刚刚上台，穿着一身黑色的女人，不就是他爱了这么多年，每次出现都让他惊喜万分的乔绯吗？

乔绯这晚一袭黑色皮装，帅到让人目眩。她的头发已经恢复成直发，顺滑地披在背后，时不时跟着音乐的节奏摆动。她上身穿着皮质背心，很短，露出紧实纤细的腰，下面是同色系皮质短裙，黑色与雪白的皮肤形成鲜明的对比。

一身打扮惹火又性感，一点都不像是已经二十九岁的、两个孩子的妈妈。跟十九岁的少女一样，全身上下都让人看得挪不开眼睛。

她身段惹火，打扮惹火，每一个举手投足，每一次撩发的瞬间，都像炙热的火苗，散发着魅惑众生的吸引力。

音乐最重鼓点高潮时，沃克在话筒里大声对全场介绍：“现在，让我们欢迎DJ Fei！”

这晚的气氛从一开始就是炽烈的，这是一场狂欢盛宴，所有人的状态都很疯狂。当沃克介绍到乔绯时，大屏幕上忽然打上了她在热格工作时的照片，青春活力，恣意飞扬，很多来自亚洲的粉丝一眼就认出是几年前在某音爆红的DJ乔绯。

那时候乔绯也是中国DJ圈里的一个现象级人物了，只不过嫁入豪门退隐几年后，就慢慢淡出了圈子。

如今女神惊艳重回大师告别演出现场，粉丝们疯狂了，一声接一声地叫起了她的名字。

小八坐在二楼，看着完全好像变了个人的乔绯，目瞪口呆："爸爸，那是妈妈？"

叮叮也顾不上吃糖了，喃喃自语："这个姐姐是妈妈？"

卷卷更是震惊："这真的是我认识的绯绯阿姨？"

三个小孩儿一副怀疑人生脸，隔壁座也传来男人的惊叹声。

"我的天，她也太火辣了！"

"她让人疯狂！"

赞叹的声音不断传来，贺承南觉得耳熟，侧眸一看，竟然还是昨晚那个白人小哥。

那小哥看起来很年轻，金发碧眼，后来听沃克说，是这年才刚刚红的 DJ 明星。

贺承南来得低调，加上是在国外，又是他不曾接触过的音乐圈，所以认出他的人不多。但这依然不影响有人知道他，知道乔绯是他的老婆。

隔壁座的一群外国人聊起了八卦。

"她是贺承南的女人，他在商界赫赫有名。"

"我超喜欢她！我可以追她吗？"

"贺先生可能会杀了你。"

"那又怎么样？绯真的太迷人了。"

贺承南在激烈的音乐声中努力分辨着这些对自己老婆蠢蠢欲动的话，一言不发，只喝酒。

而台下，乔绯好像把蓄积了三年的能量，在这一晚全部释放出来，惊艳了全场。

时而让人觉得她是高高在上的女王，时而又像是娇俏动人的小甜心，她对你微微一笑，你的理智就都会被她轻易勾走。包括贺承南这个跟她共枕七年的男人，同样无法抵抗，不堪一击。

身旁的白人还在研究演出结束后怎么通过沃克得到乔绯的联系方式，怎么去取悦她，和她共进一次晚餐。

小八听了一整晚的八卦，在乔绯终于谢幕下台后，面无表情地看着贺承南："爸爸，我们明天是不是该回家了？"

贺承南的嘴上虽然不吭声，手里却不声不响地给褚焱发了条消息。

"改机票，马上改，越快越好。

一夜过后，沉寂多年的乔绯，再度凭借在沃克告别演出现场的表演爆红网络，热度席卷全球。

社交媒体上，外国友人都在发表以下类似的言论。

"她真是个迷人的小甜心。"

"我想去中国，能不能告诉我在哪里可以找到她？"

"她退隐了？哦，上帝……"

"我想拥有她一个晚上，可以吗？"

看到最后这条评论时，贺承南和乔绯已经踏上了回国的航班。

进机场时有人认出了乔绯，整个希斯罗机场被挤得水泄不通，有一个黑人男粉趁乱疯狂地抱住了她，嘴里还说着听不懂的话。

贺承南当时就把乔绯挡在了身后，警告性地斥责："她是我的太太！"

可这份关系，好像全球粉丝并不是那么关心。所以当看到还有人想拥有乔绯一夜时，贺承南整个人都不好了。

十多个小时后，刚落地，热格的经理就打来电话，说热格的电话已经被打爆了，请求乔绯重出江湖。

而沃克所在的BOOM俱乐部也向乔绯发出了邀请，希望她能在沃克离开后，在他们的酒吧里担任主DJ。

贺承南面对一夜之间来自全球的情敌和争抢者，忽然生出前所未有的压力。

从机场回来安顿收拾好后，洗完澡，夫妻俩躺上床，贺承南辗转反侧，怎么都睡不着。

他知道乔绯最大的梦想就是站在舞台上，玩转手里的节奏，徜徉电音的世界。而她这几年的退隐，纯粹是为了家庭。

网上的热度持续不减，贺承南也知道这一切总要做出决定，逃避不是他的风格。

他思考了很久，转身，虽然舍不得但还是冷静地说："如果你要去，我不会再拦你。"

贺承南回国的这一路就总锁着眉，有心事，现在终于说了出来，乔绯忍不住笑了。她主动亲了他一下，撒着娇，说："笨蛋，我哪儿都不去。"

四目相对，气氛忽然安静下来，几秒钟后，乔绯的声音轻轻的，像一缕微风，吹进贺承南的心里。

她的手轻轻地搂住他的脖子："我只想在你身边。"

贺承南无法控制地俯身吻住她，这个吻带着某种感激，也带着无限深沉的爱意。他们携手一起走过七年，面对各种诱惑都守住了对彼此的那份初心。

贺承南搂着她说："可我不想你放弃梦想，我也不愿意让你放弃。"

乔绯想了想，忽然眨了眨眼："要不，就请贺总跟七年前一样，聘请我做热格的兼职 DJ 吧？"

后来，乔绯依然回归幕后的生活，白天在琴行教小宝贝们弹琴，晚上回家给叮叮和八八讲故事，哄他们睡觉。

与之前不同的是，每个周末，贺承南会推掉所有的事情，专心在家做奶爸。

而乔绯，则披上炫丽的华服，站在热格的 DJ 台上，变成七年前那个热爱电音，始终坚定着DJ梦想的潇洒姑娘。

偶尔贺承南也会带着两个孩子一起去看她的表演。在二楼的包厢，夫妻二人遥遥对望，一如当年。

——你看着我，眼里的爱意像蜜酒，一甜，就是一辈子。